NARRATORI ITALIANI

GIULIA CAMINITO
IL MALE CHE NON C'È

ROMANZO
BOMPIANI

Giunti Editore si impegna per uno sviluppo sostenibile
con l'utilizzo di carta certificata FSC® proveniente
da fonti gestite in maniera responsabile.

La citazione a pagina 24 è tratta da Giovanni Raboni, *Cadenza d'inganno*,
Mondadori, Milano 1975.

www.giunti.it
www.bompiani.it

Pubblicato in accordo con MalaTesta Lit. Ag. Milano

© 2024 Giunti Editore S.p.A.
Via Bolognese 165 – 30159 Firenze – Italia
Via G.B. Pirelli 30 – 20124 Milano – Italia

Prima edizione: settembre 2024

Bompiani è un marchio di proprietà di Giunti Editore S.p.A.

A Giulio Caminito, mio nonno.

*Si è fatto tardi ma innaffierò egualmente l'orto
e stasera proverò a portare i due bidoni pieni come faceva mio padre
può darsi che ce la faccia senza versare l'acqua né cadere.*

Giuseppe Berto, "Il male oscuro"

Oh Jo, un nome così piccolo per una persona così grande.

Gabriel Byrne nel ruolo di Friedrich
Bhaer in "Piccole donne", 1994

L'APOSTROFO

Il dolore è come un uovo dal guscio compatto, senti d'averlo ingoiato e scende giù – gola, esofago, stomaco –, trova il luogo in cui depositarsi, non si cura del giorno e del momento, ha sempre voglia di farsi ascoltare; è ovale, è cemento, è incredibile che esista e occupi spazio.

Il dolore sta lì e spinge, spinge e diventa bolo, nodulo, è sodo, lo puoi tastare sottopelle, finché il guscio non si crepa e qualcosa esce.

Non c'è traccia di tuorlo, non c'è mollezza d'albume, ma una creatura minuta e pallida – un girino – che circola e non si frena, inizia a percorrerti dalle scapole al tallone.

A questo pensa Loris, la schiena sul pavimento, quando il suo uovo si schiude e la sua bestia corre.

Il bagno è due metri per tre, i suoi piedi sono contro la porta e la testa tra il bidet e il lavandino, da là nota le giunture, i bulloni, le guarnizioni sporche, i capelli arricciati alla base dei tubi di scarico, ed è un mondo metallico e idraulico che nonostante le imperfezioni funziona, fa quello che deve.

Jo bussa e dice: Che scherzo è?

Gli pare impossibile alzarsi e risponderle, andare alla porta, perché l'uovo è rotto e quell'essere pusillo ed elettrico scappa nei muscoli delle gambe e le intorpidisce, le rende dolenti e galoppa fino alla pancia, crea dei sussulti, delle contrazioni.

Loris si chiede con insistenza cosa sia quel male, quanti organi compressi e limitrofi ci siano nel suo corpo, in che punto sia il fegato, fin dove s'allunghi l'appendice, quale sia il lato della milza.

Sono domande che non s'è fatto sempre, ma che ora lo rincorrono, che lo perseguitano.

Muove piano le dita della mano per prendere il cellulare dalla tasca, in un riflesso incondizionato, ma non ha le tasche, è in mutande e non c'è modo di cercare su Google.

Mal di pancia improvviso – capogiro – astenia – diagnosi.

Vorrebbe digitare e chiedere risposta, sapere al più presto che sorte gli tocca, ma i palmi sono rivolti verso l'alto, aspettano invano di essere riempiti.

Jo prova a forzare la porta e gli sposta un po' le gambe che sembrano molli, senza le tibie o i femori, le rotule o i metatarsi.

Dice: Cosa fai?

Lui poco prima ha chiuso il PC ed è corso al bagno, pensava a una colica, sentiva qualcosa che premeva, ma poi non è successo nulla, è rimasto solo il dolore: è l'uovo che si è impiantato, una presenza dura che pare tonda ma anche piena di spigoli.

Il cuore ha un ritmo rotto, instabile, balza tra la gola e il petto, e una fitta all'improvviso si irradia a un braccio o a tutti e due, non ne è sicuro, potrebbe anche essere solo uno. Si domanda se non sia un segnale d'infarto, forse è questo che gli sta capitando, il cuore sta per cessare le sue funzioni vitali. Più ci crede più le fitte peggiorano e l'infarto è vicino, e lo capisce che se si calmasse andrebbe meglio, ma non riesce a smettere, a interrompere la catena dei pensieri che dal cervello arrivano ai ventricoli facendo vibrare i nervi e le vene.

Ripensa a cosa sa, è confuso dalle direzioni e le parti, dal sopra e dal sotto, e vorrebbe urlare che c'è un imbroglio nel suo corpo, tutto pare invertito, tutto non dà certezze.

La finestrella del bagno è un rettangolo sul niente, davanti ci sono due muri del palazzo, il proprietario dice che l'appartamento è un primo piano, ma a lui pare un evidente pianterreno leggermente rialzato: Jo lo chiama *la galera* perché ci sono le sbarre alle finestre e non si possono aprire. Loris immagina una striscia di cielo sereno che s'alza sopra il condominio e la città di Roma, sente la potenza di ciò che accade fuori ed è nella norma, sa esistere e svilupparsi, coincidere con un'idea di mondo.

Dentro a quel bagno, invece, la sua bocca è impastata di una saliva collosa e il braccio sinistro, ora ne è certo, punge e vibra, il cuore potrebbe aprirsi a mezzaluna.

Ha una incredibile e urgente necessità di leggere, anche due parole, anche tre righe, e con gli occhi passa in rassegna ciò che ha intorno, cerca qualche etichetta di un detersivo, qualche avvertenza dietro a uno spray antimacchia, ma non c'è nulla.

Sente che Jo si sta facendo spazio per infilarsi nell'apertura della porta, ed è nervosa, cos'è questa pantomima, questa perdita di tempo, potrebbe dire da un momento all'altro.

Non è abituata a vederlo così, gettato per terra come un tappeto, un asciugamano caduto, e non capisce, non può capire, cosa gli stia capitando e perché, le pare stia esagerando, stia facendo il drammatico per un po' di mal di pancia, per un dolorino alle costole.

Jo è quasi entrata, quando Loris la vede con chiarezza.

C'è una creatura seduta sulla lavatrice, la riconosce anche se non la incontra da tempo.

Catastrofe ha le gambe a penzoloni, le muove da bambina con aria allegra, la sua pelle è trasparente ma ruvida, si notano i brufoli in controluce, i suoi occhi sono violetti e a fessura, ha la frangetta tagliata a metà fronte e un neo sul labbro, è un'adolescente acquatica, sulla schiena ha una pinna da squalo e al posto dei polmoni due bombole da sommozzatrice.

11

Va' via, le sussurra Loris mentre il panico aumenta, ma lei schiocca le dita come se le fosse venuta in mente un'idea rivoluzionaria.

La creatura si alza dalla lavatrice e va verso di lui, sopra al suo corpo steso, lo osserva dalla sua altezza. Apre una mano – artigli lunghi e scaglie da vipera –, gliela posa sulla pancia delicatamente e spinge, prima piano per trovare il punto preciso, il tasto dolente, e poi usa due dita, le mette sul lato sinistro, sopra le ossa del bacino. Per colpa della sua pressione il male attraversa il corpo come fulmine.

Catastrofe gli indica dove è opportuno sentire dolore e Loris lancia un grido stridulo, avverte il pompare del muscolo cardiaco fino alle tempie, il respiro è mozzo, le vibrazioni arrivano alle unghie.

Ecco, sto per morire, pensa in un istante.

Jo alla fine riesce a entrare, e la creatura fa a Loris un sorriso buio e poi sparisce, la lavatrice è salva, ma la sua pancia no, la pancia s'è guastata e lui sente un foro nel petto, uno spazio riempito di gas e fuliggine.

Che fai a terra in mutande? Basta, adesso.

Jo lo tira da un braccio, lo tira forte per farlo alzare, e Loris torna alla prima volta in cui si sono incontrati, lui era salito sulla macchina di un compagno del liceo e Jo stava seduta dietro, le aveva stretto la mano e lei si era avvicinata al suo orecchio – mi piace il tuo amico, quello lì – aveva confessato, e con una confessione era iniziato il resto.

Sono molti anni che Jo esiste nella sua vita, ma sono anche molti mesi che non esiste più, lo va a trovare, dorme con lui, ma è come se già fosse divertita, con la mente altrove, il passo in direzione contraria.

Jo ridacchia, quasi in imbarazzo, perché non sa cosa ha davanti, se quello è il suo ragazzo o un avanzo di pasto digerito, se ha le gambe o no, se respira o no, se finge o no.

Ride per non pensare a chi era Loris prima, quando non faceva di queste scene, non aveva le coliche al ristorante, non piangeva per un nonnulla, non era impossibile da sostenere. Sto male, dice lui e sente che è la frase sbagliata, ma anche la verità.

Tu non stai male, risponde lei turbata.

Poi lascia il braccio e lui ricade giù, sgonfio.

Alzati, devo andare a fare yoga, aggiunge e gli dà uno schiaffetto sul viso, gli fissa le pupille, le pare vivo e vegeto, le sembra solo spaventato. Loris sposta una mano sul punto che Catastrofe ha schiacciato e su cui si è concentrata, ora è l'unico punto che conti per lui, ci deve essere qualcosa lì sotto, qualcosa che lui non sa.

Il viso di Jo è scomparso, il bagno è scomparso e così la lavatrice, i bulloni, le macchie sul pavimento, è rimasto il suo uovo dal guscio rovinato e il dispiacere feroce che ora sta in basso a sinistra, come l'ovaia che non ha mai avuto.

Mi spieghi che t'è preso? domanda Jo dopo che lui con tempo e fatica s'è alzato, ha barcollato tenendosi la pancia ed è atterrato sul letto: il braccio intorpidito, il ventre teso.

Per ora non è morto, nessun infarto, nessuna detonazione.

Loris non risponde subito, ha la faccia sul materasso, tocca ancora e ancora il suo bruciore.

Non lo so, m'è venuto un dolore lancinante alla pancia e ho sentito che stavo per svenire, risponde girando il viso di lato.

Ma fino a poco prima stavi bene, parlavamo…

Lui rimane zitto e ragiona.

Ho usato l'apostrofo con *qual*, spiega dopo averci pensato su ed essere risalito al momento preciso in cui si è sentito travolto dal malessere, quando ha ricevuto un rimprovero dall'ufficio, un'e-mail piena di punti esclamativi e almeno due insulti.

Cosa?

L'apostrofo dopo *qual*. Dovevo scrivere la domanda *qual è il vostro preferito del mese?* e ho messo l'apostrofo là, in mezzo. Nella newsletter della casa editrice.

Jo sta ritta, i suoi pantaloni da palestra sono aderenti, ha le cosce e il fondoschiena tirati, definiti, piacevoli, la pancia piatta, leggeri muscoli alle braccia, alcuni tatuaggi che spuntano dalla maglietta.

Tutta questa sceneggiata per un apostrofo? domanda in dialetto, e ridacchia ancora ma con stizza e stanchezza, come se volesse trovarlo divertente ma in fondo ne fosse delusa.

Allora Loris è preso da un moto di rabbia, stufo dei suoi sorrisetti, di quelle espressioni sminuenti. Te che ne sai, il tuo massimo sforzo intellettivo è decidere in che posa fotografarti il culo, le grida.

Non dice altro, gusta la propria stoccata, il colpo preciso nello spazio della cintura lasciato scoperto dalla lorica. Sa che Jo detesta che lui faccia il sapiente mostrando lei come la sciocca, la vana e la insignificante. È un gioco delle parti violento e subdolo, che va avanti da un po'.

Jo lo guarda e non risponde, prende il tappetino, lo arrotola, passa l'elastico per tenerlo fermo e lo afferra dai manici, recupera una borsa di stoffa con dentro il cambio, lo shampoo, gli assorbenti interni.

Quel soprannome l'ha scelto lui, l'ha battezzata alla perfezione, dal giorno in cui si era presentata a una cena coi capelli cortissimi e mal tagliati e gli aveva detto: Si fanno bei soldi coi capelli, lo sapevi? Li aveva venduti a un parrucchiere, che li avrebbe usati per cucire una parrucca.

Aveva vent'anni e con quei soldi era partita da sola per il Messico, le erano bastati anche per un paio di orecchini in corallo.

Jo da sempre intendeva viaggiare e adesso più che mai voleva smetterla di stare chiusa in ufficio, desiderava portarlo con sé, ma Loris non era più portabile. Al modo di un capitello, un blocco di marmo che o fai una statua mettendoti a scolpirlo con pazienza o ingombra e basta, non lo puoi infilare certo in valigia, non lo lascerebbero passare ai controlli in aeroporto, è da gettare come i liquidi oltre i 100 ml e le bombolette.

Il proprietario dell'appartamento, dove Loris vive da solo e Jo non ha mai voluto trasferirsi, ha una sala di registrazione nella porzione di casa che non affitta, ha messo i pannelli per isolare ma il rumore arriva lo stesso, gracchiante e ripetitivo, proprio ora c'è un tizio di là che sta provando sempre la stessa strofa, ancora e ancora: *Non posso vivere senza la mia anima.*

Non posso vivere, no, la rifaccio da capo, meglio prima, con il *non* ben calcato.

Non posso vivere, bene ma riproviamo.

Non posso. Non posso.

Non, voglio aprire di più quella o.

Jo è uscita e si è tirata dietro la porta come un ponte levatoio, adesso c'è un fosso tra loro, i coccodrilli e le armi di ferro.

Loris la sente andare via e pensa che non ne può più di quella musica tremenda, di quel testo osceno, e vorrebbe battere sul muro il suo disprezzo. Ma gli torna alla memoria l'apostrofo e con questo tutti gli spazi mancati, le lettere raddoppiate, gli accapo saltati, le parentesi non chiuse, le virgole tra soggetto e verbo: gli errori.

Catastrofe allora riappare, richiamata alla sua mente, e siede sul letto. Ha cambiato abito, gli pare abbia addosso un caftano come quelli che sua madre usa al mare, sotto intravede una pelle diversa, la piastra ossea di un coccodrillo, le sono spuntate le antenne da coccinella e le zanne da leopardo. È tutti gli animali insieme ed emana un odore di gelsomini, con una punta più fresca, simile a un agrume.

Gli dice: Forse servirebbero forbici e pinze, forse servirebbe superare l'ombelico, tracciare una linea netta e aprire da qui a qui, perché è chiaro che hai una bomba nella pancia e fa tic tac, tic tac.

Sta per esplodere.

*

La cantina era una grotta e il locale caldaia una bocca sdentata, l'intercapedine dove Tempesta teneva i vini era l'ingresso nel labirinto, a percorrerlo tutto s'arrivava fino all'oceano.

La bicicletta di ruggine non la usava più nessuno, la scrivania del bisnonno era piena di tarli e aspettava d'essere trattata con aceto e succo di limone, i vini a forza di attendere che diventassero pregiati avevano preso di marsala, erano coperti da una polvere erta che Loris non aveva mai visto se non lì; gli stivali per andare nell'orto erano poggiati su un vecchio giornale accanto alla porta, le griglie appese alle pareti erano cariche di strumenti, arnesi, pinze, cacciaviti, martelli dai manici di legno, i sacchetti di plastica contenevano chiodi e rotelle, le scatole erano piene di bustine di semi da piantare a ogni nuova stagione, delle camicie da notte della nonna coi pizzi e la seta: ché non si sapeva mai domani qualcosa potesse tornare d'uso.

La caldaia faceva il rumore di una nave, Loris serrò gli occhi e immaginò di essere in mare aperto: le cabine dei passeggeri, l'orchestra suonava un valzer viennese sul ponte principale, si erano scontrati con un iceberg, le scialuppe erano state calate, ma solo i ricchi potevano salire, gli altri stavano annegando nei piani inferiori con i cancelli chiusi, il ghiaccio era un grande diamante.

Gli annegati, con le zampe in su, erano i bacarozzi che Tempesta aveva stecchito col veleno. A Loris faceva piacere contarli, quanti morti, quanti feriti a partire dalla porta fino all'angolo tutto a sinistra. Il pavimento era quello dei garage e i muri graffiavano le mani, Loris era bambino e aveva un bastoncino in mano, lo avvicinò allo scarafaggio, osservò le antenne nere e la pancia rivolta verso l'alto.

Perché fanno così? chiese a Tempesta.

Chi? rispose lui.

Questi insetti, continuò Loris.

Scosse il bastoncino per muovere una zampa e gli salì l'adrenalina. C'era la possibilità che lo scarafaggio fosse vivo e si contorcesse, il bambino aveva voglia di urlare per lo spavento e correre via, poi tornare a guardarlo ancora, riprovare, perché era la sua missione: riconoscere a tutti i costi i superstiti del naufragio.

Sono belli che morti, rispose Tempesta mentre tirava fuori qualcosa da una scatola. Era chino su dei fili, aveva portato un paio di stendini che non usava più per i panni.

Sì, ma perché si mettono così?

Lo scarafaggio era andato, a toccargli le zampe non accadde nulla, il corpicino era freddo, ucciso dall'insetticida col beccuccio di precisione.

Noi quando crepiamo mica restiamo in piedi, disse Tempesta e tirò fuori il primo filo verde, un groviglio di lucine e circuiti elettrici.

Loris ci pensò e concordò con lui.

Sono tutti affogati! gridò in un acuto. Aveva controllato con cura, mancavano i giubbotti di salvataggio, il mare ora era dritto, nero, nessuno scarafaggio s'era salvato.

Bravo, vieni a darmi una mano adesso, prendi quelle lì e inizia a districarle.

Tempesta consegnò a Loris una scatola e lui si accovacciò e guardò dentro, spostò i festoni – uno dorato, uno blu elettrico, uno rosa –, sotto trovò le lucine, quelle più fragili, le prese in mano e seduto per terra cercò un capo, con molta calma le sbrogliò – sopra sotto, sopra sotto, attenzione al nodo – e creò una fila dritta, poi le andò a portare a Tempesta che le appese con una molletta a uno degli stendini.

Devono allungarsi qualche giorno, spiegò.

Il nonno lo ripeteva ogni anno, come a essere sicuro che Loris capisse quel rituale, quelle scelte precise, quei gesti indiscutibili, e il bambino annuì.

Poi cosa succede? chiese Loris anche se ricordava i passaggi successivi, ma gli piaceva che Tempesta li dicesse di nuovo e di nuovo, ogni dodici mesi, era la loro ricorrenza e il Natale la loro festa preferita.

Dopo dobbiamo provarle e vedere quali funzionano e quali no, sostituire le lampadine rotte, ridipingerne alcune scolorite con gli smalti. Appendi i festoni all'attaccapanni così prendono aria, aggiunse.

Loris rispose subito all'ordine, ché le indicazioni di Tempesta andavano seguite al dettaglio, erano le regole di un lungo, infinito stare insieme.

Com'era il Natale in Africa? chiese mentre lanciava i festoni sui pomelli che spuntavano ma erano troppo alti per lui, fece vari tentativi e Tempesta lo lasciò provare e riprovare, aiutarlo sarebbe stato banale e il bambino aveva da imparare le difficoltà e il fare da solo, ché non ci sarebbe stato sempre lui per raggiungere la giusta altezza.

Caldo, molto caldo. Tempesta pose sul pavimento i gruppi di luci a mucchi, parevano cespugli di rose.

Non è strano il Natale caldo?

No, se per te è sempre stato caldo.

Loris fece sì col capo, anche questo era vero.

Amava pensare alla lunga vita di suo nonno, alla storia della sua famiglia che conosceva solo attraverso gli aneddoti come il Natale sotto gli eucalipti e le palme, le antilopi cotte in salmì, le conchiglie grosse come pugni. Gli piaceva a scuola scrivere che suo padre era nato ad Asmara e Tempesta aveva lavorato per gli americani costruendo autostrade nel deserto. La vita degli altri non era così favolosa, ma la loro sì. Alla mezzanotte anche là però si andava a messa, raccontò Tempesta. Ma io non ci andavo mica, piuttosto mi nascondevo nella credenza, precisò.

Pur di vederlo ogni giorno, il nonno guidava da Santa Maria di Galeria fino a Ottavia per prendere Loris con la sua Mercedes marrone dagli interni color maionese che faceva sentire Loris superbo, visto che nessuno aveva una automobile del genere, simbolo del loro essere antichi.

Anche quella sera lo riportò a casa dai genitori, lo lasciò sotto al palazzo al numero 23. La madre era al portone, fece un segno di saluto al suocero e accolse il bambino, gli toccò la guancia e gli disse: Sei freddo.

Loris la scacciò e corse su per i gradini a due a due.

Oggi abbiamo annegato gli scarafaggi, annunciò con orgoglio varcando la soglia dell'appartamento. La madre lo raggiunse e lo trascinò subito al bagno, gli fece lavare le mani una volta, due volte, tre volte.

Deve finirla con questa storia della cantina, si gela là sotto ed è lurida. Gli strofinò i polpastrelli con i suoi, e il sapone sembrava grattare, la pulizia pareva una cattiveria. Loris provò a dimenarsi, lei stava cancellando tutte le tracce delle avventure e dei gesti eroici, i suoi trionfi.

La nave è affondata e non è rimasto nessuno, mormorò il bambino.

La madre chiese cosa avesse detto, adesso parlava pure da solo, i vestiti andavano tolti, se le aveva portato una blatta in casa poi quella si sarebbe nascosta e avrebbe figliato, sarebbero diventate tre, quattro, cinque, mille, le avrebbero trovate sotto al materasso, nel caffelatte.

A cena Loris sentì le dita prudere, la scuola sarebbe ricominciata pochi giorni dopo e avrebbe visto Tempesta sempre meno, una volta a settimana, forse, e si sarebbe perso l'accensione delle luci, la parte migliore. Lo disse ai genitori.

Già s'è messo a trafficare con le luci di Natale? Sandro guardò come si muovevano i capelli arruffati di Loris, i ricci neri che nessuno di loro aveva, e lo ritrovò corrucciato, chiuso come una porta sprangata nei suoi linguaggi d'invenzione, cocciuto nelle fantasie, ribelle alla realtà.

Di solito cominciamo ad agosto, siamo in ritardo.

Loris prese un cucchiaio di pasta col sugo e sentì forte il sapore dell'aglio sotto ai denti, cercò le lettere a tavola, le trovò sull'etichetta dell'olio e cominciò a leggere: *Conservare in un luogo asciutto al riparo dalla luce e dalle fonti di calore.*

Loris, smettila, lo rimproverò Sandro e gli levò da davanti la bottiglia, la allontanò all'altro capo della tavola.

Posso leggere prima di dormire? chiese il bambino accigliato, e gli bollì in pancia la privazione che lo rendeva irascibile, dispotico.

Leggiamo insieme fino alle dieci massimo, rispose Clara, che avrebbe fatto da gendarme e avrebbe spento la luce e con questa le lettere, le frasi, i punti interrogativi.

No, leggo da solo, disse Loris e si morse il pollice, staccò un pezzo di pelle, lo masticò con gusto cannibale.

E così iniziò la tiritera dei sì e dei no, il capriccio per riuscire a spuntarla, e poi le sgridate e le lacrime e la stanchezza, e alla fine venne portato dalla madre in camera, per consolazione lei gli restituì *L'isola del tesoro*, ripeté che non doveva esagerare, gli avrebbe fatto male agli occhi, alla testa.

Quando credette che lui dormisse gli requisì il libro.

Loris aprì gli occhi nel buio e pensò a Jim e a come doveva essere incredibilmente diverso e sublime essere il figlio dei locandieri dell'Ammiraglio Benbow.

Non prese sonno subito quindi ripassò a memoria i titoli

dei numeri di Tex che Tempesta teneva impilati al bagno, la camicia gialla, il cappello da cowboy, il fucile appoggiato a una spalla: *Vigilantes, Dramma al circo, Sangue sulla pista, El Paso, La legge del più forte, L'isola di smeraldo*. Una lista lunghissima che si leggeva anche a mente, si leggeva anche a occhi chiusi, si leggeva nel buio. Tutto, volendo, si poteva leggere, anche i ricordi.

Non mi piace che Loris stia là sotto, lo devi dire a tuo padre.

Clara si appoggiò al divano e guardò la libreria vuota, pareva un deserto di intenti, di futuro.

Avevano dovuto mettere sul soppalco tutti i libri per toglierli dalla portata di Loris, da quando la psicologa aveva suggerito di interdirgli la lettura e portarla avanti solo se controllata.

Clara amava i libri, senza di loro in casa si sentiva nuda in una capanna gelata.

Siamo solo a settembre... rispose Sandro. Stava ancora pensando alle luci di Natale, a Tempesta e alle sue macchie sulle mani, alla cicatrice a forma di x che aveva dietro al collo, alla sua coccia di legno che non cambiava mai.

Sicuramente, come ogni anno, Tempesta avrebbe comprato in largo anticipo un albero di pino basso per non spendere troppo, ma poi non avrebbe resistito, sarebbe tornato al vivaio un mese dopo e avrebbe dovuto acquistarne uno alto fino al soffitto del salotto nella casa di campagna. Per un mese intero avrebbe installato le luci, i festoni, le decorazioni di vetro, la più bella sarebbe sempre stata quella del marmittone ferito: una testa senza corpo incollata a una palla di cartapesta.

*

Il buio è disteso, allargato, muove passi da insetto.

Loris accende e spegne la luce sul comodino almeno cinque volte, perde tempo sbrancicando la pancia, traghettandosi su e giù dal bagno senza concludere nulla, posa sotto la lingua la melatonina in strisce, poi prende a morsi quella gommosa che sa di caramelle, ma l'effetto è paradossale e invece che farlo dormire lo mette in agitazione. Sente i polmoni lenti contrarsi con fatica, il fiato più spesso, e si allarma intensificando i respiri profondi, assidui, espandendo il petto fino al limite.

Si siede con la schiena contro il muro, torna supino, gira il guanciale per ritrovare il lato più fresco, scalcia le coperte e poi le cerca nel letto, indossa dei calzini di lana che ha lasciato appallottolati sotto al materasso, controlla il cellulare – una, dieci, cento volte –, poi lo gira con lo schermo in giù così da non vedere se si illumina nel caso Jo scrivesse, ma lei non lo cerca.

Dallo yoga non è tornata, anche se avevano deciso che avrebbe dormito da lui, evidentemente è andata diretta a casa dai genitori prendendo il treno regionale, e il telefono dà segni di vita per le ragioni sbagliate – il meteo del giorno dopo, una notifica di Instagram – e Loris impreca ché pensava di aver spento tutte le notifiche, e allora le toglie a ogni applicazione, ma poco dopo ci ripensa, meglio sapere se Jo decide di scrivergli anche tardi, anche all'alba.

Nonostante l'attesa e il timore della perdita che si innescano a ogni litigio, non si scusa, non ce la fa. Rivede infatti il suo ridere credendolo un esagerato, un arlecchino, un interprete da dramma, la faccia storta che ha fatto davanti al suo crollo – lei in cima alla vetta, lui nel dirupo – e rivede anche Catastrofe, la confessione sulla bomba, le dita sotto l'ombelico a stringere e toccare.

Con queste premesse di rimuginii e inquietudini, il sonno evapora come bibita al sole.

Cerca su Google *respiro lento cause* e trova la bradipnea:

diminuzione della frequenza respiratoria al di sotto dei dodici atti per minuto, è determinata dalla depressione del centro respiratorio bulbare. Può essere dovuta a trauma cranico, ictus cerebrale, shock, disturbi endocrini, disturbi neurologici, somministrazione di sostanze tossiche o farmaci.

Loris sente una scarica di ansia, dalle caviglie ai denti, che scuote i nervi, i tendini.

Le ricerche successive sono sul centro respiratorio bulbare, su come contare gli atti respiratori al minuto, sui sintomi di ictus, sui sintomi di disturbi neurologici, su cosa c'è in basso a sinistra nell'addome inferiore, su cosa può causare dolore in quel quadrante, e finalmente arriva a trovare la risposta che cerca: il cancro, la massa maligna. Poi chiude tutte le pagine, trafelato, la fronte umida e le labbra secche, gli occhi apertissimi, due pupille da gufo.

Deve provare a stare tranquillo, a non fare pensieri pericolosi, deve riuscire ad andare al lavoro e ad affrontare l'errore dell'apostrofo.

Non sa come spiegare in ufficio che lui legge, legge, legge, ma va troppo rapido, e a volte perde i dettagli.

Così gli viene la voglia, il prurito della lettura, si racconta che gli fa del bene, come aiuto per assopirsi, sapendo che invece in lui può avere l'effetto contrario, perché durante le sue crisi le parole scorrono velocissime e lui deve afferrarle, è maniaco e loro ragazze dai perizomi a vista, e scoprendosi osceno è comunque tentato, le frasi si fanno pillole e pasticche, la storia invece diventa insignificante, l'obiettivo è arrivare all'ultima pagina, tranguggiare, come ingordo, come bulimico, come chi poi ha voglia di rovesciare.

Per anni è riuscito a contenere questo rapporto malsano

coi libri, ma ora che si sente più spaesato, che il lavoro lo agita, che Jo è lontana, che il suo corpo è pronto ad ammalarsi di ogni male, è tornato il bisogno di parole.

Le poesie, si dice pensando alla brevità e alla precisione, al loro modo fluido di scendergli nella gola, così allunga la mano sul comodino, riaccende la luce, prende il volume della poesia del Novecento che ha già letto, come tutto quello che c'è in quella casa.

A Jo non l'ha mai confessato, ha inventato che tanti volumi erano ancora intonsi e li teneva per il futuro, per quando avrebbe avuto il tempo, ma il suo tempo della lettura può diventare quello del disturbo difficile da contenere, metronomo cattivo, lancetta da destra a sinistra, da sinistra a destra.

La prima poesia, *De là del mur* di Delio Tessa, trascorre senza che neanche la senta, ed è dose minima, allora deve passare a quella dopo e a quella dopo e a quella dopo. E così Luzi, Rosselli, Caproni, Merini, Zanzotto, Pagliarani, Raboni: si sono fatte le cinque del mattino e nel giro di due ore si dovrebbe svegliare. A cosa serve dormire due ore, tanto vale non dormirne nessuna, come faceva da bambino esasperando la madre, con la lucetta accesa nei giorni di scuola e quella foga di lettura spaventosa, che quietava il cervello, lo metteva al riparo.

Come cieco, con ansia, contro / il temporale e la grandine, una / dopo l'altra / chiudevo sette finestre.

La luce entra dalle persiane e a Loris viene da vomitare, ha lo stomaco sottosopra come dopo un viaggio su una barchetta sgangherata in tempo di burrasca.

Più tardi, Loris è davanti allo scanner, in ufficio, prende un libro e lo apre al frontespizio, lo schiaccia piano contro il piatto in vetro per evitare che proprio al centro si crei una striscia nera, chiude leggermente il coperchio, pigia il tasto dell'avvio, il raggio della scansione si muove lento, un pezzo alla volta, e quando arriva alla fine la macchina emette un suono, allora lui stacca il libro e gira la pagina e ricomincia, preme sulla costa evitando di squadernare, ché il romanzo viene dalla biblioteca e lo ha preso in prestito a suo nome e va riportato senza danni. Continua per cento pagine.

Mentre lavora fissa la gigantografia appesa al muro della copertina di un romanzo pubblicato dalla casa editrice – *Un demone a colazione* – di una scrittrice inglese morta più di un secolo prima, hanno scritto sulla quarta del libro che era molto amica di Virginia Woolf, ma lui sa che non è vero, serve solo a vendere qualche copia in più.

Il bip della fotocopiatrice è regolare e i suoi gesti ormai garantiti dall'abitudine – gira la pagina, schiaccia la costa, premi il pulsante – mentre intorno a lui il resto della redazione lavora alle proprie postazioni su qualcosa di sicuramente più entusiasmante del pdf di un libro intero da convertire in word e da cui cancellare tutti i macro refusi, per poi ripristinare i capitoli, controllare i corsivi originali, e agire da sistema operativo, da umana intelligenza d'artificio capace di eliminare qualsiasi granchio o cantonata.

Loris.

Lo chiama il direttore editoriale comparendo alle sue spalle e lui sbaglia e clicca di nuovo sulla stessa pagina, ora ci sarà due volte la 103, e dovrà insabbiare un altro malinteso, un'altra sciocchezza.

Abbiamo fatto una bella figura di merda, con la newsletter. Siamo una casa editrice che non sa usare l'apostrofo? Qualcuno ha messo lo screenshot su Facebook e siamo sommersi dalle e-mail.

Il suo tono è appuntito, e il naso grande al centro del volto sembra più tondo, più buffo. Avrà sui cinquant'anni e sfoggia più seno di Jo, i suoi capezzoli si notano sotto il golfino attillato, alle riunioni fa battute sulle autrici troppo giovani e ruota il polso, come a dire *che delizia*, sa parlare latino e adora le biografie ottocentesche, i saggi sulla pittura di Degas.

Mi dispiace, è stata una distrazione, confessa Loris e non sa cos'altro aggiungere mentre come panna monta l'angoscia e si sistema all'altezza dell'esofago, quel respiro monco e tozzo si fa ancora vivo.

Tocca il telefono nella tasca, si dice che non dovrebbe controllare cosa è stato detto alla casa editrice sul profilo ufficiale, ma le dita si animano e in quelli che sono pochi attimi, mentre il direttore parla, lui ha già letto e messo via il telefono, e in gola s'è formata una nocciola, sente di non riuscire a deglutirla, ha la consistenza di una pietra di fiume.

Intanto una redattrice esce dall'ufficio amministrativo sbattendo la porta e va a prendere la sua borsa, per quel giorno ha finito, comunica, sono tre mesi in ritardo con i pagamenti, lei ritornerà quando i soldi verranno messi sul suo conto.

E pensa davvero di poterlo fare, anche se poi si ritroverà indietro di due, tre bozze e dovrà recuperare con gli straordinari e il suo contratto scadrà tra quattro mesi, c'è la fila dei neolaureati alla porta e si accontentano di molto meno, di girare le pagine allo scanner, di un rimborso spese, di una voce sul curriculum, di un vedremo, in futuro potresti restare: come fa Loris, con il padre che con la pensione gli paga il suo piano terra rialzato, cameretta-bagno-cucina, e litigano alla fine della settimana perché non dovrebbe essere questo il modo, da scroccone, da parassita.

In casa editrice sono passati da cinque stanze a tre, metà amministrazione è stata licenziata, Loris deve usare il proprio laptop e la sua scrivania è il tavolo ovale dove tutti pranzano, si ritrova spesso macchie d'olio sui polsini della camicia.

La prima volta che era entrato in quel posto si era sentito attraversare da un moto di entusiasmo: era riuscito, dopo varie prove fallite, a far rendere la propria laurea in Lettere, pensava di mettere radici lì, di crescere, di imparare, di farsi valere, fremeva dalla voglia di occhieggiare il piano editoriale, sentire parlare di nuove uscite e accarezzare i libri freschi di stampa. Ma col tempo si era abituato all'atmosfera da ufficio, che alla fine era come molti altri, tra tensioni, guai da risolvere in fretta e porte sbattute in faccia. Più che coinvolgerlo nelle valutazioni dei manoscritti gli avevano chiesto spesso di portare i caffè e porre attenzione allo zucchero, gli autori della casa editrice lo ignoravano quando era nella stessa stanza, uno gli aveva persino lasciato la giacca tra le braccia, come fosse un appendiabiti.

C'è chi ha scritto in un commento su Facebook: *Ecco come s'è ridotta l'editoria italiana, non si azzecca neanche l'apostrofo.*

Catastrofe è vitrea, ha le gambe incrociate come edera a un bersò, gli occhi sono vispi e le caviglie pelose, potrebbe avere quarant'anni o anche cento, non è facile da capire, però tira su col naso, fa rumore, lo deconcentra. Appena la vede, Loris sente una fitta nel punto che gli dà maledizione da un giorno intero, però questa volta l'intensità è più alta, come una puntura ad ago spesso, forse arriva dall'altra parte, sbuca dalla schiena, dai lombi, lo infilza a baionetta.

Loris si siede davanti al suo PC, gli tremano mani e gambe, deve mandare una nuova newsletter di scuse, firmarla a proprio nome, così ha ordinato il direttore, e lui inizia a scriverla, ma quel male nocchiuto non lo lascia in pace.

Poco dopo si sente costretto a riaprire il cellulare, tornare su Google e fare ricerche – *mal di pancia in basso a sinistra, mal di pancia persistente, mal di pancia senza dormire, mal di pancia che non passa* –, trovare sintomi e cure, rimedi naturali, cosa può ingoiare per stare meglio.

Gli basterebbe un sollievo di pochi istanti, giusto per inviare l'e-mail e poi riprendere allo scanner, ripartire da pagina 104 sperando che nessuno lo abbia usato nel frattempo, perché avrebbe cancellato la sua scansione. Nel dubbio pensa di alzarsi e dirlo, ma dirlo a chi? A tutti, vuole dirlo proprio a tutti che lo scanner non va toccato, ora lui manda la newsletter e poi finisce, la consegna è entro domattina e sono già le tre, fino alle otto ci sarà ancora qualcuno in ufficio, ma potrebbe continuare anche a casa, certo, a casa.

Nella borsa a tracolla ha un Oki-task e una compressa di Aspirina, li prende entrambi senza acqua ma gli sembrano fermi in bocca, la sua pietra in gola non lascia scendere nulla, neanche la saliva.

Catastrofe ha il viso bello e lucente di chi è pronto a convincerti della propria fede, posa la testa sulla sua spalla e guarda lo schermo del cellulare.

Le medicine non bastano mai, meglio essere sicuri, gli sussurra e gli muove le dita per cliccare ancora e trovare più certezze, finisce sul numero della guardia medica, e Loris vorrebbe chiudersi al bagno e comporlo, aspettare risposta, ma non può, deve concentrarsi, fare ammenda per l'apostrofo.

Spegne il telefono e torna a guardare lo schermo del PC. Si sgranchisce le dita e inizia con: *Siamo desolati*. Poi la i si incastra – *iiiiiiiiiiiiiii* –, sente una fitta tra il mento e la fronte e gli cola una goccia di sangue dal naso.

Loris la guarda cadere, quando si posa sul tavolo ovale pare aver preso la forma d'un fegato.

NON PREOCCUPARTI, CI SONO IO

Loris è fermo sul sedile di plastica dura, si regge la pancia con la mano aperta e ha ancora il fazzoletto sporco di sangue nel pugno destro, è un amuleto, un segnale tangibile. Fuori dalla porta automatica del pronto soccorso Clara parla al telefono con Sandro e gli comunica che è andata a prendere Loris in ufficio, ha avuto un malore ed è svenuto, ma sono lì da tre ore e non è successo quasi niente. Sandro è stringato, le dice che non doveva accompagnarlo, non serve, sta benone, è solo stressato dal lavoro e non sa gestirlo: lo abbiamo viziato, sempre tutto pronto, sempre tutto fatto, e ora nel mondo c'è un incapace in più.

Loris pensa a quella volta a Napoli con Jo, un anno prima, avevano preso una stanza su Airbnb nella casa di una coppia che abitava in una traversa di via dei Tribunali, la moglie aveva partorito da poco e l'arredamento era ispirato a Frida Kahlo, nel condominio non dovevano sapere che affittavano, ma il marito era un musicista e ultimamente lavorava poco, servivano soldi in più. Lui e Jo avevano camminato fino al mare e notato i droni usati per fare le foto di matrimonio e i pantaloni alle caviglie degli invitati, avevano mangiato una pizza dopo una lunga fila e poi pesce e una granita al limone. Avevano passato le mani tra i libri delle bancarelle di Port'Alba e commentato i titoli, lui l'aveva fatta ridere.

Loris aveva cercato di non pensare ai problemi sul lavoro, con la casa, con il padre, e di concentrarsi su Jo in una tutina nera con la schiena scoperta, dei sandali sportivi ai piedi e uno zainetto da montagna mentre agile svoltava nei vicoli e salutava le matrone sedute fuori dai bassi. Era curiosa, faceva parte di lei, e prendeva gli accenti dei posti, a fine giornata chiudeva tutte le *e* ed elideva le ultime vocali delle parole, la cadenza partenopea si era fatta svelta. Ne avevano scherzato e poi si erano coricati nella stanza calda, la finestra aperta sul cortile interno e sui mormorii della città. In piena notte Loris era stato male, si era alzato sudato e freddo, e il giorno dopo in treno continuava ad andare al bagno, non era riuscito a mangiare nulla e guardava Jo col panico negli occhi, si sentiva espropriato da quel malessere così esigente. Era come cambiare pelle, cambiare corpo, diventare un altro, trasformarsi in una nuova creatura dolorante. Nel giro di poche ore il suo sguardo era diverso, il terrore della vergogna in pubblico, l'ansia per il mal di pancia che lo abitava ostinato, la consapevolezza che qualcosa si stava rovinando e corrodendo.

Jo da subito aveva minimizzato, insisteva a dire che sarebbe passato, non serviva agitarsi, a Roma avrebbero comprato un Imodium e via. Mentre per Loris non c'era niente di semplice, ma l'impaccio delle gambe troppo lunghe per quel bagno, le mutande sporche, la carta igienica usata per foderare il water – come gli aveva insegnato Clara da piccolo –, la maniglia a cui tenersi e i rumori dell'intestino e la sensazione che non fosse più possibile per lui essere un compagno, un amante accettabile, decoroso.

Era stato l'ultimo viaggio con Jo, poi i malesseri erano aumentati, accavallandosi, confondendosi, e ogni spostamento voleva dire una busta intera di farmaci per le evenienze già pronosticate.

Scrive a Jo un paio di messaggi dove menziona il pronto soccorso, vorrebbe impressionarla per una volta, farla reagire con qualche punto esclamativo, sentirla preoccupata, vederla correre lì per una rassicurazione e una presenza, gli basterebbe averla in silenzio, come quando da diciassettenni non c'era bisogno di dirsi molto, era già tutto al centro, convincente e sicuro. Più lei cerca di ridurre ogni cosa a un problema passeggero e risolvibile, più lui sente che invece il dolore resterà, e desidera che lei se ne accorga, che abbia voglia di accudimento, di vicinanza estrema. La vorrebbe pronta a precipitarsi e a sedersi al suo fianco, impegnata nel parlare con gli infermieri, caustica nei commenti sui ritardi e sulle attese.

Jo domanda come sta ora, cosa hanno capito i medici e se c'è sua madre, e Loris risponde che non ha visto nessun medico, aspetta in sala d'attesa e controlla il suo turno sul monitor, la madre è fuori.

Jo dice: *Va bene, fammi sapere.*

Non aggiunge altro e non ha intenzione di venire.

Loris va indietro con la memoria, a quando doveva cominciare l'università mentre Jo, avendo un anno in meno, ancora si stava preparando a finire il liceo. Lei pareva più entusiasta di lui per questo inizio, invece Loris viveva con irrequietezza l'allontanamento dal quartiere, dalla famiglia e da lei, dalle ovvietà come pranzare insieme dopo la scuola, ritrovarsi al parchetto a guardarla fumare mentre sedeva in groppa a qualche cavalluccio o qualche stella marina, accompagnarla in palestra col motorino o rimanere a bere birra vicino alla ferrovia mangiando un panino con maiale e cetrioli.

L'università era lontana, quasi quaranta minuti di treno urbano, e qualche paura s'era affacciata, aveva fatto capolino, già dalla prima volta in cui aveva messo piede alla facoltà di Lettere. Le lezioni erano molte, una dietro l'altra, spesso era costretto a stare lì fino alle otto di sera, e quando rientrava dormiva in treno appoggiato con la fronte al finestrino, la camicia sgualcita, il maglione spiegazzato.

Appena tornava a casa telefonava a Jo e le raccontava tutte le sue inquietudini, c'erano troppe persone in Facoltà e non era riuscito ad avvicinare nessuno, aveva dovuto pranzare da solo nascosto dietro all'edificio grigio tenendo la pizza appoggiata tra i libri, si era macchiata l'agenda che lei gli aveva regalato alla maturità. Le lezioni erano appassionanti e aveva spesso voglia di alzare la mano per intervenire, ma si tratteneva, sarebbe stato come gridare nel buio, alla cieca. Era sempre stato un tipo ansioso, ma con gli anni aveva imparato a trattenere certi istinti, erano le modifiche delle abitudini a renderlo nervoso, confuso.

Jo allora s'era presentata in Facoltà, la sua coda alta e un McDonald's a portar via, per una settimana era andata ogni giorno a fargli compagnia appena uscita da scuola, avevano condiviso patatine e cheeseburger, avevano aggiunto la salsa barbecue, la loro preferita, e Loris le aveva parlato delle lezioni di storia della letteratura e di filologia romanza.

Lei non era mai andata particolarmente bene a scuola, ci metteva poco impegno e metà del tempo lavorava, faceva la cameriera.

La famiglia di Jo, con la crisi economica, aveva passato un brutto periodo, il padre aveva quasi dichiarato bancarotta per la loro azienda di idraulica ed erano stati sul punto di dover vendere la casa, le sorelle di Jo, tutte più grandi, o si erano sposate o avevano lasciato l'università per lavorare. E lei, che si era decisa per un istituto tecnico di periferia, non vedeva l'ora di smettere e andare a studiare qualcosa che contasse davvero, qualcosa che la facesse guadagnare. Non aveva nessuna intenzione di campare di mance e lavoretti. Voleva stare in una azienda, voleva avere uno stipendio fisso e i buoni pasto.

La faceva sorridere l'entusiasmarsi di Loris per le lezioni su Tasso o Dante.

Non ci si mangia mica, gli diceva, con la roba che studi tu.

Loris appoggia la schiena, il dolore sta scendendo tra le gambe, è come se pesasse almeno tre chili e fosse un'àncora a terra. Sul monitor lui è un pallino verde, come il suo codice, la sua bassa probabilità di essere visitato, la sua scarsa malattia, il suo star così così, la sua pressione nella norma, la sua temperatura ottimale, il suo sangue dal naso che è dato dall'ansia – sicuramente – ha detto l'infermiera all'accettazione, deve essere uno stato di inquietudine eccessivo.

Oltre al suo pallino ce ne sono altri quattro verdi e nessuno di loro è sparito dal monitor nelle ultime ore, sono entrati in pista però due pallini blu, due arancioni e uno rosso, che Loris ha visto arrivare su una barella: un ragazzo, incidente stradale.

Prima, quando si è affacciato fuori dall'edificio e ha raggiunto la madre, ha notato che ad aspettare c'erano almeno dieci persone per il pallino rosso e due piangevano, e Loris era lì a tenersi la sua pancia, il suo niente, ma non riusciva a farne a meno, doveva capire se aveva qualcosa di grave, qualcosa di pericoloso, ché magari tornava a casa e stava peggio, tanto valeva aspettare, insistere.

Esistono i mali evidenti, le ferite, ma esistono anche i mali oscuri – si è detto – quelli che non li vedi ma sono i peggiori, sono i più crudeli. Per anni si era rifiutato di andare in ospedale, troppi brutti ricordi, troppe scelte sbagliate, ma adesso se non stava bene detestava rimanere da solo nel suo appartamento e la camerata di un pronto soccorso gli pareva il luogo più desiderabile della città, se non fosse rimasto chi lo avrebbe sentito gridare in cerca di aiuto, certo poteva chiamare l'ambulanza, ma quanto ci avrebbe messo a raggiungerlo a Monteverde, già si figurava i titoli dei giornali: *Tren-*

tenne trovato morto nel suo piano terra rialzato, nella sua galera, la musica della sala di registrazione ha coperto i lamenti.

Una infermiera addetta a chiamare i numeri gli passa accanto e Loris la ferma, chiede quanto pensa che ci vorrà, lui desidera solo vedere un medico, uno qualunque, anche un laureando, anche un oculista, chiunque possa tastare il suo addome, qualcuno che gli prescriva un farmaco e qualche analisi di controllo. Loris non vede l'ora di tenere quelle prescrizioni in mano, insieme al fazzoletto insanguinato, far vedere al padre, alla madre e a Jo che c'è da cercare, che potrebbe essere meglio approfondire. Non è fantasia, non è ossessione, è che a lui sta capitando una patologia e va curato, preso in considerazione.

La donna ha l'aria svelta e stanca insieme, controlla il foglio che regge tra le dita e gli dice che non può saperlo, ma secondo lei è meglio se va a casa, sono già le nove di sera e tra qualche ora la sala d'attesa diventerà più difficile, tra persone senza casa, tossici, alcolizzati.

Loris vorrebbe dirle che starà benissimo tra loro, in sofferenza comune, e che si sentirà all'altezza, ma annuisce soltanto e si innervosisce per il foglio che lei ha in mano, per le campagne di prevenzione appese al muro.

Cosa vogliono che preveniamo se ogni nostra angoscia per loro è una drittata, pensa e chiude gli occhi, affaticato dai neon.

Clara gli scrive sul telefono chiedendo se ci sono novità e lui risponde di no, l'infermiera ha consigliato di andare a casa, ma lui vuole attendere ancora, almeno fino alle undici, fino alla fine della giornata, non importa se dovrà stare seduto e immobile, se verrà ignorato, ma se c'è speranza per la chiamata lui vuole esserci, rispondere quando verrà detto il suo numero, alzare la mano e mostrare il braccialetto bianco dove hanno scritto tutto: il suo arrivo, il suo codice fiscale.

La madre è angosciata ma non sa come comportarsi, dopo un'altra ora gli dice che è il momento di andare, ha bisogno di riposare, e se tornerà il malessere se ne occuperanno, glielo promette.

Io sto male adesso, scrive Loris nella chat con Clara.

E poi lo dice ad alta voce – io sto male –, gli si formano delle lacrime rabbiose agli angoli degli occhi e li strizza, stringe il bordo del seggiolino e la pancia è piena di ghiaia, pietrisco e calcestruzzo.

Quel suo grido fa arrivare un infermiere che chiede cosa c'è, e Loris dice: C'è che sto male e non state facendo niente.

Allora l'uomo cambia volto, diventa freddo e gli fa notare che loro stanno lavorando, e ci sono stati tre codici rossi, uno è morto.

Era un uomo anziano che ha avuto un infarto, staranno già pensando al funerale e alla sepoltura, toccherà avvisare tutti i parenti, c'è una cappella in un'ala dell'ospedale, Loris lo sa bene.

Catastrofe si siede vicino a lui, s'è messa dei pantaloni da lavoro verde scuro, pare pronta a salire sui tralicci per sistemare i cavi della corrente o a tirare su alti muri di mattoni, ha i brillantini sulle palpebre e una coda da gatta, osserva l'infermiere come se volesse strusciarsi sulle sue gambe, adora le sale d'aspetto, il pallore dei corridoi d'ospedale, si sporge e gli sussurra all'orecchio: Come quella dove hanno portato Tempesta.

Loris sgrana gli occhi e scatta in piedi, si accarezza la pancia al modo di un bambino, una creatura sconfitta, ed esce dalla porta automatica, raggiunge la madre, le conferma che stanno andando via, che si terrà quel dolore, mentre Catastrofe scuote la testa camminandogli a fianco, pare contrariata da questa sua scelta: Si stava così bene tra i camici e le somministrazioni di liquidi endovena, gli dice a bassa voce.

Clara guarda inquieta il figlio e gli propone di dormire a casa da loro, anzi direttamente con lei nel letto, così potrà vegliare su di lui, essere certa che non abbia una ricaduta, manderanno il padre sul divano. Ma Loris non accetta. Non è un bambino, non dorme con la mamma.

Il tragitto fino al parcheggio pare eterno e in salita, Loris guarda i reparti illuminati e le finestre accese dei degenti e vorrebbe far parte di loro, vorrebbe avere un letto tra i malati, tra quelli che stanotte avranno un campanello da suonare, una flebo da cui far passare soluzioni possibili.

Madre e figlio entrano nell'automobile, lui siede davanti accanto a Clara, in silenzio, Catastrofe ha preso posto nel portabagagli e da dentro borbotta, Loris tira il braccialetto bianco che ha al polso, vorrebbe strapparlo con stizza, ma quello non si crepa, non si spezza.

*

L'orto era una mezzaluna, a sinistra le mele cotogne, a destra le piantine di fragole, al centro altri alberi da frutto, insalate, melanzane, zucchine, zucche e pomodori, tanti, tantissimi pomodori. C'erano i piccoli e dolci, gli allungati, i più storti e irregolari, quelli che restavano verdi e duri, alcuni avevano bisogno delle canne per rimanere su, e Tempesta ne usava quattro a pianta e le legava in cima col fil di ferro. La raccolta dei pomodori in estate pareva non finire mai, e il terreno si copriva di quelli che cadevano a terra e si arrendevano al caldo, l'odore delle bucce saliva al naso forte, come di salsa cotta troppo a lungo.

Il nonno li metteva in tegame con carota, cipolla, sedano e alloro, poi li passava girando la manovella e li poneva a conserva nella cantina, accanto alle marmellate, ai sott'oli, ogni barattolo aveva la sua etichetta con la data di imbottigliamento, Loris si occupava delle decorazioni, onde e linee, cerchi e triangoli, a volte andava per finta a fare la spesa nella dispensa e chiedeva al commesso immaginario tre chili di sugo alle verdure, i pomodori pelati.

Il sistema d'irrigazione a goccia lo aveva fatto Tempesta a mano, aveva creato i buchi con la fustella a circa trenta centimetri l'uno dall'altro, spesso perdeva acqua, i tubi andavano sistemati con lo scotch isolante. Ma a lui piaceva fare da solo, chiedere consiglio agli amici contadini che abitavano intorno, tra le cascine di campagna che spuntavano sulle colline fino alla grande macelleria, tra immondizie abusive e poltrone per permettere alle prostitute di sedersi a bordo strada.

E se ogni cosa fatta senza manuale, senza regole scritte, poi veniva fuori sbilenca, a Tempesta non importava, se continuava a rompersi lui la riparava, ché il tempo non gli mancava e aveva passato metà vita a girare da un continente all'altro, adesso quel semicerchio gli bastava, contava più del giardino, contava più della casa, permetteva l'esperienza della nascita, della crescita e della morte e di quello che arrivava dopo, quando tutto si faceva marcio e tornava terreno.

Tempesta era stato un bambino impudente, un adolescente pirata, un uomo d'avventure infinite, e negli anni aveva messo su il peso di una pancia molle, di un paio di occhiali spessi, i capelli erano caduti tutti e a forza di salire e scendere per raccogliere frutti si era ferito e fatto cicatrici sulla punta della testa, l'ultima per colpa di uno spigolo in cantina mentre stava ripulendo una cassetta da verdura presa al mercato. Loris aveva trovato dei fazzoletti pieni di sangue dentro al lavabo del bagno e gli avevano messo terrore.

La pelle di Tempesta era sempre abbronzata e pareva dura come il cuoio, difficile da bucare e modellare, resistente all'acqua e ai graffi; eppure anche lui poteva sanguinare, essere scalfito.

Camminando nell'orto il nonno mostrava a Loris cosa stava crescendo a dovere e cosa no, era particolarmente contento delle fragole che erano ancora acerbe ma già grosse, sode, era impensierito invece dagli alberi da frutto, lasciando perdere il cotogno che stava a belletto e non aveva mai dato mele, erano le ciliegie che lo crucciavano, di solito i rami erano così carichi da piegarsi verso il basso, ma finora non se ne erano viste, dai fiori non era nato nulla e lui era perplesso, triste.

Forse erano stati i suoi innesti bizzarri a disturbare le piante: melo su albicocco, pero su ciliegio, mandarino su limone, tutte le aveva provate e gli alberi parevano in convalescenza con le bende sui tagli per coprire il mastice fatto in casa con la colla vinilica e il verderame, armati di braccia bioniche e con la voglia di trasformarsi.

Loris stava seduto su una seggiolina di paglia che Tempesta teneva per lui e lo guardava andare su e giù mogiamente, svogliato, nervoso per la storia delle ciliegie e dei suoi sforzi che le piante non accoglievano, i suoi esperimenti e misteri.

Le piante sono così, capiscono gli umori e i cambiamenti, gli disse e controllò le foglie una per una, per appurare se ci fosse malattia e non avesse passato abbastanza insetticida con la sua tanica tenuta a mo' di zaino. Ma le foglie stavano bene e quindi era una stregoneria, un sortilegio.

Forse le hanno mangiate gli uccelli, azzardò Loris e strisciò i piedi nella terra, fece due solchi sempre più profondi. Avrebbe voluto saper piantare anche lui, seminare, innaffiare, riuscire a essere esattamente come Tempesta.

Non sono proprio nate, rispose Tempesta e ne parlò come di creature abortite, di figlie perdute, interrogò i rami passandoci sopra l'indice e poi staccò uno dopo l'altro gli innesti che non avevano attecchito, gli restarono in mano con facilità. Li fissò e poi li buttò nell'angolo dove teneva gli sfalci. Loris si alzò e corse a guardare gli scarti secchi di ciò che non aveva avuto successo.

Aiutami ora a fare spazio, qua al centro, leviamo i sacchi del concime e gli attrezzi, comandò Tempesta e Loris eseguì e usò le sue braccia bianche come il nonno gli mostrava, ma la sua espressione era tirata e spenta, infelice, e questo il nipote non riusciva a sopportarlo.

Nel pomeriggio erano nello studio, Loris sedeva a gambe incrociate sul tappeto e stava creando dei vermicelli di plastilina, li teneva tra i palmi e sfregava allungandoli mentre aveva gli occhi sulla televisione: per evitare di farlo leggere troppo, Tempesta gli aveva registrato le puntate di un programma per bambini in numerose videocassette, le teneva ordinate in una libreria, vicino alle enciclopedie, e a Loris bastava indicarne una per poterla rivedere.

Nella puntata che aveva scelto, una papera parlante stava spiegando come costruire un'altalena in miniatura usando la lana e il cartoncino. Loris aprì un cassettone, quello pieno di tutti gli scampoli, i ritagli e le forbici con la punta arrotondata che era dedicato a lui e ai suoi lavoretti, le sue improvvisazioni artistiche. Cercò la lana e il cartoncino: anche se quell'altalena l'aveva realizzata molte volte, voleva depistare il nonno, che intanto batteva alla macchina per scrivere.

Tempesta raccoglieva ricette che trovava sulle riviste in edicola, si segnava quelle che lo interessavano di più e le trascriveva, le catalogava: pere al forno col cioccolato, tortiglioni ripieni di spinaci, rotolini di frittata e prosciutto. Non era bravissimo a cucinare, ma era stata un'abitudine della nonna Gemma e lui non l'aveva voluta perdere, aggiungeva faldoni a nuovi faldoni, antipasti ad antipasti e dessert su dessert.

Quando finì con la plastilina e fu abbastanza soddisfatto, Loris si alzò e uscì dalla stanza avvisando che andava al bagno, ma in realtà scese le scale fino a scappare in giardino e tornò a chiamare Tempesta poco dopo, per dirgli che c'era una sorpresa nell'orto, lo trascinò dal braccio, era così eccitato che non aveva fatto in tempo neanche a spegnere la televisione e l'altalena di cartone era stata costruita a metà.

Arrivati lì il nonno si guardò intorno ma non notò nulla di particolare, non capiva se fosse uno scherzo, se fosse un gioco. Poi Loris indicò l'albero e disse: Sono uscite le ciliegie. Le aveva appese lui, i frutti rossi fatti di plastilina che non erano come quelli veri, ma ci somigliavano, e adesso pendevano dai rami, Tempesta le vide e si avvicinò.

Loris guardò solo le sue spalle e il suo silenzio, la solita maglietta rossa a cui il nonno aveva rattoppato da poco l'ennesimo buco. Il bambino aveva paura di aver sbagliato, di averlo reso ancora più malinconico, più amareggiato.

Hai fatto una bella cosa, disse Tempesta alla fine e aspettò a voltarsi.

Sono cresciute da sole, rispose Loris svagando, ma iniziò a sorridere entusiasta d'averlo sollevato dal peso di quella mancanza.

Tempesta gli diede un colpetto alla testa, non era adatto ai grandi affetti, agli abbracci prolungati, quindi quel tocco era già segnale d'amore e gratitudine.

Vuoi sapere perché oggi mi hai aiutato a fare posto? domandò il nonno e Loris annuì. Voglio costruire una voliera, qui al centro, grande così, e portare i colombi.

Loris era stupito, non aveva mai visto un colombo da vicino e chiese cosa ne avrebbero fatto, se avrebbero dovuto mangiarli. Tempesta si mise a ridere e disse di no, non li avrebbero mangiati, se ne sarebbero presi cura, avrebbero tirato su la rete, inchiodato le assi, tagliato il legno per le casette e ci sarebbe stato sempre granturco.

Una sua amica in Africa ne aveva avuti tre, uno senza becco che doveva imboccare con una siringa e due che erano stati come marito e moglie. Una volta un vicino di casa glieli aveva rubati e li aveva messi tra i propri, pensando che la donna non se ne sarebbe accorta, ma lei era uscita nel cortile e aveva cominciato a chiamarli: Palmiro e Palmira, aveva gridato e i colombi avevano risposto, erano rientrati in casa. Sono fatti così, sono animali fedeli, tornano sempre.

*

Il telefono continua a squillare a vuoto o a dare occupato, Loris scrive un messaggio: *Salve Dottore, la sto provando a chiamare, ma non ricevo risposta.*

Lo invia al medico di famiglia, che sta nel quartiere dei suoi genitori, un uomo che lo ha visto crescere, gli ha curato le influenze, l'otite, il mal di denti, ha lasciato la sua impronta sulla pancia per vedere se restava il segno a causa della rosolia, ha immaginato potesse avere la mononucleosi a quattordici anni quando la febbricola non andava più via, ha firmato le sue ricette, anche quella per un tranquillante blando da prendere prima di dormire, Loris aveva dieci anni e aveva cambiato tre psicoterapeuti.

C'erano periodi in cui leggeva più del solito, apriva e chiudeva i libri uno dietro l'altro, un universo dopo l'altro, un protagonista e poi l'altro, una morte e poi l'altra, di finale in finale, non riusciva più a dormire la notte e a scuola si addormentava sul banco, ai temi prendeva quasi sufficiente e alle interrogazioni anche discreto, aveva scoperto da poco il potere della masturbazione, quello di farlo calmare e stancare, alternava letture a mani nelle mutande, faceva partire la cassetta di un film di Kubrick e continuava a mandare avanti e indietro la scena delle orge con quei corpi che venivano cavalcati come animali da maneggio, da accoppiamento per avere cani di razza.

Nei film gli interessavano solo le scene di sesso, erano sparite le trame, gli attori e le attrici, era sparita la regia, il campo lungo o quello medio, i primi piani, si vergognava a cercare i porno e aveva paura di essere scoperto dal padre, che non gli pareva un uomo qualunque, con certe pulsioni, ma un ingombrante presenza fissa, dentro la testa come un neurone.

Al messaggio non c'è risposta e intanto dall'altra parte della parete sono iniziate le prove del solito cantante che oggi ha cambiato strofa e si esibisce in un acuto stretto, che viene stridulo, come un fischio, sembra il richiamo per un gregge disperso.

Loris compone ancora il numero e finalmente la segretaria del dottore dice: Pronto?

Lui chiede di potergli parlare e lei lo mette in attesa, al fischio del cantante si aggiunge la melodia del jingle. Loris ha gli occhi spalancati, guarda le grate alla finestra, non può stendere i panni per fargli prendere aria, se si affaccia riesce a vedere solo fino a un certo punto.

Pare che nel seminterrato viva un anziano che cucina spesso con la cipolla e ha delle tartarughe nel suo giardinetto, e Loris lo invidia, vorrebbe anche lui un pezzetto di prato, un quadrato naturale, una testuggine in letargo.

Quando il medico arriva al telefono, il cantante gorgheggia di più, prova e riprova il suo acuto sibilante e Loris si tappa l'orecchio libero con l'indice per capire meglio cosa gli dice il dottore, cerca di spiegare che ha avuto un malore in ufficio e poi è andato al pronto soccorso ma non ha concluso nulla, non ha dormito la notte, non è riuscito a recarsi al lavoro, attende di stare meglio, ma non riesce a stare meglio, il mal di pancia lo tiene in ostaggio, cosa deve fare?

Il medico tenta di tranquillizzarlo dicendo che non è niente di cui preoccuparsi, basterà un blando lassativo e cercare di non stressarsi troppo, ma Loris non sente bene, il volume nella sala di registrazione è aumentato, non basta più usare l'indice.

Si scusa col dottore e urla un vago Basta sperando di essere ascoltato, poi torna alla conversazione e allo stress che sarebbe causa di tutto, ma lui non ci crede, pensa che quella sia la conseguenza e non la causa, è angosciato perché sta male e non il contrario.

Come fanno a non rendersene conto – il medico, i genitori, Jo, il direttore della casa editrice –, ripete due volte la parola *conseguenza* per essere sicuro di averla detta, e il dottore risponde che potrebbe prendere la valeriana la sera e i fermenti lattici appena sveglio, Loris obietta che non servono a nulla, sono inutili palliativi, e anche *palliativi* lo ripete due volte, ma in tono nervoso perché a lui non bastano più queste caramelle da bambini, i tre-otto-dieci miliardi di bacilli in bustina, i probiotici, mangiare solo pasta integrale, esagerare con le fibre, la crusca, la segale: il suo dolore è invincibile, è un supereroe.

Basta, grida ancora alla parete in direzione del fischio e della strofa, della canzone e di chi l'ha scritta, inventata, di chi le ha permesso di esistere proprio in quel momento mentre lui è agitato e gli tremano le mani e chiede al dottore di fargli fare dei controlli.

Perché quel dolore è troppo forte, non può essere cosa da poco, deve nascere da un problema, e un problema se non lo individui non lo puoi risolvere. Adesso il malanno gira indisturbato dentro di lui, nessuno lo vede, nessuno lo può curare.

Quando da bambino dovevano fargli le punture sul sedere, mentre nonna Gemma preparava la siringa, Tempesta era costretto a stargli vicino per distrarlo. Allora gli raccontava di quando al porto di Massaua aveva corso così tanto per prendere una nave e alla fine l'aveva persa ma il suo cane era caduto in acqua e lui dietro con tutta la valigia, e imitava i guaiti del cane e poi mimava il nuoto e raccontava il caldo che c'era al porto e la nonna Gemma che era attraccata anche lei in quel momento – lei arrivava, lui doveva partire –, si erano incontrati così, Tempesta tutto bagnato, Gemma vestita troppo pesante per l'Africa. Avevano chiacchierato dell'Italia, all'epoca nessuno dei due aveva mai visitato la città di Roma o mangiato carciofi fritti, ne avevano solo sentito parlare. Loris s'era abituato a quel rituale e ogni tanto gli tornava alla mente la presenza del nonno al bordo del letto, la sua maniera di far passare il dramma e poi, quando l'ago s'infilava nella carne, di tenergli stretta la mano, come una salvezza.

Il medico dice che non è il caso si sottoponga ad altri controlli, hanno già le analisi del sangue che sono ottime, e ha fatto l'ecografia all'addome superiore dove non è stato trovato nulla di particolare, solo molta aria nella pancia.

Ma qui si tratta di un malessere importante, ribatte Loris, e si passa una mano tra i capelli, li trova appiccicosi e crespi, e le ultime analisi potrebbero non aver visto tutto, per esempio lui una colonscopia non l'ha mai fatta, con quella starebbe sicuro.

Non so se lei può capire, dottore, ma io sono certo ci sia qualcosa, ognuno di noi conosce il proprio corpo e lo sente, e poi non c'entrano i valori comuni del sangue, l'emocromo completo, e non c'entra l'ecografia, il gel freddissimo sulla pelle, io voglio vedere dentro, voglio indagare le anse, i pertugi, i vicoli ciechi del mio intestino, delle mie membrane, dove si annidano i ragni violino, i più cattivi.

Una delle analisi strumentali dell'ultimo anno era stata la gastroscopia dopo un periodo di vomito e nausea, era riuscito a farsela prescrivere e a trovare posto in un paio di mesi: una inaspettata fortuna per il sistema sanitario nazionale. Quando lo avevano chiamato per avvertirlo che si era liberato un posto e poteva recarsi in ospedale, aveva avuto voglia di mettersi a ballare una samba, un valzer leggero.

Una volta là, lo avevano fatto sdraiare su un fianco sopra un lettino, i due radiologi che lo avevano in carico parlavano tra di loro ignorandolo, come se lì ci fosse un sacco di carne, un fantoccio, poi gli avevano detto che quello era il tubo con la telecamera e che gli avrebbero spruzzato qualcosa in gola per attenuare il dolore, e poi lui doveva ingoiarlo come un biscotto.

Loris ci aveva provato ma gli era venuto da vomitare, e allora si erano fermati, loro scocciati, lui con gli occhi lucidi per lo sforzo, e dopo avevano ritentato da capo, la terza volta il biscotto era entrato e Loris aveva sentito qualcosa di freddo scendere fino allo stomaco, e raschiare, muoversi, una sensazione oscena e liberatoria insieme.

Era riuscito a farsi sondare e subito dopo era stato tranquillo, rilassato, al limite della goduria, aveva dovuto soffrire un quarto d'ora ma ne era valsa la pena. Erano stati circa tre i mesi con l'ossessione del tumore allo stomaco, in cui si era tastato, aveva controllato la propria saliva, i propri conati, si era ridotto a mangiare solo in bianco e aveva avvertito dolori fitti e oscuri alle braccia, fino alle dita e alle unghie. Con trepidazione aveva aperto la cartellina lucida e trovato il referto che non individuava particolari problematiche del tratto gastrointestinale, giusto una leggera gastrite.

Non c'erano metastasi, non c'erano infezioni, non c'erano ulcere, non era intollerante al lattosio, non era celiaco, non era nulla: era illeso.

Non farai una colonscopia, non ce n'è ragione, Loris, stasera prendi la valeriana o la melatonina e cerca di dormire, fammi sapere come va nei prossimi giorni, e considera anche, per favore, la psicoterapia. Il medico lo liquida con queste ultime frasi e attacca. Non gli dà il tempo di controbattere e insistere con le sue sacrosante richieste, e Loris sente una stretta alle tempie, il bolo in gola, come se quel tubo con la telecamera fosse sempre nell'esofago, impossibile da estrarre. Potrebbe riempire cesti natalizi con tutta la melatonina e la valeriana che ha ingurgitato negli ultimi mesi senza ottenere alcun risultato, neanche un blando placebo, una sensazione di limitato benessere, una vaga sonnolenza. Da quanto tempo cercano invano di curarlo con pasticche insignificanti dai prezzi per nulla contenuti? Gli sembra una vita. Una intera vita di rilasci rapidi e prolungati, caramelle per il sonno e puzzolenti pastiglie alle erbe.

Gli viene da lanciare il cellulare contro il muro, sono ormai le dieci di mattina, per un'ora ha atteso di parlare col medico e non ne ha cavato niente, è di nuovo solo, il paziente di nessuno.

Catastrofe compare all'angolo della stanza, sta giocando con dei ferri da maglia, ha in testa delle orecchie da lupo e le sue gambe sembrano lunghissime. Non preoccuparti, ci sono io, gli dice e non alza neanche gli occhi, è troppo impegnata a sferruzzare.

Allora Loris si avvicina alla parete e batte con la mano chiusa a pugno contro l'intonaco per segnalare alla sala di registrazione che non ne può più, che quella cantilena lo sta rendendo isterico, forse è per questo che non ha convinto il medico, per colpa loro e della confusione che stanno facendo, un inutile frastuono, una cacofonia priva di garbo ed eleganza, una stonatura continua, controcanto peggiore dei trapani o delle sirene d'ambulanza, dei treni sulle rotaie.

Dall'altra parte nessuno risponde, nessuno lo sente e Loris si accanisce, pare bussare a un portone di marmo, smette solo quando avverte dolore alle nocche e si accorge che una è diventata rossa e gonfia, quindi si arrende, tiene la mano chiusa nell'altra e si butta a pancia in su sul letto, guarda il soffitto.

Non preoccuparti, ci sono io, ripete Catastrofe e le sue gambe sono ancora più lunghe, dall'angolo della stanza arrivano fino al letto, e forse vanno radicandosi, scendono nel pavimento, penzolano sulla testa dell'inquilino di sotto, raggiungono le tartarughe. I suoi ferri si muovono a ritmo concitato, quasi stesse tessendo una ragnatela, una tana da tarantola.

Loris allunga una mano e prende il PC, chiude tutte le pagine web aperte e cerca un sito porno, sa che se si concentra può servire da diversivo e rilassarlo, scorre le immagini di tette enormi e di posizioni acrobatiche, di finte relazioni incestuose, di uomini mascherati, di donne seviziate, di labbra rifatte, di intimità glabre, sempre più nude e simili a fettine di carne da buttare a cuocere, da mangiare di fretta.

Si ferma sul video di una gang bang polacca, perché di solito i video dall'Est sono meno patinati, meno orchestrati e lui li preferisce.

Appaiono sullo schermo due ragazze magrissime, pallide, hanno stivali fino al ginocchio con tacchi da discoteca e nient'altro addosso, hanno intorno almeno venti uomini di cui non si vedono le facce perché censurate, il tutto si svolge in quello che sembra un pub con il bancone e i tavoli di legno scuro, i superalcolici e le bandiere delle squadre di calcio alle pareti. Le due ragazze vengono toccate, penetrate, spostate da un tavolo all'altro, e le mani si moltiplicano e così lo sperma.

Le loro facce sono piatte, non fingono neanche il piacere, anzi, sono concentrate sull'atto, sulla sopravvivenza, sul fare il giusto, fare bene, arrivare alla fine della giornata.

Una ha i capelli bagnati, l'altra ha perso il piercing al capezzolo e chiede dove sta, chi l'ha rubato, gli uomini a turno si muovono sopra di loro e fanno battute, qualcuno ride, la pelle è rossa per gli schiaffetti alle natiche, quando uno di loro sputa sulla ragazza più magra Loris sente l'orgasmo salire, e subito dopo la sconvenienza, il turbamento per quello sputo – la saliva precisa e collosa –, per il locale sporco e le due ragazze di cui già non ricorda più il viso.

Chiude il PC con un gesto brusco: il mal di pancia si è attenuato, e Catastrofe è svanita.

TRENT'ANNI

Da quando è andato via, le mura del salotto sono spugnate di azzurro, i divani sono rigidi e i libri sono tornati: la collezione dei thriller di suo padre, i classici di sua madre. Gli sembra una casa dai colori violenti, la disposizione dei mobili è un'altra e la cucina è stata rinnovata in muratura a piastrelline bianche e gialle, fa male agli occhi guardare troppo i fornelli o i lavandini.

Hai la faccia stanca, dice Clara e gli tocca la mano sul tavolo.

Loris la sposta subito, quando sua madre tenta questi approcci amorosi gli sale un prurito sul collo, come se fosse necessario grattarsi dall'ailanto.

Certe volte gli chiede dei baci, degli abbracci, dei contatti prolungati e Loris fa finta di non sentire o cambia stanza, chiude di fretta la porta del bagno, scende con rapidità le scale, saluta con un gesto esplicito. Se lei invece si avvicina senza annunciarsi e lo tocca, lui serra le dita a pugno.

Non mi scavare addosso con gli occhi, le risponde e la televisione accesa butta su di loro dei bagliori azzurrini.

Allora Clara sospira e smette, di norma tace davanti alla stizza del figlio, ma a volte si anima e si innervosisce per le sue frasi categoriche o le sue sparizioni, non le sa tollerare. Ai suoi occhi c'è sempre un bambino, un pezzo di carne appena partorito da difendere, da accudire. E le difficoltà di

Loris non fanno altro che consolidare quest'idea, della sua infanzia lunghissima e dell'essere mamma all'erta, pronta a intervenire.

Dai, continua, cosa stavi dicendo? Clara aggiunge del vino al marito che ancora ha il bicchiere mezzo pieno, e lui lo ingolla in un nuovo sorso colmo.

Dicevo che ho comprato dei libri per delle ricerche, riprende Loris senza mangiare oltre.

Per colpa dei dolori intestinali gli mette spavento ogni alimento, ogni trancio di pesce, ogni verdura sbollentata e ogni uovo alla coque.

Le prove allergiche non hanno riportato segni di intolleranze, ma lui è certo che qualcosa gli faccia venire la nausea, la contrazione delle viscere. Tutto quello che riguarda il masticare e l'ingoiare è sospetto: l'insalata che gonfia, la carne rossa che contamina, i latticini che rovinano i denti. Su Internet si trovano articoli su articoli riguardo a cibi di cui sono state scoperte le caratteristiche tossiche, o che contengono conservanti nocivi, fibre cancerogene. E Loris li salva tutti in pdf e li mette in una cartellina gialla sul desktop: NON MANGIARE. Ogni tanto la apre, la aggiorna, e se trova delle contraddizioni si altera, non sopporta di non essere certo che qualcosa possa nuocergli, un olio, una vitamina, un aroma naturale.

Altri libri, e per cosa? Per l'ufficio? Sandro lo interrompe ancora, la prima volta era stato per ascoltare una notizia al telegiornale, su cui continua a mantenere lo sguardo mentre mangia. Un rumore, quello proveniente dallo schermo, a cui Loris non è più abituato e che sente intruso.

Sì, per l'editore. Ti ho detto che sto anche lavorando da casa e faccio ricerche su alcuni libri che potremmo ripubblicare. Loris strizza un poco gli occhi, la televisione gli pare troppo luminosa e vibrante, si domanda se la sentano anche i vicini, se arrivi giù per strada il fragore di quel notiziario.

In realtà nessuno glielo ha mai chiesto, ma a lui piace cercare, scoprire racconti dimenticati, scrittrici di cui si sono perse le tracce, immaginare che possano tornare in libreria, trovare un nuovo pubblico. Quando andava all'Università passava molte ore in biblioteca anche solo a girare per gli scaffali per scovare qualcosa di sorprendente, di ignoto e rimosso. Si sentiva come un archeologo sulle tracce di civiltà passate, di manufatti sepolti e tombe da scavare.

Crede che se prenderà l'iniziativa di proporre libri da recuperare, acquisterà punti davanti al direttore, che potrebbe anche decidere di farlo lavorare sul piano editoriale, sulle scelte delle collane.

Ha comprato un libro illustrato degli anni '30 – gli è costato caro –, una biografia di Stefan Zweig e uno scritto mai tradotto di Gertrude Jekyll, la regina del giardinaggio inglese.

Si era appassionato alla storia di quella signora di metà Ottocento che aveva lavorato a più di trecento giardini, amava le piante mediterranee e i quadri di Turner. *C'è almeno un giorno di febbraio in cui si può annusare la distante, ma di certo imminente, estate* – diceva.

Ti pagano per questa cosa o spendi i tuoi soldi e basta? Che poi sono i miei soldi...

Sandro... La madre interviene per evitare che torni tra loro la medesima discussione con gli stessi esiti e allontanamenti, intanto osserva la metà delle lasagne che Loris ha scansato a un lato del piatto, come a volerla buttare fuori. Il figlio è pallido e si vedono le ossa sotto la camicia verde platano. I suoi occhi scuri sono sempre più scuri, come un fosso, uno strapiombo. Lui non ha occhiaie viola, sono gialle, sembrano i contorni dei lividi maturi.

Non è legittimo chiedere se lo pagano? C'ha trent'anni, e quanto starà al servizio per questa gente?

Sandro si passa la mano sulla testa senza capelli, ha sopracciglia folte e poca barba brizzolata, i denti sono troppo distanti l'uno dall'altro e piccoli e ingrigiti dal fumo, ma la forma del suo corpo è a proporzione, i grassi sono ben distribuiti e così le magrezze, la mascella ad angolo, le cosce lunghe.

Possiamo non ripartire col solito discorso, volevo raccontare a mamma dei libri...

Loris ripensa a quando, appena cominciato il lavoro, era stato alla Biblioteca Nazionale e alla sala per la consultazione, le vetrate opache e le linee dei mobili, gli scaffali fino al soffitto e i titoli in ordine alfabetico, il suo quaderno aperto mentre prendeva appunti. È uno dei suoi posti preferiti, lì ci sono porzioni di cortile inaccessibili, nessuna porta della biblioteca vi si affaccia, nessuna via di fuga, e lui spesso si sente così, nell'angolo di un palazzo mal costruito.

E a me no? Non so leggere, io? Sandro distrae gli occhi dalla televisione e li getta sul figlio, o quel che ne rimane, a lui più che un figlio pare un guscio trasparente d'insetto volato via, una traccia.

Certo che sai leggere, ma stavi guardando la TV. Anzi, possiamo spegnerla? Mi fa venire mal di testa.

Loris allunga la mano al telecomando, mentre una giornalista sta intervistando un politico sul problema del diritto di cittadinanza in Italia. Lei chiede: E i bambini nati qui da madri straniere? E lui risponde: Non sono un nostro carico o problema, abbiamo già i bambini italiani a cui pensare. Bambini che nascono sempre meno.

No, non possiamo, ci sono le notizie e dopo lo sport. Sandro afferra il telecomando e lo stringe, torna in ascolto e poi insulta il politico e la sua pancia, lo trova gonfio: E vai a correre, ciccione...

Dai, raccontaci. Che ricerche hai fatto? Clara vorrebbe di nuovo accarezzare la mano al figlio per tenerlo sulla conversazione, sull'amore per la letteratura che li ha sempre uniti. Lei non è riuscita a diventare docente universitaria e si accontenta di un liceo di periferia, dove tra amici si disegnano le celtiche sui quaderni e alla ricreazione si sfidano a camminare sui cornicioni, come hanno visto fare su TikTok. Ma ha ancora la speranza che Loris ce la faccia, che un giorno diventi un critico, uno scrittore noto, un poeta. Anche se a lui di scrivere non è mai importato molto, è la lettura che lo guida, che lo conduce.

Mi è arrivato questo libro di una delle prime persone che si sono occupate di giardini inglesi...

Che poi, perché non stai facendo altri colloqui? Ti ho girato l'e-mail per il personale che stanno cercando nel mio ex ufficio. Risorse umane, è un ottimo posto. Sandro lo interrompe di nuovo e produce un suono schioccando le dita, come se la soluzione fosse in quell'incontro tra pelle e pelle, evidente, intuitiva.

Suo figlio deve essere aiutato e lui può farlo, può dargli una spinta nella direzione giusta, verso un ufficio con cartellino e buoni pasto, millecinquecento euro al mese, permessi e ferie e giorni di malattia, contati, numerati, non si può sgarrare. Un'azienda di comunicazioni in un mondo che comunica, quasi una tautologia.

Non mi interessa. Non c'entra niente con quello che so fare io, e poi ti ho già detto che non mi piace come lavoro assumere personale o doverlo licenziare.

Loris vorrebbe dire che esistono libri scordati e persone scordate e vite scordate, vengono scritti e rilegati e poi allineati per l'iniziale del cognome, lasciati per la caccia al tesoro dentro archivi, biblioteche e librerie, case con scrittoi di frassino e poltrone a fiori. Vorrebbe dire che se lo lasciassero tutti in pace, lui potrebbe leggere da A a z e da z ad A nel tempo di un sospiro, di un arrivederci.

Perché tu cos'è che sai fare, spiegami. Io non l'ho ancora capito.

So leggere.

Tu non sai leggere, tu hai un problema con la lettura. Sono due cose diverse.

Non ho più un problema con la lettura. Ho trent'anni, non dieci.

Davvero? Non me ne ero accorto.

Loris stringe la tovaglia natalizia tra le dita e la osserva nel suo anacronismo – infatti non è Natale – e nella sua accozzaglia di colori forti che si spinge addosso al giallo delle piastrelle, accecante, furiosa: un risultato estetico che andrebbe perseguito dalla legge, se fosse per lui.

E non ricorda quando era bambino tutto quel cattivo gusto, tutta quella incapacità d'accostamento e quei mobili economici, che sono duri e fragili allo stesso tempo, tozzi e facili da rigare. La cucina l'ha costruita suo padre con un amico e ha la sua firma, quella di chi vede il mondo una parte alla volta, ma gli manca una visione d'insieme, un calcolo compositivo, una prospettiva.

Sandro, possiamo evitare oggi...

No, non possiamo evitare. Dice che non ha dieci anni. Benissimo, lo dimostri. Io a diciotto anni...

Non ci frega niente di cosa facevi tu a diciotto anni, papà.

Loris lascia i pensieri e i colori e alza la voce, si era raccomandato con sé stesso di non farlo, di fermarsi sulla soglia, di non raccogliere provocazioni, di andare a trovarli e raccontare di un paio di libri che ha scoperto e che ha comprato invece di uscire a cena con la sua ragazza. Ma ha fallito, la rabbia pulsa e la pancia preme sul bordo dei jeans, è costretto a slacciarsi un bottone per non sentirne il peso, l'ingombro.

La mozzarella, il ragù, la pasta fresca: tutto si muove nel suo stomaco, tutto non verrà mai digerito.

Non li hai più diciotto anni, e il mondo intanto è cambiato. Hai presente? Il mondo, la storia, le generazioni... aggiunge rivolto al padre e disegna in aria le parole che nomina: il mondo tondo, la storia lunga, le generazioni che ruotano e passano e non tornano. Sa già dove stanno per andare a parare, sa già quella narrazione, quel dispiegarsi di colpe e di sbagli, dove li condurrà.

Ah, certo, è cambiato perché alla tua età io ero già sposato e mi mantenevo da solo.

Devi farmelo pesare ogni santa volta che mi aiuti con l'affitto della casa? Ogni volta?

Te lo ricordo perché sennò te ne stai adagiato su questa cosa. Passi le mattinate a lavorare tra tante virgolette, spendi soldi in libri, con tutti quelli che già hai, per far guadagnare gente che non ti dà stipendio, e io intanto pago. È giusto? Dimmi.

Se Loris ha bisogno noi ci siamo, non c'è da discutere su questo.

Ma sì, rimbocchiamogli ancora le coperte, vagli a fare il biberon. Clara, dio mio.

Loris guarda il cellulare e non risponde, gli hanno scritto alcuni colleghi per bersi una birra in serata, e poi un messaggio di Jo: *Vengo da te martedì*, e la foto delle sue gambe lisce e di un paio di mutandine nere trasparenti. Vuol dire che hanno fatto pace, forse.

Mi ascolti? Stavo dicendo che io a diciotto anni mi sono impegnato e ho studiato per il concorso...

So tutto, ti ho già detto...

Basta con questo *ti ho già detto*. Cosa mi hai già detto? Che non è più così? È così, devi cercare, ti devi applicare e devi faticare per trovare un lavoro adatto, e una volta trovato devi faticare ancora per una carriera e per guadagnare meglio. Cosa pensi che abbia fatto io? Non avevamo quasi niente, io e tua madre. I miei stavano in campagna con la pensione minima, e i suoi altrettanto. Gente che non ci ha regalato nulla di nulla. Questa casa la dobbiamo solo al nostro lavoro, e ne vado fiero. Tu hai qualcosa di cui andare fiero?

Si tratta di un breve periodo di tempo, come *ti ho già detto*, risponde Loris e ancora prova a guardare il cellulare e a non dargli la soddisfazione di sembrare pienamente attento.

Un breve periodo di *anni*, vorrai dire. Questi non ti stanno pagando, cosa aspetti a cercare altro?

Clara si schiarisce la voce, riempie ancora il bicchiere al marito, il rumore della TV rende la conversazione più confusa, tirata e stridente.

La madre chiede al figlio di Jo, se hanno intenzione di venire insieme a pranzo una domenica, è da un bel po' che non la vedono, chissà come le va il lavoro.

Ecco, lei sì che sa campare, una ragazza sveglia, commenta Sandro staccando coi denti un pezzo di crosta dal pane.

Loris vorrebbe rispondere che anche lui sa campare, sta solo passando un periodo di malattia, gli serve solamente una diagnosi, qualcosa che lo aiuti, e poi si impegnerà, vuole impegnarsi, non è un lavativo, non è da meno rispetto a Jo, è solo diverso, uno che vuole occuparsi di libri, e per chi si occupa di libri pare non ci siano mai soldi, mai certezze.

Prima che Loris intervenga nervoso, la madre devia di nuovo.

Sì, certo, è una brava ragazza… ma invece… come stai? Dopo il pronto soccorso com'è andata? Ho parlato col nostro dottore, dice che sei preoccupato e vuoi fare altre analisi.

Non se ne parla, commenta Sandro con durezza.

Non decidi tu se faccio o no delle analisi, reagisce Loris.

Lo capisci che è ridicolo? Hai del comunissimo mal di pancia e per questo non stai lavorando? Prendi una purga, prendi qualcosa.

Sei tu che non capisci, non è un comune mal di pancia, ho delle coliche e dei problemi seri.

Chi ha detto che sono seri? domanda Clara.

Lui l'ha detto, non lo vedi che si fa le diagnosi da solo?

Sono situazioni persistenti, da giorni sto così e non riesco ad andare in ufficio, non ci dormo, ho degli spasmi atroci e tu…

Ti hanno già visto i medici, lo capisci? Ogni due o tre mesi ti prende una fissa. Che altro dovrebbero fare? Aprirti la pancia e frugarci dentro?

Non ho ancora fatto la colonscopia.

Scordatelo, è un'analisi importante quella, serve a chi sta male davvero.

Tu che ne sai se sto male davvero o no?

In effetti, Sandro, è tanto dimagrito, e al pronto soccorso alla fine non l'hanno guardato.

È dimagrito perché non mangia, facile così. Guarda, metà piatto.

Sandro alza il piatto di Loris e lo fa ricadere sul tavolo, non si rompe ma la lasagna si sparge, macchia la tovaglia di Natale, sempre la stessa, che era di Tempesta e che suo padre – senza volerlo ammettere – continua a usare ogni giorno, poi la lava e appena asciutta torna.

Le campanelle rosse, il vischio, gli angioletti, i fili d'oro.

Alla televisione il tempo degli italiani senza cittadinanza è già finito, ora si parla della bava di lumaca, nuovi studi fanno sapere che non è vero, non ha questi effetti benefici sulla pelle.

*

Loris invidia Jo per il suo corpo, perché lei sa curarsene e lui invece ha smesso.

La prende in giro per i giorni che passa in palestra tra lo yoga, la sala pesi e la piscina; deride alcuni suoi abiti troppo attillati, i completini coordinati sportivi e le fotografie che posta sui social: lei mentre fa una verticale contro il muro, lei appesa a delle corde in montagna, lei in topless ma di spalle davanti a una cascata, si notano i tatuaggi al braccio e sul fianco (*Non fermarti mai*, dice una delle scritte tra le costole).

Eppure vorrebbe anche lui sapere come fare, armarsi di una volontà che non possiede più e foraggiare con convinzione la grande economia globale del fitness: così la chiama con lei, per sentirsi superiore, uno a cui le mode del bell'aspetto, dei muscoli asciutti e i polpacci sodi non interessano. Uno che spende i soldi in libri, teatro, poesia, e non per gli abbonamenti annuali o semestrali, per le scarpe da corsa o quelle da camminata nel bosco. E poi questi soldi non li ha anche volendo, esistono delle priorità, voi spendete per mancanza di stimoli, per adeguarvi, le ripete rendendola acida come un pompelmo.

Nell'ultimo anno, più lui è diventato inattivo più lei è sbocciata nel mondo, ha conosciuto nuove persone con cui fare escursioni e lezioni al parco, chatta con amiche dagli addominali sempre in vista, parla spesso del suo personal trainer, un tipo di cinquant'anni che pare in grado di sollevare un camion per il trasporto di anatre e maiali.

Qualche mese prima Jo lo ha convinto ad allenarsi a casa, stendendo due tappetini nello spazio esiguo tra il letto e la finestra, davanti al laptop dove una donna molto in forma e piena di slancio schizzava di qua e di là invitandoli a fare lo stesso, tra squat e salti e flessioni.

Venti secondi di pausa tra un esercizio e l'altro e poi ripetere da capo, per cinque volte, ancora una pausa di venti secondi, dopo piegarsi e toccare le ginocchia con la fronte, posare le mani a conca sul pavimento e fare stretching, a ogni espirazione scendere di più, fino a posare i palmi a terra, chiusi a metà come valigie.

Già ai primi salti Loris sentiva il cuore impennare, il ritmo salire d'improvviso, il fiato diventare affannato e le gambe tirare, quasi qualcuno volesse appenderlo al soffitto, farne un salume stagionato, aveva bisogno di fermarsi, e così rallentava, borbottava, sfiatava.

Mentre Jo, come cavalletta, come animale da foresta, non perdeva un passo, una oscillazione, si bloccava quando era permesso, ripartiva quando era necessario.

Lui, intanto, già bocconi sul pavimento, era indietro di tre esercizi e vedeva lo schermo offuscato, la donna gli sembrava un polpo dai mille tentacoli, una creatura degli abissi. Devi solo allenarti, se lo fai ogni giorno poi ti viene naturale, continuava a dire Jo, e lui si innervosiva.
Perché non potevano iniziare con qualcosa di più semplice, di meno ardito?
Lei ha cambiato il canale YouTube e sullo schermo sono apparsi dei cinquantenni dalle gambe tozze in affaticamento pregresso, tutti impegnati a girare intorno a una sedia.
Loris allora si è sentito umiliato, schiacciato dalla giovinezza di lei, un dato anagrafico in comune che nel suo caso sembrava solo un numero casuale mentre per Jo era una condizione evidente.
È uscito dalla stanza, è andato accanto all'angolo cottura e si è versato dell'acqua, la mano tremava, avrebbe voluto scagliare il bicchiere contro lo schermo, la donna e quello che rappresentavano: le amiche di Jo amanti del surf con un incredibile equilibrio, la bicicletta che lei usava senza fatica per spostarsi anche in città, i cibi proteici che teneva nel frigo, la posizione del cane che a lui faceva venire il sangue alla testa e le tempie gonfie.
Non sto bene, ha sentenziato con stizza e l'allenamento è stato archiviato.

Prima erano stati più simili, lui meno pigro e spaventato, lei meno intollerante al riposo, alla tranquillità, invece adesso sembrava lo facesse apposta a proporre trekking nei parchi e gite fuori porta.
Quando Loris nominava un museo in città, sulla faccia di lei si stampava una smorfia di incomprensione: Oggi c'è il sole, lo rimproverava.
Si erano ridotte all'osso le loro giornate insieme, fuori dall'appartamento di Loris. Erano spariti i pomeriggi di

compere come quando erano adolescenti e andavano insieme al Gulliver, una galleria di negozi che un tempo era stata molto affollata, ma che ora, con l'apertura dei centri commerciali fuori dal raccordo anulare, era diventata un grumo di boutique a pochi soldi, rivenditori di telefonini e un paio di pizzerie al taglio. Nel quartiere dei loro genitori era rimasto un punto di ritrovo, dove i maglioni costavano venti euro e il multisala dava i film da botteghino, quelli per famiglie.

A Loris piaceva, a quel tempo, lasciare che Jo scegliesse gli abiti per lui, era lei a girare tra gli scaffali dei negozi e a commentare i prezzi, i tessuti, la vestibilità. Era lei a dire: È troppo piccolo sulle spalle, allunga le braccia così controlliamo le maniche, il cavallo del pantalone ti va stretto, sembri un paggetto, sembri un contadino, sembri caduto in una pozzanghera.

Il Gulliver non li sorprendeva mai con capi imperdibili o occasioni, ma Loris amava lo stesso girare per quei corridoi e tra quelle vetrine dai manichini bianchissimi e storti, mentre guardava Jo fare il suo passo lungo da conquistatrice.

Lo sai chi era Gulliver? le chiedeva a volte.

Me l'hai detto già, ma non me lo ricordo.

Un viaggiatore. Durante i suoi viaggi ha conosciuto anche la terra dei cavalli razionali. Cavalli che non sono mai tristi.

Adesso guarda il corpo di lei nudo sopra di lui e trova che non sia mai cambiato dai venti anni in poi, pensa che Jo abbia capito il modo per preservarlo, tenerlo al fresco, risulta scolpito in una età d'adolescenza che lui sente lontanissima.

I loro rapporti hanno avuto molte fasi, per il primo periodo non si erano capiti, le fibre si incastravano male e i piaceri non riuscivano a esprimersi, poi per anni avevano trovato una sequenza fatta di preliminari e alcune posizioni che li aveva resi soddisfatti, ora invece procedono a tentoni, per colpa di orgasmi non trattenuti e troppo rapidi o attese infinite, distrazione e pensieri ricorrenti, stanchezze e pause confuse. Non sembrano due giovani amanti, ma due caparbi esploratori, convinti di poter trovare qualcosa dove qualcosa forse non c'è più.

Jo ha un bel viso, il mento a punta, il naso un po' storto ma adatto alla sua personalità spigolosa, i capelli neri e lunghi, la manicure fatta su mani dritte, neanche una ruga, neanche un segno di cedimento, al mare indossa bikini a tinta unita, ha tutto per piacergli, e infatti gli piace, la vuole e insieme la detesta e si sente flaccido, panciuto, pallido da morte imminente.

Prova a tagliarsi con il rasoio elettrico anche i peli del petto e sulle spalle, si pulisce l'inguine, vuole sembrarle sistemato, pronto per lei, ma poi quando sono vicini lui cede alle ossessioni e alle angosce, deve fermarsi e sbaglia, e al posto del piacere arriva il niente, la resa.

Scusa...

Le sposta il bacino coi palmi, mentre lei ancora sta ansimando e non vuole smettere, si sta accanendo.

Mi devo fermare, scusa...

La sfila da sopra, imprime la giusta forza, si libera e poi si leva il profilattico e non la guarda, lei sarà offesa, si offende sempre quando non va, assume un'espressione arcigna e non parla.

Jo si rimette la biancheria con gesti rapidi e nervosi, poi prende il cellulare e guarda dei video di un gruppo di surfisti che hanno comprato un camper usato e lo hanno rimesso a nuovo.

Il camper che lei non ha, la vita che non è la sua, i viaggi che dovrà fare da sola, senza il suo ragazzo, perché quel ragazzo è Loris e non ha alcuna intenzione di passare neanche cinque minuti a occuparsi di un camper anni '90 a cui cambiare la tappezzeria.

È che ho visto una cosa oggi pomeriggio, continuo a pensarci, prova a spiegare Loris e cerca le mutande nel letto, quelle nere di Armani che gli ha regalato lei e che lui indossa quando vuole apparirle più invitante. Ora sono appallottolate e rimetterle è una sconfitta, perciò decide di lasciarle lì, di abbandonarle.

Che cosa? Lei sta con gli occhi sul telefono, il profilo è aguzzo, come una cima irraggiungibile e scoscesa.

Non è solo una cosa, ma una serie di cose che lui ha scovato su YouTube, sua insaziabile passione: la ragazza a cui da piccola un bocchettone della piscina ha aspirato le budella lasciandola senza intestino, lo studente americano che ha preso una malattia nelle docce del campus e le gambe sono andate in necrosi come le mani e la punta del naso, la donna russa che andava a fare il bagno al fiume mentre era incinta e il figlio è nato senza orecchie; più racconta, più Jo sembra non ascoltare, fissa il telefono ostinata.

Smettila di parlare di 'sta roba, dice alla fine.

Non riesco a non pensarci. Secondo me in palestra dovresti stare più attenta ai germi, alle persone nelle docce...

Ho detto smettila.

Ancora con questi camper? Ce la fai a starmi a sentire cinque secondi?

Lei non dice niente e non sposta il viso e non muove il corpo.

Da ventenni parlavano di tutto, degli esami universitari difficoltosi, degli amici e dei conoscenti e delle loro mutazioni, dei desideri futuri, delle infinite piccole cose d'ogni giorno come il cibo, le ore del sonno, vestirsi per un'uscita al bowling o un giro alla bisca vicino al ferramenta. Loris era abituato a raccontarle anche i più insignificanti dettagli delle sue giornate, a sfogare con lei il fastidio verso certi atteggiamenti dei genitori, la frustrazione per lo studio mnemonico che gli riusciva male, ma sulle sue nuove manie non riesce a farsi ascoltare. E gli è impossibile spiegarle cosa lo attiri di quelle storie tragiche, di quei corpi rovinati da qualche incidente o da qualche infezione.

Non saprebbe mettere in parole l'attrazione e il disgusto che prova per quei video, per le immagini di quei dolori, che lo lasciano sgomento ma di cui va famelicamente alla ricerca.

Un video tira un altro video e un altro e così via, da un certo momento in poi il web ha iniziato a proporgli solo persone con strane e rare condizioni della pelle, live streaming di qualche operazione d'ospedale, videomessaggi d'addio di pazienti oncologici.

Ogni clic è un terrore, ogni terrore è un altro clic.

Non ti puoi offendere sempre. Può capitare, e se certe cose non mi escono dalla testa continuo ad averle davanti. Quel bocchettone senza protezione, ci credi che la ragazzina si è dovuta operare dieci volte? Chissà cosa vuol dire non avere degli organi interi, parti che hanno un peso specifico, che so: la milza, un polmone... ricomincia Loris e il fastidio di lei non lo ferma anzi lo spinge all'insistenza, alla minuzia scabrosa.

Smettila, Jo alza la voce, il reggiseno senza ferretto le disegna il petto.

Loris guarda i seni e pensa che forse la soluzione sarebbe sputarle addosso, compiere un gesto estremo, disconoscerla come Jo e trasformarla in altro, in una creatura di fantasia, di esagerazione, e dare prova di una eccitazione cattiva, adatta alla rabbia e al disgusto, in opposizione al legame, all'ottusità che li tiene insieme.

Ma non ha la capacità o l'energia neanche per un movimento minimo, un sussulto di lingua, l'accuratezza della saliva.

Desiste dal farle capire, dal raccontarle le sue paranoie, si alza e va in bagno nudo, vede il proprio corpo lungo e lunare specchiarsi di passaggio, non accetta che sia così diverso da lei, così decadente.

Percepisce la colpa e il nervoso del sesso mancato, delle occasioni perse che si sommano e scuote la testa, fa ondeggiare i ricci neri, si gratta con forza la barba dove trova una crosta e la strappa, se la toglie di dosso come fosse un mantello. Sente il male di quel piccolo gesto, la puntura.

Quando si dicevano ogni pensiero, ogni fatica, ogni angoscia, nel farlo se ne liberavano, o comunque insieme riuscivano a sopportarne il peso. Adesso lui non sa più con chi parlare di chi è e di chi sarà in futuro, di paure di fondo e di grandi intuizioni. Rimugina su sé stesso in soliloqui e non si capisce, si perde tra le pieghe di un carattere riottoso e duro, un nuovo Loris da cui sembra impossibile fuggire.

Al bagno Catastrofe lo aspetta, è seduta sul water.

Ci vorrebbe un po' di privacy, non credi? si mette a ridere.

Lui entra lo stesso e attende appoggiato al lavandino.

Oggi Catastrofe sembra un paguro, ha una conchiglia sulle spalle, boccoli viola che scendono con garbo intorno alle guance, occhi fiammeggianti, scarpe col tacco, lucidissime. Pare pronta per una festa tra creature marine.

Hai dimenticato questo, sorride Catastrofe e gli porge il cellulare che era rimasto sul davanzale della finestra.

La conchiglia sulle spalle segue i suoi movimenti, è una casa, un rifugio.

Loris lo prende e vorrebbe andare avanti con le sue ricerche, altri video, altri malati, altro disastro, vederli lo aiuterebbe a rendersi alieno, a concentrarsi solo sulla parte di mondo di cui nessuno vuole mai parlare, quella delle ferite aperte che spurgano, delle amputazioni, delle vene che scoppiano, dei cuori che palpitano malamente. Una parte che sente vicinissima, quasi addosso, quasi sua.

Guarda qua, propone Catastrofe, si alza e tira la catena, gli mostra un articolo sul cellulare, parla delle piogge acide, di quanto faccia male alla pelle esporsi, bagnarsi di queste gocce radioattive, può capitare durante qualsiasi temporale, in qualsiasi momento dell'anno, è colpa dell'inquinamento.

Loris siede nel bagno e legge, legge, legge, assetato di informazioni, apre l'acqua del bidet e la fa scorrere per lunghi minuti. Nel silenzio, quando l'acqua è chiusa, riparte la musica dalla sala di registrazione, sono iniziate le prove, un nuovo verso, una nuova canzone, un nuovo successo nazionale: le parole dell'amore, l'amore in poche parole, trovare un modo per parlare d'amore, il tuo amore non posso perderlo, il tuo amore mi uccide, torna amore, *tornamore*, tutto attaccato come un'unica lunga parola: funziona, no? si chiede il cantautore pop che sogna la classifica Fimi e che le adolescenti creino per lui qualche balletto su TikTok, la sua ragazza non l'ha lasciato e pensano di sposarsi il prossimo agosto in un castello sul mare, lei vorrebbe proprio vestirsi d'avorio.

Jo ha appena chiuso la porta di casa e ora è fuori, guarda il cielo, le nuvole sono nere, avvertono la terra prima del rovescio.

*

La cucina di Tempesta era piena di utensili che lui non sapeva usare – colini, trita verdure, setacci –, erano stati della moglie e aveva deciso di tenerli tutti, stavano ancora nei loro cassetti, dentro alla credenza, sopra alle mensole.

Aveva raccontato a Loris di quando si erano rivisti dopo quella volta al porto: in un bar ad Assab, sul Mar Rosso. Lui era vestito di bianco e lei pure, tutti ai margini del deserto amavano vestirsi di bianco per evitare di assorbire il calore.

Tempesta sapeva parlare l'inglese, lo aveva imparato per strada, aveva facilità con le lingue, anche se non sapeva la pronuncia, anche se non conosceva tutti i vocaboli lui si buttava e le parlava, perché voleva scoprire cosa dicevano gli altri, gli dava fastidio non capire.

E Gemma era nel fiore degli anni, ne aveva appena diciotto allora e sapeva solo il suo dialetto: il milanese. Così lui si era proposto di insegnarle l'inglese e darle lezioni private, una scusa per avvicinarla e farle la corte. La nonna era minuta e aveva occhi allungati, capelli corti alla maschietta, piedi numero 35. Tempesta era più alto della futura moglie e abbronzato, sapeva vestirsi a festa per le occasioni ma preferiva i bermuda e le magliette di tela per andare a spasso. Non è che avesse proprio un mestiere, in realtà faceva commissioni per conto di altri, e lavorava a cottimo: la riparazione di una cisterna, accompagnare dei forestieri a caccia, pulire i tetti delle case dalla sabbia, guidare i camion fino al porto.

Propose di insegnarle gratis, in cambio di un paio di caffè a settimana, un accordo semplice per due vite giovani, che sarebbero arrivate alla vecchiaia nella casa in campagna, dove non c'era neanche un paese, neanche una provincia, ma solo aziende agricole abbandonate e la città fantasma: un gruppo di ruderi, luogo di ritrovo per le sette sataniche e i rave, così dicevano.

Dietro al muro della cucina c'era una stanzetta, ed era la porta di quella stanzetta che Loris stava guardando mentre Tempesta discuteva con Sandro durante un pranzo domenicale.

Là dentro il nonno ospitava un muratore della Romania, si chiamava Gelo ed era arrivato in Italia da due anni, aiutava Tempesta col giardino e l'orto, ma spesso era fuori nei cantieri o dalla sua famiglia in patria per riportare i soldi guadagnati.

Tempesta lo aveva conosciuto in un centro di accoglienza sulla strada verso il mare, cercava un operaio per una giornata e aveva trovato Gelo, che allora era magrissimo e aveva due occhi sporgenti, la cicatrice di una brutta ferita alla faccia. Tempesta lo aveva fatto lavorare un paio di volte e ci aveva fatto amicizia, così dopo un po' non se l'era sentita di riportarlo là, dove dormiva con altre dieci persone e c'era un bagno ogni venti di loro, allora avevano tirato su un muro e diviso una parte della cantina, trovato una branda, un comodino, una cassettiera e montato una porta: la stanzetta era pronta.

Saper fare i soldi non vuol dire saper fare politica, disse Sandro rivolto alla televisione.

Un uomo con una bandana bianca in testa stava sorridendo davanti a un microfono, sembrava particolarmente entusiasta di venire intervistato, faceva battute e gesticolava, teneva gli occhi puntati sulla telecamera.

Almeno lui si è fatto da solo, commentò Tempesta e servì a tutti un secondo giro di pasta al sugo, preparato con la ricetta di Gemma.

Tempesta aveva lasciato sul piano vicino ai fornelli il suo quadernone delle ricette battute a macchina, dal quale non si separava mai.

Sì, certo si è fatto da solo con le tangenti, ottimo modo. Non voglio che Loris ascolti queste fesserie.

Sandro prese il telecomando e cambiò canale, mise sullo sport e sui pronostici delle partite che si sarebbero giocate nel pomeriggio, entrambi erano tifosi sfegatati del Milan, ma Sandro preferiva non dargli la soddisfazione di vedere insieme la squadra, e ogni volta riportava moglie e figlio a casa prima del fischio d'inizio.

Non era mai andato particolarmente d'accordo con il padre, si era sempre sentito giudicato da lui, e questa vicinanza con il ragazzo romeno, anche se non lo avrebbe ammesso mai, lo disturbava, lo ingelosiva. D'improvviso Tempesta pareva non poter fare a meno di questo Gelo, arrivato dal nulla e che veniva trattato come un secondo figlio.

Scusa, eh. Ma questa comunque è casa mia e si ascolta quello che dico io. Tempesta riprese il telecomando e rimise sull'intervista del politico dalla bandana, che non aveva cambiato espressione.

Per quanto diavolo lo fanno parlare? Ancora qua sta? Sandro si riempì la bocca con i rigatoni e guardò Clara come a chiederle un intervento.

Poi da grande deciderà lui, dai Sandro.

Clara non lo appoggiò, non le andava di discutere di politica a pranzo, occhieggiò invece Loris che aveva lo sguardo altrove e notò che si era tolto le scarpe ed era a piedi nudi.

Così prendi freddo, vai a metterti subito i calzini.

Loris non la ascoltò, stava pensando che forse Gelo si chiamava così perché veniva da un paesino molto a nord e nella sua famiglia sapevano intagliare il ghiaccio, conoscevano gli orsi polari e vivevano nelle case di neve, ai confini del mondo conosciuto. E cosa c'era oltre? Avrebbe dovuto chiederglielo.

Mi stai ascoltando? Clara gli schioccò le dita davanti alla faccia e Loris la guardò.

Devi mettere i calzini, fa freddo.

Non fa per niente freddo, lascialo perdere, sta mangiando, intervenne Tempesta, che mal tollerava i moti di apprensione della nuora, le sue premure costanti e sfiancanti: i calzini, il berretto, le unghie tagliate, il naso soffiato, non correre troppo per non sudare, non nascondersi tra le piante per gli insetti, non mangiare la frutta senza lavarla, non sbilanciarsi sull'altalena perché la testa una volta rotta non si aggiusta.

Un uomo come te che vota uno così, io non ti ho mai capito, insisté Sandro rivolto al padre e ne fissò le rughe, i solchi d'espressione.

Preferisco la gente simpatica, che ti devo dire. E voto come mi pare, concluse Tempesta e si alzò, andò a prendersi dello sciroppo al tamarindo, la sua bevanda preferita.

Loris, i calzini...

Clara indicò la porta al figlio che era confuso, avrebbe voluto seguire le indicazioni di Tempesta e finire di mangiare sentendo il fresco del cotto sotto alle piante dei piedi, ma se fosse salito di sopra per cercare dei calzini avrebbe anche potuto mettere le mani su una delle enciclopedie del nonno, leggere alla voce Polo Nord e segnarsi le cose da chiedere a Gelo al suo ritorno, perché avrebbe voluto saperne di più degli iceberg e se fosse vero che si stavano sciogliendo come raccontavano alla televisione.

Alla fine Tempesta sbuffò esausto e fece segno a Loris di andare, lo liberò dal dubbio mentre riprendeva lo scambio col figlio sulla politica e le scelte e i soldi e tutto il resto che non condividevano, era stata la nonna a fare da paciere in passato, a tenerli assieme, a proporre di giocare a Burraco dopo pranzo o a mettere su un western alla TV, ad accendere la radio e a canticchiare in cucina.

Loris si tirò su dalla sedia e scappò fuori, imboccò le scale a piedi nudi e sentì la madre gridargli dietro di non correre, allora lui corse di più, fece i gradini a due a due e spuntò nello studio dove c'erano le sue videocassette, i suoi giochi, le sue forbici dalla punta arrotondata. Prese dei calzini da uno stipo e se li infilò, pizzicavano.

Spostò la sedia dalla scrivania di Tempesta per arrampicarsi sopra e raggiungere il volume dell'Enciclopedia alla lettera giusta, si aggrappò alla costa del libro come fosse uno sperone per continuare la salita e lo tirò finché non cadde sul pavimento e si aprì a metà, allora scese e si sedette a gambe incrociate, sfogliò le pagine e lesse ad alta voce: *ciascuno dei due punti d'intersezione dell'asse di rotazione di una stella o di un pianeta con la sua superficie.*

Non c'erano notizie degli orsi e dei ghiacci, ma Loris scoprì che il primo uomo a raggiungere il Polo Nord era stato uno statunitense di nome R.E. Peary, era il 6 aprile 1909, e pensò che da grande avrebbe voluto diventare anche lui un esploratore, stanare la selvaggina, salire su un cacciatorpediniere, sondare gli abissi, scalare le cime più alte, camminare fino ai punti estremi del globo.

Faticò a rimettere a posto la lettera P, pesava troppo per le sue piccole mani e doveva riuscire a incastrarla alla perfezione per non far scoprire l'infrazione alle regole. Alla fine ce la fece e stava quasi per scendere quando lo sguardo gli cadde fuori dalla finestra e verso l'orto.

Clara urlò dal piano di sotto: Cos'era quel tonfo? Tutto bene?

Ma Loris non rispose.

Tempesta aveva tirato su la rete e aveva iniziato la costruzione della voliera.

FERMENTI LATTICI

La strada era stretta e a ogni curva sembrava che le auto in senso contrario potessero colpirli, Loris chiudeva gli occhi e immaginava lo schianto oppure li teneva spalancati ed era pronto all'impatto.

Era raro che la percorressero tutta, si fermavano spesso a metà, facevano delle soste dagli amici di Tempesta, da cui lui comprava semi, attrezzi e passava anche ore a chiacchierare di arnesi per la saldatura o piante cresciute di traverso.

I campi non erano coltivati, almeno così pareva a Loris, e a volte accoglievano pecore al pascolo che riempivano lo spazio largo delle colline, i silos erano pochi e vuoti, i casali agricoli erano distanti l'uno dall'altro anche chilometri, alcuni rivendevano miele e invitavano con dei cartelli a provare il vino di loro produzione. Una volta Tempesta gli aveva regalato della cera d'api, l'avevano usata, insieme a uno stoppino, per fare una lunga candela, ma Loris non l'aveva mai accesa per paura di consumarla.

La macchia era umida, le canne di bambù erano rigogliose e invadenti, l'erba alta e gialla prendeva energia dai canaletti d'acqua dove si gettavano i liquidi delle abitazioni, le stradine sterrate si infilavano tra i campi come venule e le reti dei materassi venivano usate come gabbie da cortile.

La terra era scura, sempre bagnata, e il sole non asciugava l'asfalto.

Le piazzole di sosta erano spazi invasi dalle piante infestanti, ciuffi sottili ma persistenti, il bitume era irregolare, somigliava a un viso coperto di croste.

In alcuni punti, dove i cancelli creavano delle rientranze, Loris vedeva buste della spazzatura buttate o svuotate nell'erba, i cani dei pastori scendevano dai campi e leccavano i vasetti di plastica, rosicchiavano le ossa fino a romperle e si accanivano sulla latta. La carta dei volantini promozionali da supermercato si incollava alla strada con la pioggia e lasciava la traccia degli sconti settimanali fino al venti per cento.

La campagna era sporca e pacifica, si sentiva solo il motore dell'auto di Tempesta che lavorava rapido e non rallentava al passaggio di una motocicletta. La velocità rimaneva la stessa senza scossoni o deviazioni, lontana dal traffico della città o dei borghi circostanti nelle ore di punta.

I pini domestici dai tronchi stretti erano altissimi e limitavano i perimetri delle cascine più grandi, dove loro non erano mai entrati. Alcune appartenevano a delle famiglie nobili, che le stavano lasciando crollare di pezzo in pezzo.

Loris puntò lo sguardo su una sedia rotta ma fatta di legno solido, sopra era poggiato un cuscino scolorito dal tessuto geometrico, accanto c'era ciò che rimaneva di un fuoco. Aveva visto alcune donne sedute e accovacciate, spesso indossavano pantaloncini corti e top molto attillati, tenevano gli occhi sulle fiamme per alzarli al loro passaggio lungo la strada. Una di loro ormai la riconosceva, era sempre la stessa, portava una parrucca rossa, come quelle della recita di fine anno o del Carnevale, e Tempesta le faceva un segno di saluto sporgendo la mano dal finestrino, allora pure Loris la salutava e lei ricambiava, aveva la pelle bianchissima e le caviglie grosse, la sua faccia tornava seria quando la superavano.

Tempesta ha un'amica sulla strada, aveva detto un giorno alla madre.

Dalla sua espressione aveva capito che non era stata una buona idea parlargliene, lei aveva iniziato a fare domande, a Loris era venuta voglia di leggere tutta la lista della spesa sulla lavagna in cucina, dal principio alla fine e poi di nuovo da capo: cornflakes, patate, cipolla, latte scremato, petti di pollo, yogurt magri, verdura a foglie, pesce surgelato. Alla fine, aveva dovuto confessare di esserselo inventato e la madre non aveva più chiesto altro sulla donna con la parrucca rossa e su come pareva felice quando li salutava, solo il momento del ciao, della mano dal finestrino e della sua che si staccava dal bastone con cui ravvivava il fuoco, e poi basta, ricominciava l'attesa.

Gli amici di Tempesta vivevano in case a due piani vicine alla strada, sul retro avevano costruito dei capanni degli attrezzi con lamiere ondulate e ferrose. Molti di loro li portavano giù per delle scale senza intonaco per visitare i garage, dove le automobili vecchie venivano tenute ferme, c'erano seghe elettriche, smerigliatrici, cataste di cartone o di sacchi vuoti, giornali d'anni passati tenuti legati con lo spago, abiti da lavoro logori, sedie senza schienale: erano luoghi familiari, che somigliavano a Tempesta, alla sua ferraglia, al suo archivio del fai da te.

Quel pomeriggio parcheggiarono davanti alla casa giallastra di Pino, fuori era appeso il canestro da basket del nipote che ormai era cresciuto e non lo andava più a trovare. Loris scese e sentì il fresco dei campi salire dal basso e l'odore del vapore acqueo, la sua persistenza persino in estate. Tempesta aprì il bagagliaio e tirò fuori quattro gabbie per conigli, le posò a terra.

I due uomini si salutarono con una pacca sulle spalle, Pino prese due delle gabbie e poi fece un cenno anche a Loris, che avrebbe voluto mettersi a correre dentro casa, si chiedeva da sempre cosa nascondesse quell'abitazione rettangolare dal tetto piatto, dove i panni erano stesi alle ringhiere e l'amico del nonno viveva da solo, senza paura della notte e dell'abbandono.

Dovrà avere dei segreti, pensò il bambino, e mosse dei passi verso l'ingresso, su cui pendeva lo sguardo di una madonnina dalla faccia lavata, gli occhi erano stati cancellati dagli inverni e dalle piogge.

Ma Tempesta lo richiamò e lui fu costretto a seguirlo, si incamminarono tra le baracche che riempivano la proprietà, aprirono cancelletti, superarono pollai e cogliere, si fecero strada tra alberi da frutto e coltivazioni d'insalata.

Un cane legato alla catena abbaiò verso di loro e mosse anche la coda, avrebbe voluto essere liberato, le sue orecchie erano corte, dovevano avergliele tagliate alla nascita, il nonno e Pino discutevano delle ciliegie, non era annata per nessuno.

Da noi sono cresciute, disse Loris ad alta voce, e Pino chiese se fosse vero.

No, è un gioco del bambino, rispose Tempesta e fece a Loris un occhiolino ben strizzato.

Loris sorrise e lo seguì, posò le scarpe nelle sue impronte lasciate nel fango, la forma zigrinata dei suoi stivali da campo, verdi, lisci e dalle punte pallide.

Pino entrò con sicurezza in una uccelliera buia che aveva una tettoia spessa e Loris lo vide prendere i colombi e costringerli nelle gabbie che aveva portato dentro. Apriva la finestrella della gabbia, li afferrava come se fossero tozzi di pane, teneva le ali con una mano e il petto con l'altra e spingeva dentro l'animale, poi passava a quello dopo, in ogni gabbia ne entravano parecchi ma erano agitati e pigiati come verdure da giardiniera.

Loris seguì tutta l'operazione con le dita appoggiate alla voliera e vide le gabbiette diventare piene e Tempesta portarle una alla volta alla macchina per sistemarle nei posti di dietro, altrimenti nel bagagliaio i colombi sarebbero soffocati.

Gli uccelli potevano sembrare uguali all'inizio, ma Loris notò subito delle differenze nelle macchie color cappuccino o grigio cenere, erano disposte sul dorso o sul capo, erano piccole e a goccia o frastagliate, confuse, molti erano semplicemente bianchi ma i loro sguardi gli parvero diversi, così come il modo in cui muovevano gli occhi furbi, curiosi o atterriti. Avevano odore di grano marcito e di escrementi, un odore che sapeva riconoscere, era sempre lo stesso nella campagna quando c'erano gli animali, quando si mischiavano alla terra.

Nel bagagliaio Tempesta caricò dei sacchi di granturco e restò a parlottare con Pino, intanto i colombi lanciavano urli o altrimenti tacevano attoniti e si appoggiavano gli uni agli altri, cullati da quella prossimità fastidiosa. Loris aveva capito che erano diventati qualcosa che apparteneva a loro, qualcosa che li riguardava.

Tornando verso casa il rumore delle ali e dei becchi strideva tra le sbarre delle gabbiette e Loris continuava a girarsi per guardare i colombi negli occhi, chissà cosa vedevano, chissà cosa pensavano di quel rapimento.

Ti fai venire la nausea, lo avvisò Tempesta e rallentò alla curva della città fantasma.

Un gruppo di ragazzi con zaini carichi e torce e scarpe da trekking stava imboccando il cammino verso le antiche rovine di Galeria, avrebbe seguito la mulattiera per raggiungere il ponte che sovrastava il fiume Arrone. Loris non c'era mai andato, il nonno diceva che poteva essere pericoloso, la vegetazione fitta a volte nascondeva buche profonde, era facile perdersi senza guida e là la polizia non poteva mettere piede perché la zona godeva dei privilegi vaticani. Ma Tempesta gli aveva raccontato molte leggende sull'antico borgo romano, di cui erano rimasti archi a volta e pietre disordinate. Un tempo erano esistite ben tre chiese: una era stata demolita, una aveva preso fuoco e l'ultima era stata colpita da un fulmine.

Loris ricordò la storia del cavallo bianco: ogni anno nelle notti più dure lo spirito di un uomo, chiamato Senzaffanno, galoppava tra le macerie della città montando un cavallo albino, in cerca della sua amata, morta per la malaria. La cittadina agricola, avamposto romano e poi feudo medioevale, da secoli era vuota, e la leggenda diceva che durante l'epidemia tutti gli abitanti avevano lasciato le case con i piatti pieni sulla tavola, l'ultima chiesa trasformata in ricovero e i cadaveri ancora da seppellire, per correre fuori da quelle mura rovinate e scappare da una forza oscura.

Solo Senzaffanno tornava e cavalcava lungo l'Arrone, all'ombra dei lecci, calpestando le radici bagnate dall'umidità delle forre. Nell'acqua le anguille e i barbi, sulla terra gli olmi e i salici.

Nonno, raccontami ancora la storia del cavallo, chiese Loris, e allora la voce di Tempesta superò i lamenti dei colombi.

*

Sono le undici di mattina e Loris non s'è ancora alzato dal letto, non sta dormendo, tiene il cellulare tra le mani, il collo disegna una curva rigida, il mento è colato verso lo sterno, la mascella è serrata in raccoglimento, le pupille sono ristrette dalla retroilluminazione, mentre la penombra invade la stanza e le serrande restano basse.

Dalle sei ha continuato a fare dentro e fuori dai forum a carattere medico, dai canali YouTube di ex pazienti o dottori in erba, dai profili social di chi conosce, con una frenesia che pareva la fame di pane, la sete di vino.

I polpastrelli si sono mossi rapidi, hanno digitato: *malattie che provocano impotenza.*

Per corroborare le informazioni degli articoli online c'erano immagini di melanzane marcescenti e flosce, donne con le facce contrite e deluse, uomini in boxer fantasia che si guardavano intorno confusi, sgomenti. Erano stati tutti scontornati e messi in promozione su Shutterstock.

Urto violento al pene, diabete, sclerosi multipla, ipogonadismo, malattia di Peyronie, farmaci diuretici, depressione.

Loris ha alternato le definizioni sul vocabolario web a immagini di gatti che cadevano dai mobili, saltavano in aria per uno spavento, davano colpetti veloci a palline di carta su Instagram: la disperazione e la tenerezza in dosi uguali, per compensazione.

Così sono passate le nove e poi le dieci e lui non ha acceso il PC e non ha iniziato a lavorare, ha venti e-mail arretrate, deve consegnare due correzioni di bozze in pochi giorni, leggere almeno dieci manoscritti e schedarli. Non che il suo parere sia così dirimente per la pubblicazione, si tratta di solito di romanzi arrivati da amici di amici del direttore, che hanno bisogno di sentirsi rifiutati con almeno quindici righe di accompagnamento.

Sono le undici e non ha fatto colazione, i dolori alla pancia vanno e vengono, si nascondono, rispuntano, e lui non ha fame, non ha sete, è in attesa di ogni spasmo, ogni movimento gastrico per analizzarlo, geolocalizzarlo, ammansirlo, subirlo; la casa non è ancora né troppo sporca né particolarmente pulita, la tiene in equilibrio tra la trascuratezza e la decenza. Spazza ogni giorno, ma non passa l'aspirapolvere, lava i piatti ogni settantadue ore circa, nel bagno usa delle salviette umidificate per pulire gli schizzi di piscio e le macchie di dentifricio sullo specchio, toglie i capelli che cadono nella doccia.

Li controlla passandosi le dita sulla testa più e più volte, quanti ne sono scesi fino allo scarico, quanti sono sul palmo, quanti ancora raccontano la sua età: fino a cento capelli al dì è normale, poi arriva la calvizie, il cranio scoperto. Considerando quelli che si staccano senza che lui possa averne contezza, ha fatto una media, nella doccia devono essercene una quarantina.

Si alza finalmente, sente il corpo scrocchiare, irrigidito dalla posizione in cui lo ha tenuto per troppo tempo, infila una maglietta e dei jeans che aveva lasciato al fondo del letto.

Nella metà dove Jo non sta dormendo ha accumulato abiti sporchi, cuffie per il PC, c'è un vasetto di yogurt svuotato, la lista della spesa che non ha voglia di fare, delle pastiglie contro la diarrea, delle pasticche contro la stipsi; ci sono dei libri, ora hanno creato un corpo di carta, li apre a casaccio e legge solo per ritrovare delle parole stampate che siano sempre consultabili, rintracciabili e fedeli.

Tra questi c'è un libro che ha comprato a una bancarella dell'usato, anni prima, un volume fotografico sull'anatomia umana, lo tiene vicino al cuscino e ci guarda dentro come al bordo di un canale di scolo.

Lì il corpo umano è vivisezionato, tagliato in quarti, in metà, in porzioni precise. Dentro tutti i nervi, i tendini, i muscoli, le ghiandole, i filamenti, le zone spugnose, quelle lisce. Le riproduzioni sono in cera, ma sembrano reali, come i bulbi oculari, il talamo, la cavità toracica. La pelle è quella di un morto, all'interno il rosso del sangue, il nero degli organi, il giallo delle membrane. Gli pare non ci sia spazio vuoto, che tutto si tocchi, che tutto si possa contaminare, che l'intestino sia enorme e che si appoggi con noncuranza al resto.

Suona il campanello e lui va alla porta dove lo aspetta la madre del proprietario di casa, è bassina e ha i capelli corti tinti di rosso melagrana, un dito di ricrescita grigia all'attaccatura, rughe molto evidenti sulla fronte, ma meno agli angoli degli occhi, l'ha sempre vista vestita comoda e senza trucco.

La prima volta che l'ha incontrata, quando ha firmato il contratto, gli era parsa molto cordiale, disponibile, sorrideva dicendo frasi bonarie e facendo battute giulive per stemperare il momento formale. Si era poi dimostrata assai invadente nei mesi successivi, aveva tenuto un mazzo di chiavi e Loris si era reso conto che a volte entrava nell'appartamento e spostava qualcosa quando lui non c'era.

Un giorno lo aveva avvertito di essere passata per un cacciavite, ma non l'aveva trovato, si chiedeva dove lui avesse messo gli arnesi che gli avevano lasciato in dotazione. E Loris se l'era immaginata con le sue mani piccole ed elastiche mentre apriva stipi e ante e frugava tra i suoi oggetti, le sue minutaglie. Le aveva chiesto di avvertirlo quando aveva bisogno di qualcosa, se doveva entrare in casa, e lei aveva subito assunto quella sua posa accogliente, materna: lo aveva fatto solo per non tediarlo troppo, un cacciavite non valeva la pena di prendere appuntamento.

Eccola adesso nelle ciabatte da farmacista, la tuta scura e una maglietta a fiori sgargianti, sempre quel sorriso di forza, le labbra secche mentre viene a chiedere i soldi delle bollette.

Caro, come stai? comincia e gli occhi si buttano oltre Loris dentro la casa, già cercano, già indagano.

Tutto bene, signora.

Non voglio disturbarti, eh, ma ti ho messo sotto la porta qualche giorno fa le ricevute per le bollette, le hai viste per caso?

Loris le ha nascoste da qualche parte per levarle dattorno, detesta quella sua calligrafia fina e quel modo di scrivere gli zeri allungati, per distinguerli dalle o, sottolineare le cifre al posto delle lettere.

Non è bravo coi pezzetti di carta, con gli scontrini da tenere per cambiare i regali, con le multe lasciate sul parabrezza e le raccomandate da ritirare, detesta gli uffici postali, si confonde coi bollettini, perde a volte il proprio turno perché distratto a leggere, commette spesso l'errore di andarci con un libro in borsa.

Ha fatto i conti, sono circa cento euro che non ha in questo momento, forse li avrà dopo che pagheranno in ufficio e non intende chiederli al padre. L'affitto viene versato regolarmente ogni mese, potranno aspettare per qualche bolletta, finora è sempre stato affidabile.

La signora e il marito possiedono tre case, è stata lei a confessarlo, tutte eredità dei parenti venuti a mancare, e a Loris sale la voglia di dirglielo che quei suoi cento euro e poco più non le cambiano poi tanto, paga già uno sproposito per un presunto primo piano, senza affaccio, senza luce, costretto a invidiare il vicino di sotto per il giardinetto e quello sopra per un balcone di due metri per uno.

Alla fine chiede del tempo, poco, al massimo una settimana, e lei lo accorda ma il sorriso ha cambiato forma, si è sciolto e ora in dei punti cola verso il basso.

C'è dell'umidità sul soffitto, ci hai fatto caso? Lei non gli dà il tempo di rispondere ed entra in casa.

Si insinua con rapidità e fissa in su, col naso in alto, indica un punto dove è apparsa della condensa, un gruppo di goccioline a forma di semicerchio. Loris le nota e risponde che non le aveva viste, gli sembrano una cosa da poco, con gentilezza spinge la donna verso la porta, la rassicura sullo stato della casa, sulle bollette, su tutto quello che è necessario salvaguardare. Lei resiste e fa qualche commento, con i piedi ben piazzati, come chi viaggia sulla metropolitana e non trova mai posto dove accomodarsi, è pronta a reagire agli scossoni.

Volevo dirle anche, signora… So che avete messo i pannelli fonoassorbenti, ma io sento tutto, capisce? E si va avanti così per ore, non ne avevamo parlato al momento del contratto.

Lo sguardo della donna cambia e la bocca si raggruma, pare aver leccato un lime succoso. Si dimentica presto delle goccioline sul soffitto e marcia verso la porta, dice che il figlio lavora e che lui sapeva che c'era uno studio di registrazione nell'altra parte della casa, loro sono sempre stati chiari e cortesi, gentilissimi – usa con cura il superlativo –, ma non può farci niente, le persone hanno sempre di che lamentarsi.

È una pessima musica. Loris lo dice con tono neutro, con una inflessione da annuncio agli altoparlanti, come qualcosa di indiscutibile.

Vorrebbe strizzare quella donna con due mani, al modo di uno straccio da pavimenti, e far cadere a terra la sua acqua lurida, quei modi servizievoli di facciata, la sua maniera oscena di perlustrarlo e di giudicarlo, sarebbe in grado di scovare anche le sue vertebre disallineate, i suoi crampi ai polpacci, le sue notti insonni e le sue vegetazioni da letto.

La signora ha tre case e lui nemmeno una, chiede ottocento euro più bollette per l'affitto di una porzioncina d'appartamento, mentre nell'altra metà cantano a squarciagola.

Potrei scrivere per te nuove canzoni d'amore e cantartele qui, si sgolava uno dei musicisti proprio ieri e Loris aveva urlato – inutilmente – TI PREGO NO, HO BISOGNO DI VIVERE.

Catastrofe è alle sue spalle e guarda la donna con occhi di fiamma, sembra incandescente, la sua temperatura è salita, pare uno spicchio di sole, una cometa infuocata, ha i capelli rossi e lunghissimi, arrivano ai piedi, la pelle che scotta, le gote purpuree, le mani scurite dalla fuliggine, porta dei tizzoni chiusi nel grembiule come chi non si brucia nel metter mano al camino.

Butta fuori fumo dalla bocca, fa il mantice e scalpita, la proprietaria di casa la disturba, è venuta a interrompere le loro attività fondamentali, le loro ricerche di malattie incurabili. E lei non ama che accada, che qualcuno si prenda attenzione e ore e minuti del tempo che Loris potrebbe dedicare alla scoperta della fibromialgia, della gotta, del Lupus.

Catastrofe soffia aria calda verso la porta, aria viziata, scurita, e dice: La signora deve andare ora.

Loris si trova d'accordo con lei e lo ripete a voce ferma: Credo che lei debba andare ora.

Mentre la donna si difende e si offende, muove i pugnetti chiusi colpendo nel vuoto, le rughe della fronte sono colline, le labbra un filo di lana.

Dice che lei e il figlio sono sempre pronti ad aiutare e ricevono solo beghe, discussioni, e non le piace quel tono, la sta trattando da intrusa, quella è comunque casa sua, ci ha vissuto sua madre, buonanima, e ci teneva – lei – all'ordine e alla pulizia, al decoro.

Voglio le chiavi dell'appartamento, è illegale che lei le abbia, conclude Loris senza ascoltarla davvero.

Poi chiude la porta appena la donna, indietreggiando, glielo permette.

Sente la voce della proprietaria squittire e insultare, si muove sul pianerottolo e poi si allontana, viene risucchiata dal resto del mondo.

Torna il silenzio e con questo, poco dopo, lo sfrigolare delle mosche quando, ignare del pericolo, si posano sul viso di Catastrofe.

*

Sono centocinquanta euro, dice il ragazzo con la faccia quadrata.

Loris prende il bancomat, lo posa sul POS e aspetta il bip, poi digita il codice PIN.

Tra la ricarica del telefono, l'assicurazione, la benzina della macchina e questo pagamento i suoi soldi sono già finiti, non resta altro. Non c'è spazio per invitare Jo a cena, un ristorante giapponese con la formula *all you can eat*, odore di pesce crudo a fettine spesse e scivolose che scendono giù per la gola come se seguissero il corso di un fiume, trovassero una grotta tra il mare e gli scogli.

Lei adora andarci, ordinare molto più del necessario, abbuffarsi di sashimi e di alghe, mentre scansa il riso nascondendolo sotto le foglie decorative dell'insalata. Loris ogni volta cerca di dirle che così esagera, dopo si sentirà male, ma lei non sa resistere e pigia con entusiasmo lo schermo del menù digitale, sembra una bambina alle prese con un gioco da vincere, un nuovo livello da conquistare.

Dopo, regolarmente, qualcosa avanza e nessuno dei due è in grado di ingoiarlo a forza: una volta Jo è stata costretta a nascondere dei calamari crudi in un tovagliolo e poi nella borsa, l'odore di pesce non era più andato via e lei l'aveva dovuta buttare. Era rosa e iridescente, un regalo di compleanno. Se ci pensa, la vede ancora seduta al tavolo con la sua faccia losca da monella mentre si passa un dito sulle labbra e sigilla con lui il segreto della borsetta e del sushi.

Si sono sentiti al telefono poco prima che lui entrasse nell'edificio, un parallelepipedo basso accanto a una stazione ferroviaria regionale, non lontano da dove abitano i suoi genitori. Le scritte fuori non lasciano dubbi e nella sala d'attesa gli schermi indicano il tuo turno con un dlin dlon molto educato.

Jo gli ha detto che sarebbe stato il caso di parlarne prima, non adesso che lui è già lì.

Sono soldi buttati, ha sentenziato. Dovevi chiedere l'impegnativa al medico e poi prenotare con il CUP, come fanno tutti. In particolare quelli che non hanno un'assicurazione sanitaria o uno stipendio buono. Dovevi aspettare.

Allora Loris le ha ripetuto che non poteva attendere, che sta male *ora*, che di solito il peggio accade perché si aspetta, perché si sottovaluta, perché se si è giovani i rischi sono più bassi, perché non sei una priorità e sei sempre e comunque un codice verde, un corpo abbandonato sulla sedia per sette, otto, nove ore mentre arrivano altri corpi più marci e malconci e tu devi dargli la precedenza, devi pazientare.

Ma Loris non ha più quella pazienza, un pericolo si muove dentro il suo stomaco e lui lo ascolta respirare, lo sente ingrossarsi, strepitare, allungarsi, dare di matto, mangiare e dormire.

Ha una vita segreta il suo male, ha fatto casa nel suo intestino ma vuole ampliarsi, scegliersi nuove stanze, ammobiliarle, mettere le tende e le tovaglie, apparecchiarsi una tavola colma e grassa, piena di formaggi non stagionati, di dolci al caramello.

Hanno discusso per la cena mancata, per il cinema rimandato, per questa fissa che Loris ha sui controlli medici, la necessità di continuare a farsi analizzare e sondare spendendo soldi che non ha e che non servirà a niente bruciare così; ma in realtà parlavano del sesso che non fanno, dell'ansia che è diventata l'amante di Loris, la sua unica metà.

Non c'è spazio per Jo in questa relazione monogama e fedele, in questo matrimonio.

Tu non mi tocchi quanto dovresti, voleva dirgli Jo, e invece ha parlato di spese, di affitti, di tuo padre che ti aiuta sempre, come si fa a vivere così, sulle spalle degli altri.

Loris voleva spiegarle che non sa toccare neanche sé stesso a volte, che ha messo su una pancetta flaccida e bianca, un filo di peli scuri che arriva fino alla gola e che gli fa schifo, lo disgusta; ora ha passione solo per la certezza di rimanere vivo, di essere sano. Deve essere chiaro, palese, che non sta morendo. Gli pare l'unica cosa che conti, che sia auspicabile e giustissima.

Invece le ha urlato che quelli erano soldi suoi, era tornato al lavoro dal lunedì e gli avevano pagato alcuni arretrati, erano arrivati quattrocento euro, che sì, a te fanno ridere, sono un quarto di uno stipendio, ma sono miei e li uso come voglio.

Coi soldi che hai guadagnato apri il sito Internet del centro medico e prenoti la tua visita privata col dottor Gallo che è specialista in gastroenterologia e fa il ricercatore universitario, poi arrivi e vai alla cassa, dici: ho una visita con il dottor Gallo, e nessuno ti chiede perché, nessuno vuole sapere chi ti manda, non devi avere il permesso, ti basta pagare centocinquanta euro e adesso siedi nella saletta d'aspetto, hai il numero 8D e la stanza dove ti riceveranno è la 4 al primo piano, quando sul monitor apparirà il tuo nome potrai alzarti e bussare, venir ricevuto.

Dentro a quel centro si fanno visite ambulatoriali di ginecologia, urologia, dermatologia, cardiologia e neurologia, poi puoi accedere a radiografie, TAC, risonanze magnetiche, ecografie transvaginali, mammarie, addome completo; puoi presentarti la mattina senza ricetta e fare le analisi del sangue che preferisci, il pacchetto check up completo oppure quello per la tiroide, per il colesterolo, per la VES: Loris ama controllare la VES, sapere se c'è un'infezione in corso.

La conversazione con Jo è finita bruscamente e adesso Loris si sente in colpa, controlla spesso il telefono nel caso lei gli abbia scritto, ma gli occhi puntano di più lo schermo dove i numeri scorrono e ne manca solo uno per la stanza 4, poi sarà il suo turno.

Il dottore è giovane, avrà sui quarant'anni, è più basso di Loris e ha capelli biondo biscotto, occhi noce, naso dalla punta tonda e gentile, il suo camice è pulito e stirato a dovere, sotto indossa una camicia a quadretti azzurri, pantaloni di panno scuro. Loris fissa le sue scarpe lucide e nere, da cerimonia.

Vedere un medico lo anestetizza subito, finché è lì dentro – pensa – non potrà accadergli nulla, finché è nelle mani di un camice bianco la sua vita non è in dubbio, il suo collasso, anche se arriverà, verrà subito preso in carico da qualcuno, ci vorrà poco per il soccorso, il tempo di uno sbadiglio. Quindi gli fa un sorriso, distende il volto, sente il corpo alleggerirsi della preoccupazione: è là finalmente, di fronte a un dottore.

Loris si accomoda su una sedia di pelle davanti alla scrivania, la stanza 4 è piccola, alle pareti solo réclame di altre visite consigliate, poi la mappa di un corpo umano dal punto di vista della circolazione sanguigna. Loris si guarda intorno e non vede Catastrofe, si domanda se sia rimasta in automobile, se stia seduta a mangiare patatine da una busta e a bere Coca-Cola con la cannuccia.

Si stringono la mano, Loris tira fuori dalla sua borsa di tela le cartelline di alcuni esami precedenti per mostrarglieli.

Risalgono a qualche tempo fa, ci tiene a precisare.

Porta a mente quanto passa tra un esame e l'altro, ha letto che entro i tre mesi si ritiene ancora attendibile, dopo no, toccherebbe rifarlo da capo, aggiornarlo.

Il dottor Gallo domanda cosa c'è che non va e osserva con lentezza i referti che gli ha passato sulla scrivania.

Loris allora prova a raccontare il dolore addominale tanto forte da bloccare il passo e il respiro, spiega dei tentativi al pronto soccorso andati in bianco, della diarrea che gli prende in mezzo alla giornata, delle volte che aspetta giorni per andare al bagno e la pancia si gonfia, si gonfia, si gonfia e diventa un satellite pieno.

Fa il gesto di mimarla, dice al dottore che gli fa esplodere i pantaloni questa pancia lunare, grande quanto un universo.

Ma poi anche altri malesseri: il dolore al braccio, le fitte al petto, i giramenti di testa, la fiacchezza, il sangue dal naso, l'insonnia.

Il dottor Gallo non commenta, gli chiede di mettersi sdraiato sul lettino e alzarsi la maglietta, aprire i pantaloni, mostrargli il punto che gli fa più male.

Allora Loris esegue e si sdraia, e quella prospettiva distesa lo fa sentire molle, rasserenato, quella posizione che tanto lo danna nel letto, là ha senso, è legittima. Prende aria dal naso e respira con maggiore vigore, con una briosa naturalezza, i muri bianchi e le luci chiarissime lo confortano.

Indica alcuni punti, soprattutto uno dove spesso percepisce qualcosa di duro, una sfera, un globo.

Il dottore palpa e affonda le mani messe una sull'altra, domanda se dove tocca c'è dolore e quanto, il dolore arriva quando preme o quando rilascia, è un dolore acuto o un dolore esteso?

Loris pensava che sarebbe stato facile fargli capire la collocazione esatta del male, ma d'improvviso si scopre impreparato, non sa se mentire, se dire sì qui è terribile, non respiro da quanto è pungente, oppure ammettere la realtà: ora non sente nulla, è sedato, quasi dormiente, in quei secondi in cui le dita del medico affondano nella sua pancia, lui è guarito, rinato.

Balbetta allora qualcosa, dice più no che sì, e poi più sì che no, e dopo, a palpazione terminata, aspetta il verdetto.

Il dottor Gallo lo fa rivestire e torna alla scrivania, prende un foglietto per le ricette che in alto a destra ha il logo del centro medico, scrive delle cose con una grafia lunga e veloce, poi firma, mette il suo timbro, dice a Loris che non pensa sia nulla di grave, è solo una forma acuta di intestino irritabile, ecco da cosa derivano i dolori, da dove arriva l'alternanza delle consistenze, più ci pensa più starà male, più si ossessiona peggio starà, perché l'intestino è un organo particolare, reagisce agli stimoli nervosi.

Prenda questi fermenti lattici tutti i giorni per un mese e consumi meno grassi e latticini, conclude.

Loris lo guarda, raccoglie il foglietto e lo ripone insieme alle cartelline nella borsa di tela, resta seduto come se non volesse andarsene e il medico lo osserva perplesso.

C'è altro? chiede.

No, non c'è altro...

Loris gli stringe la mano ed esce.

Appena la porta si chiude alle sue spalle, gli sale una maledizione alle labbra. Ancora, per la centesima volta, questi dannati fermenti lattici, pensa e vorrebbe prendere la cartellina e i fogli e strapparli a piccoli pezzi, rientrare nello studio e farli ingoiare al medico a uno a uno.

È furioso, è imbarazzato, si sente preso in giro, molestato. Lo ha toccato per trenta secondi, ha visto un paio di analisi di mesi prima e basta, finito, centocinquanta euro e addio.

La visita è durata un quarto d'ora e lui è già fuori, tutto si è risolto in una manciata di minuti: saluta con un gesto il ragazzo dalla faccia quadrata che neanche lo nota, è intento a far pagare col bancomat un altro uomo che è lì per controllare la milza.

Altri soldi che entrano nelle loro tasche per visite di dieci minuti, altri fermenti lattici, altre diagnosi di ansia, tutti l'ansia abbiamo per loro, tutti agitati siamo, tutti malati immaginari, borbotta Loris tra i denti e li digrigna come se volesse mordere.

Ritrova il parcheggio e sale in macchina, lancia la borsa di tela sui sedili di dietro con fastidio.

Catastrofe è dove l'aveva immaginata, sul sedile del passeggero, ha sparso briciole di patatine su tutto il tappetino dell'auto, ha i denti sporchi, un ciuffo azzurro che pende sulla fronte, potrebbe essere una comune ventenne con la passione per il punk rock anni '80.

Che ti ha detto? gli chiede giocando con il piercing che ha al setto nasale, lo spinge dentro e poi lo fa riemergere, lo gira, lo tortura.

Loris neanche risponde, accende l'auto.

Vorrebbe che questa visita bastasse, che quei soldi bastassero, vorrebbe riuscire a dire ad alta voce quanto sta bene, che tutto si risolverà, sarà il caso di evitare il lattosio e già che ci siamo anche il glutine, gli zuccheri raffinati.

Basteranno dieci bustine, basteranno quindici giorni, massimo un mese, basterà fare attenzione alla dieta e uscire a correre, già che c'è farà pilates contro il muro della sua stanza, mettendosi in bizzarre pose mentre alza e abbassa il bacino. Per questa diagnosi sarebbe stato sufficiente ilmiodottore.it, e almeno sarebbe stato gratis.

Loris ne è certo: il suo male c'è, sta solo zitto, acquattato a dovere, nei cespugli, a contatto col muschio, mimetizzato tra l'asparago selvatico e il pungitopo, per non uscire allo scoperto.

Catastrofe accende la radio e muove la testa a destra e a sinistra sulle note di Virgin Radio, comincia a cantare e a scuotere le mani, fa tintinnare i bracciali ai polsi, i suoi piercing suonano come campanelli, e fuori si apre la campagna della periferia, i palazzi costruiti da poco nel nulla.

*

Erano all'ombra del pergolato, il ristorante aveva pochi commensali, il loro tavolo e altri due. Tempesta stava spolpando delle costolette d'abbacchio arrosto, usava le mani e staccava dall'osso le parti dure e quelle molli, succhiava il sapore pungente della carne nei punti dove i denti non raschiavano abbastanza.

Gustavo aveva un cappello di paglia a tesa corta ed era al suo terzo bicchiere di vino rosso della casa, mentre Loris guardava verso l'ingresso della chiesa, non era la prima volta che avrebbe voluto entrarci ma poi all'ultimo si faceva indietro, aveva spavento.

Sul tavolo, tra l'olio della carne e le macchie rosse sulla tovaglia di carta, un foglio spiegazzato con sopra dei disegni: erano le case dei colombi che Gustavo aveva preparato per Tempesta e le istruzioni per costruirle.

Gustavo era un falegname che non conosceva pensione, era l'unico ad avere ancora una bottega nel borgo di Celsano, non distante dalla cascina di Tempesta. Il borgo agricolo una volta aveva ospitato contadini, aziende, altri bottegai, l'osteria era stata sempre piena e alla chiesa di domenica le panche erano state affollate. Eppure in quella campagna segnata dalla lunga strada e dalle leggende, ogni spazio era stato ormai abbandonato, ogni storia era stata sepolta ed erano proliferate le ville con piscina e i giardini artificiali, i pini trascinati a forza dentro a perimetri ben orchestrati, le ortensie, i ciclamini.

Vuoi andare a vedere la Madonna? domandò Gustavo al bambino, che fece subito di no con la testa e tornò con gli occhi sulla tavola, si riempì il bicchiere d'acqua ormai tiepida e finì la sua bistecca di maiale, ché lasciare il cibo nel piatto Tempesta non lo tollerava, lo metteva di malumore.

Dentro la chiesa era conservata una storia antica, quella della Madonna sul gelso. Si diceva che un giorno una madre con un bambino malato stesse camminando per campi e zone boschive finché non aveva visto appeso a un albero di gelso il dipinto d'una Madonna e le aveva chiesto di curare suo figlio e proteggerlo dal dolore. La Madonna aveva acconsentito, il bambino era stato guarito, e da allora era diventato comune andare a farle visita sotto all'albero, finché il dipinto non era stato portato nella chiesa e messo sull'altare a fare incetta di ex voto e preghiere.

Il racconto faceva gola a Loris, come tutti i racconti, ma le chiese lo mettevano a disagio, con le loro ombre, i loro silenzi e le lucine sparse, pronte a consumarsi e a spegnersi. Si domandava come potesse essere finita la madre di Gesù su un gelso e perché, chi l'avesse messa là ad aspettare il bambino giusto da guarire, e allora, mentre tagliava col coltello lentamente la sua bistecca, favoleggiava la ruberia di un airone, di una cicogna, di un'aquila che aveva trafugato la Madonna altrove – da un cortile, un santuario, una nicchia – per poi trasportarla in volo al proprio nido. Ma ecco, le zampe s'erano affaticate col peso della cornice e della tela, e la Madonna era scivolata giù, nel bosco dei gelsi. Lo aveva sentito da Tempesta che le Madonne erano viaggiatrici, c'era chi le portava in giro sulle chiatte dei fiumi, chi se le passava di porta in porta per benedire la famiglia che ne aveva più bisogno, chi le issava sulle prue delle navi.

Ci provava spesso, quando tornava a scuola a settembre, a raccontare ai suoi compagni di classe delle cose che aveva imparato con Tempesta, dei topi che avevano visto correre per la cantina, dei bacarozzi a pancia in su, del Natale in anticipo, dei funghi cresciuti all'ombra dopo la pioggia, dei robivecchi e dei colombi, ma a nessuno di loro interessava quel mondo, quella realtà amata, per tutti valevano solo i cartoni alla TV, i Game Boy, i giochi dove si sparava per finta e la gente moriva nei fossi senza neanche cacciare un urlo.

Le vorrei dipingere di verde, m'è avanzato da quando ho sistemato la porta d'ingresso, disse Tempesta e osservò con la lente d'ingrandimento i disegni. Non che non ci vedesse con gli occhiali, ma a lui piaceva così, portarsela dietro e usarla per andare a cogliere le cose minute, i dettagli più sottili. A Loris le lenti d'ingrandimento mettevano sorpresa, ogni volta che ci guardava dentro all'improvviso ciò che aveva davanti diventava enorme, si faceva invadente, e lui era costretto a distogliere lo sguardo, gli pareva d'aver esagerato. Ma la lente di Tempesta gli piaceva, era d'argento e aveva il manico lavorato, si teneva in tasca e pesava un po', il giusto per non dimenticarsela nei pantaloni. Per ora avevano appeso nella voliera delle scatole di cartone, riempite con pagine di giornale tagliate a striscioline per far da giaciglio ai colombi, ma loro non le stavano apprezzando particolarmente, ci si poggiavano sopra, vi entravano fugacemente e poi tornavano a terra a beccare il grano o sopra a dei trespoli pericolanti che Tempesta aveva disseminato sperando di rendere il loro soggiorno meno monotono.

Il caldo però si faceva sentire e serviva un riparo che gli alberi intorno alla gabbia non potevano garantire tutto il giorno, e da quello che si vedeva nei disegni di Gustavo le casette sarebbero state rettangolari con un balconcino e due fori tondi per entrare, ce ne sarebbero state una decina, tenute insieme dai chiodi, fissate alla rete con molto fil di ferro. Tempesta avrebbe anche potuto chiedere all'amico di farle lui, ma così si sarebbe tolto il divertimento d'allestirle con le sue mani, non sapeva stare senza fare, senza disfare.

Gustavo parlava in un dialetto strettissimo che a volte Loris non capiva ma che era perfettamente comprensibile a Tempesta. Il nonno, in effetti, non aveva alcuna inflessione dialettale: essendo nato in Africa e avendo sempre imparato tutti i modi possibili per comunicare, in lui si erano mescolate le lingue e le pronunce, ma non era mai venuta meno la sua capacità, a volte misteriosa, di comprendere il dire degli altri.

Loris non era un gran chiacchierone, ma più un buon ascoltatore e un pensatore ossessivo, e invidiava la predisposizione di Tempesta al dialogo, dai tempi in cui aveva conosciuto gli ambasciatori di mezzo mondo nelle ex colonie a ora che se ne stava seduto all'osteria con Gustavo per parlare dei legni più resistenti e se conveniva o meno passare il fissante sopra alla vernice. Loris sentiva che avrebbe potuto leggere e leggere fino a non alzarsi più dal letto, ma certe cose, come quelle che aveva capito il nonno, lui non le avrebbe sapute, non ci sarebbe arrivato perché non gli sarebbero bastati i libri, sarebbero servite le persone.

Già che erano di strada mentre rientravano verso casa, diedero un passaggio a Gustavo al cimitero di Santa Maria di Galeria, dove era sepolta sua figlia, morta da poco con lo scooter a soli trent'anni. Stava correndo sulla Braccianese, la strada che andava verso Roma, e a una curva era scivolata per poi schiantarsi contro il lungo muro che proteggeva i campi della Radio Vaticana.

Se faceva la strada nostra... ripeteva ogni volta Gustavo, intendendo che invece di prendere la via per Testa di Lepre la figlia aveva preferito l'altra per raggiungere la città, e tante volte avevano litigato su quale delle due fosse la strada migliore, e non era riuscito a farle cambiare idea, come se lo sentisse nello stomaco che a lasciare la vecchia strada per la nuova si faceva sempre danno.

La costruzione delle casette avanzò nei giorni seguenti senza sosta, mentre Loris passava gli strumenti a Tempesta a volte doveva chiudere gli occhi perché aveva il timore che il nonno si tagliasse un dito con la sega elettrica o gli scappasse il martello su un'unghia.

E se me lo taglio poi ricresce, scherzò Tempesta mostrandogli la mano intonsa e le dita tutte presenti, e a Loris non venne da ridere, si faceva sempre più problemi di lui, anticipava incidenti possibili, ferite ed errori.

Intanto da mattina a sera Loris stava con Tempesta nell'orto intorno alla voliera, osservava i colombi, le loro movenze, gli occhietti vispi, come si accovacciavano all'ombra e chiudevano le palpebre.

Tempesta gli aveva già proposto varie volte di invitare degli amici della scuola in campagna per farli stare qualche pomeriggio e avere compagnia, ma Loris s'era sempre rifiutato.

Che vengono a fare? rispondeva, e apriva la porta col chiavistello in ferro per entrare nella gabbia.

I piccioni le prime volte erano volati terrorizzati di qua e di là, ma ormai gli consentivano di visitarli e lui si dava da fare e riempiva col tubo le bacinelle che usavano per l'acqua, o le grandi ciotole dai bordi bassi per il granturco.

Sua madre, inorridita alla scoperta degli uccelli tenuti nell'orto perché portavano malattie, aveva proibito a Loris di entrare nella gabbia, ma lui aveva il permesso di Tempesta, e quando era nel casale il resto delle regole non valeva più, c'erano i loro tempi, le loro priorità e le loro scelte.

I colombi si potrebbe pensare che fossero sempre dei gran chiacchieroni, chiassosi abitanti del giardino, ma in realtà era raro, adesso che si erano abituati, che facessero troppo rumore, si udiva solo il frullare delle ali per volare da un giaciglio all'altro, e quel rumore era per Loris di conforto, avrebbe passato ore a sentire uno sbattere d'ali e poi l'altro e poi ancora, i passetti sul granturco.

Dobbiamo darci una mossa ché il meteo mette pioggia i prossimi giorni, disse Tempesta.

Così iniziarono a dipingere le casette di quel verde luminoso, Loris spennellò lungo il legno e cercò di non dimenticare nessuno spazio, di fare un lavoro accurato, voleva che ai colombi piacessero le loro nuove dimore, i loro rifugi.

Quando furono ormai dipinte e asciutte, arrivò il momento di montarle, e Tempesta chiese aiuto a Gelo, non bastava l'assistenza di Loris. Gelo era molto alto, superava Tempesta di una testa intera, aveva la pelle abbronzata e liscia, i capelli lunghi e neri legati in un codino.

Aveva indosso dei pantaloni e una maglietta che a Tempesta non andavano più perché aveva messo su qualche chilo. Il nonno un giorno lo aveva portato davanti al suo armadio e gli aveva detto: Prendi quello che ti pare, tanto io alle serate di gala di certo non devo più andare. Così Gelo aveva riportato in Romania un paio di completi buoni, li aveva fatti accomodare, uno lo aveva usato per il matrimonio di una cugina e, quando gli avevano stampato la fotografia, l'aveva mostrata a Tempesta per fargli vedere come gli stava.

Tempesta la teneva in cucina attaccata al frigorifero con una calamita, c'era Gelo ben vestito, i capelli tirati indietro con la gelatina, accanto a sua moglie Vania, più piccola e minuta con indosso un abito che era stato della nonna di Loris, un vestito da cocktail fatto in sartoria. L'unica a cui Tempesta aveva regalato gli oggetti della moglie era Vania, perché le stavano perfetti e perché era bella e giovane e a lui era simpatica, così si era giustificato con Sandro.

Il padre di Loris non era contento di questi doni che Tempesta faceva a Gelo, forse perché gli pareva assurdo che il padre si fosse affezionato a uno che conosceva a malapena, quando tra loro invece le cose non sembravano poter funzionare.

Gelo e il nonno parlavano un loro idioma, questo Loris lo aveva capito da subito. Intanto perché mischiavano frasi in almeno due o tre lingue, poi perché davano agli attrezzi nomi che si erano inventati per capirsi e che gli altri quindi non potevano comprendere, e in ultimo chiacchieravano di fatti che Loris conosceva solo in parte, storie del cantiere di Gelo, di gente che loro due avevano incontrato, di contadini della zona, non proprio pettegolezzi, ma aggiornamenti sullo stato delle cose, chi aveva venduto il vino, chi si era trasferito dove, chi cercava aiuto per costruire un fienile nuovo, chi aveva litigato per un pezzo di terreno.

Ma Loris non si sentiva tagliato fuori, li ascoltava curioso, sorrideva quando annuivano e dicevano sì sì sì ho capito, mentre a lui pareva fosse tutto incomprensibile.

Gelo era molto fiero di Tempesta e della sua voliera, la trovava elegante e pensava che avesse preso dei bei colombi, erano animali che non servivano a nulla, andava detto, ma stava là la loro bellezza, anche suo padre in Romania ne aveva avuti, e i polli e un gallo e un asino, prima che gli venisse un'ernia terribile alla schiena che lo aveva costretto a letto.

Tu sei romeno, disse Gelo a Tempesta come a intendere che aveva quello spirito dell'arrangiarsi e del farsi le cose da soli, del lavorare anche col sole forte o col freddo duro.

Può essere, chi può dirlo, rispose Tempesta e rise: l'ultima casetta per i colombi era stata ancorata alla rete e ora toccava solo aspettare che loro se ne accorgessero, che andassero in avanscoperta.

Loris era impaziente, si mise seduto davanti alla gabbia e li osservò muoversi guardinghi senza entrare.

Non gli piacciono, sentenziò affranto.

Ma no, dagli tempo. Tu quando arrivi in una casa nuova subito la senti tua? Falli ambientare, rispose Tempesta convinto e lo trascinò in cucina ché toccava pranzare tutti e tre, c'era un'insalata di pomodori dell'orto con la mozzarella, Gelo aveva fatto il pane nel forno a legna.

Loris lasciò la voliera con riluttanza, gli sarebbe piaciuto continuare a guardare che cosa accadeva, seguì i due uomini in casa e mangiò velocemente, non vedeva l'ora di tornare a controllare i progressi dei colombi.

Non fare glu glu, gli disse Gelo, che significava non mangiare tutto insieme come gli animali.

Loris annuì e poi lo guardò, si azzardò a chiedere: Dove abiti tu quando fa freddo?

Come qua, freddo inverno, rispose l'altro versando lo sciroppo al tamarindo nel bicchiere di Tempesta.

Non come al Polo Nord?

Non so Polo Nord, io so qua e Romania, rise Gelo e spezzò il pane in tre parti, ripeté: Non fare glu glu col pane o va traverso così, e si mise una mano in orizzontale all'altezza del gozzo.

Nel pomeriggio Loris non resistette più e corse nell'orto mentre Tempesta faceva la sua siesta seduto sulla poltrona davanti alla TV, aveva le braccia conserte e i piedi incrociati, dormiva sempre a quel modo, nella stessa posizione.

All'inizio il bambino si mise paura, non vide i colombi da lontano, gli sembrò che non fossero più nella voliera, che fossero scappati, lo prese subito la disperazione della perdita, poi si avvicinò e sentì i loro versi attutiti dal legno delle casette: si erano rifugiati dentro per proteggersi dal caldo, a coppie o in terzetti, ora erano accovacciati nelle nuove abitazioni e aspettavano che calasse il sole per tornare a basso.

L'UOMO CON LA MASCHERA DA CAVALLO

Il percorso casa-ufficio è lungo un chilometro, una passeggiata innocua per chiunque, da fare con piede leggero anche sotto a un acquazzone, ma non per Loris, che conta quante centinaia di metri mancano per rientrare nel suo appartamento, odia fare soste, ha smesso di guardarsi attorno, di voler svelare il quartiere.

All'inizio aveva ammirato le villette a due piani, le decorazioni liberty, le tinte rosa, arancioni, gialle, le edere lungo i cornicioni, i giardinetti nascosti dietro ai cancelli, la strada tutta curve per scendere fino a Trastevere, la gelateria dal nome francese, il mercato rionale di dieci bancarelle e la migliore è quella dei formaggi a pasta morbida, il teatro che ospita pièce sperimentali, la pasticceria in cui puoi incontrare attrici e registi famosi intenti a chiedere le vaschette di panna montata per il pranzo festivo.

Adesso c'è solo un girare a sinistra e andare dritto, di nuovo sinistra poi sempre avanti fino al fondo della via che non ha uscita.

Si sente un impostore nel quartiere, uno che vuole vivere come tutti loro senza poterselo permettere, com'è che si chiamano quelli come lui? I nullatenenti che vengono mantenuti, che non sono mai cresciuti.

I colleghi si ritrovano spesso a un bar dove vendono vini biologici, spritz Aperol o Campari, patatine unte, taralli pugliesi, taglieri di salumi artigianali – tutto a quindici euro –, bevono una birra, tirano fino a tardi e le birre diventano dieci, e Loris siede con sempre la stessa davanti, la sorseggia piano, non può prenderne un'altra. Questi sono i soldi di mio padre, si ripete, sono i soldi di mio padre che mi sto bevendo.

Le case del quartiere sono diventate le case che non può pagarsi, e l'aria da centro storico lo scenario di una menzogna: dalla periferia dei sottopassaggi alle ville novecentesche di Monteverde.

La via dove abita è intitolata a un massone e per molti anche un pessimo poeta, un equilibrista tra l'essere un mediocre pennivendolo e un genio incompreso. Loris è andato a cercare queste sue poesie, questi suoi romanzi, e una volta letti ha solo provato fastidio: retorico, noioso, un poeta minore, un poeta per le mezze misure, le mezze calze, che si dà arie da borbonico e ha la zappa sul retro di casa.

Così si sente anche lui, ha la certezza che se un giorno, chissà perché, gli verrà intitolata una strada, tutti passando per di là penseranno alle sue mancate eccellenze e alle tracce sporche che si è lasciato alle spalle.

Quando entra in casa ha caldo, il collo rigido, la schiena dolorante perché in ufficio siede al tavolo storto e contorto, una radice sott'asfalto, e smascella digrignando i denti mentre passa in rassegna gli errori di battitura, i refusi, le e-mail ancora non lette, oggi è stato due ore in piedi alla fotocopiatrice, ha scannerizzato tre libri al modo di un replicante, un automa tutto sommato di bell'aspetto, un po' emaciato ma non ancora pronto al riciclo.

I suoi piedi fanno ciac ciac dopo pochi passi, c'è una pozza d'acqua davanti al divano in pelle rossa e lui alza gli occhi al soffitto, dalla corona di goccioline spurga un'umidità che si è trasformata in colatura, le scarpe sono bagnate, il tappeto è zuppo e le gocce continuano a scendere, battono il ritmo dei tubi idraulici del piano di sopra, la casa della signora coi tacchi alti.

Non l'ha mai vista ma l'ha sentita camminare, pronta alle uscite, pronta alla cena sopra a dieci centimetri di scarpe a punta.

Loris neanche si leva lo zaino dalle spalle, esce di casa e va a bussare alla porta accanto, quella dello studio di registrazione, la pessima musica ronza nel pianerottolo, ronza oltre la soglia, e il proprietario apre: è abbastanza giovane, sui quarant'anni, ha una pancia prominente ma il resto del corpo asciutto, capelli di media lunghezza che sulla fronte si aprono a tendina, gli stessi occhi della madre, la medesima maniera di cominciare una conversazione con collosa benevolenza per finirla a insulti nel disaccordo.

L'appartamento si è allagato, spiega Loris.

L'altro si agita e chiede di abbassare la musica, allagato come, allagato quanto, bestemmia e supera Loris, che da questo preciso momento diventa un pupazzo, un manichino, ignorato nelle sue rimostranze, messo da parte come una marionetta.

Una volta che vede la chiazza d'acqua che si sta allargando sul pavimento, il proprietario chiama al telefono la madre e lei lo avvisa che aveva notato qualcosa sul soffitto ma quel dannato ragazzo non l'ha voluta ascoltare, ripete dannato un paio di volte e Loris la sente anche senza doversi sforzare.

Poi la donna, che vive dall'altra parte della strada, li raggiunge e Loris è accerchiato, vanno a convocare la signora del piano di sopra che adesso ha un volto – bionda, molto mascara, giacca azzurra, pantaloni a vita bassa – e, dopo aver visto la pozza, vuole che il marito si palesi. L'uomo arriva velocemente, sembra più adulto di lei di almeno dieci anni – brizzolato, notaio, solo camicie, solo mocassini –, e altri si affacciano dagli appartamenti e ora sono dentro casa di Loris, lo hanno messo all'angolo e parlano dei suoi oggetti, li spostano, entrano ed escono.

Bisogna subito chiamare una ditta, di chi saranno i costi, ma certo di quelli del piano di sopra, io mi ero accorta che il soffitto sudava ma quel *dannato* ragazzo, intanto asciughiamo per terra, leva il tappeto, muovi il divano: si sono dimenticati che lui vive lì.

Loris prova a intervenire, a impugnare la lampada dell'ingresso per rivendicare la sua presenza, il suo abitare quello spazio, il suo diritto d'essere informato, messo al corrente di cosa sta accadendo, ma i proprietari non ci pensano nemmeno a coinvolgerlo, lo accompagnano addirittura alla porta, gli chiedono di andare a casa della fidanzata, loro devono chiamare subito tale Giuseppe, l'amico del nipote che lavora per una ditta e ci fa un buon prezzo e almeno per stanotte non dovrebbero esserci ulteriori danni.

Loris si rifiuta di uscire, non intende andare altrove, è il suo letto ciò di cui ha bisogno, il suo rettangolo morbido, l'odore acre delle lenzuola che ancora una volta si è dimenticato di cambiare e la pila dei libri accumulati al posto di Jo. Continua a lasciarli riposare accanto a lui, sono un corpo magnifico e silenzioso.

Si sente svuotato di qualsiasi autorità, un bambino allontanato dagli adulti che devono brigare e sbrigarsi, risolvere il problema che lui ha sottovalutato, ha rimandato, non ha saputo riconoscere.

Alla fine, tra il baccagliare di quelle dieci persone che occupano il suo piccolo appartamento, riesce a raggiungere la camera da letto, si siede a gambe incrociate e attende che vadano via, controlla che l'acqua non tocchi la libreria, ché non è possibile si bagnino i libri, lo dice anche ad alta voce.

Fate quello che vi pare, ma non si devono bagnare i libri, grida senza spostarsi dal letto.

Vorrebbe portarli tutti su quella zattera improvvisata, fare posto alle loro pagine e ai loro pesi specifici, tenerli abbracciati come i più cari amici.

La gente nell'ingresso intanto aumenta, della maggior parte non conosce neanche i nomi e i cognomi, chi sono e perché sono interessati alla sua perdita, al suo procrastinare, perché commentano il suo intonaco e le sue infiltrazioni, tutti lo ignorano e nessuno lo ascolta.

In un'oretta – miracolosamente – arriva Giuseppe con alcuni muratori e si affacciano in camera da letto, neanche lo salutano, prendono dei teli di plastica e li posano sopra alla libreria, ai suoi vestiti, alla cassettiera, sul divano, sulla cucina.

La proprietaria insiste di fare in fretta, adesso hanno chiuso l'acqua al piano di sopra ma deve ancora arrivare l'idraulico, intanto preparassero tutto per l'intervento, provassero a fare del loro meglio, non può continuare a piovere in casa, non può venire giù il temporale.

Loris è fermo, isolato sulla sua isola, le braccia reggono la pancia che pulsa, vorrebbe chiamare il padre per chiedergli consiglio sul da farsi, ma sarebbe una disfatta, diventerebbe evidente che da solo non sa gestire la situazione, la casa, l'affitto, la vita.

Hai trent'anni, si ripete, hai trent'anni e sei adulto, sei abile, sei pieno di fortune, sei colmo di capacità, hai trent'anni e fatti valere, fatti ascoltare, vai di là e dirigi i lavori, vai di là e sii centurione, oplita, caccia i barbari, fai scudo, metti in salvo i tuoi averi.

Ma non succede niente, non si muove.

Dalla sua zattera sblocca lo schermo del cellulare e indossa le cuffiette, all'inizio pensa di ascoltare della musica, la colonna sonora di un film di Malick, per staccare le orecchie da quel trambusto, ma Catastrofe è sul letto, siede a gambe incrociate come lui, si muove imitando le sue espressioni, alza la mano se lui la alza, socchiude gli occhi se lui li socchiude, aggrotta le sopracciglia se lui stringe la fronte.

È vestita da mimo, ha il cerone bianchissimo sul viso, una bocca triste disegnata all'ingiù con del rossetto rosso, i capelli raccolti in una cuffietta nera che rende la sua testa tonda e liscia, una tutina aderente su un corpo androgino, senza forme.

Lo fissa negli occhi, lui ricambia lo sguardo, e lei è uno specchio liscio, accogliente, che lo distrae dalla confusione, dalle intrusioni, dall'acqua che cola ed entra, si insinua nelle fessure, rovina tappeti e pavimenti.

Loris sente la pancia gorgogliare, dei dolorini acuminati tra i tessuti come aculei d'istrice, si ritrova su YouTube a scorrere i video della propria cronologia finché Catastrofe non abbandona le sue mosse mute e gli ordina: Fermati. Perché qualcosa ha attirato la sua attenzione.

Il volto tondo di una ragazza degli Stati Uniti, Illinois, spiega a Loris e ai suoi tre milioni di visualizzatori che anche se lei ha ancora tutti i capelli e non le sono caduti a ciocche durante la doccia, anche se ha un bel colorito, il viso non è scavato, pare avere una vita ben fatta, è carina, è appetibile, piace ai suoi coetanei e ha un fidanzato che gioca a basket, persino lei è una paziente oncologica, perché il male non si palesa sempre allo stesso modo, perché ogni corpo reagisce come vuole, come può.

La ragazza studia Lettere, ma sta mancando a molte delle lezioni, non va più in biblioteca come faceva prima, non riesce neanche a mettere la testa sui libri, perché da poco le hanno trovato un linfoma, uno dei peggiori, uno dei meno curabili. Una mattina qualsiasi aveva sentito un linfonodo ingrossato sul collo, ma non gli aveva dato peso, una settimana dopo ne aveva parlato col medico e lui le aveva risposto che forse era colpa di un forte raffreddore, niente di cui preoccuparsi, nulla di allarmante. Il tempo era passato, la sua ghiandola era rimasta lì, gonfia e durissima. Gli altri sintomi erano arrivati tardi, i dolori non li aveva mai subiti. Credeva di essere al sicuro, così giovane, così comune, senza alcun vizio, infatti non fuma, è astemia, le piace correre la mattina all'alba, dorme almeno otto ore a notte, non mangia molta carne, preferisce i legumi.

Ha ventidue anni.

Loris guarda fino alla fine e poi rivede il video, va sulla pagina del profilo della ragazza, si chiama Maddie, ha il collo lungo, le scapole in vista, occhi larghi che lo fanno pensare a quelli vacui di certi animali notturni, la voce è bassa, il tono screziato, una ragazza dall'accento non marcato, che gli ricorda Jo in qualcosa, forse la mascella leggermente squadrata o la forma degli occhi piegati verso il basso, da subito la sente familiare, vicina.

Cerca altri video di Maddie, cosa aveva postato prima, ed eccola che racconta della sua routine mattutina, eccola che fa recensioni dei romanzi che ha letto questo mese, eccola col fidanzato mentre rispondono alle domande di chi li segue, eccola con la madre mentre giocano a chi riconosce più citazioni letterarie, eccola che lascia la casa di famiglia per andare a vivere da sola e ha le scatole piene di libri, eccola che all'improvviso, a un quarto di vita possibile, s'ammala.

Maddie dice: Sto morendo, solo più velocemente degli altri.

È troppo giovane, non può morire così, pensa Loris con angoscia e dolore, è troppo giovane non può morire così, è troppo giovane non può, non può, non può morire così.

E dopo arriva un altro pensiero che si sovrappone al primo, lo ingoia: sono troppo giovane, non posso, non posso, non posso morire così.

Quello che è capitato a Maddie potrebbe capitare a lui, senza preavviso, senza senso, senza che lui possa reagire, difendersi.

Ho tante cose da vivere, gli eventi più banali, le piccolezze, pensa Loris e il suo pomo d'Adamo pulsa e si contrae. Voglio quelle migliaia di giorni davanti a me, quelle notti insonni, quelle passeggiate a vuoto, quel non saper socializzare, quel niente che mi attende, deve attendermi, deve aspettarmi.

Quasi senza rendersene conto si posa una mano sul collo e percorre con le dita tutta la linea dall'orecchio all'inizio della scapola: cosa c'è lì sotto, dio mio, che dal nulla si infetta, si trasforma, dice quasi ad alta voce.

Le dita passano sull'epidermide, Catastrofe fa lo stesso con le sue mani di pece, con la faccia da teatro e da ossessione, e nella stanza accanto si discute di tubi, di malfunzionamenti, di spese condominiali, di soldi: sempre di soldi alla fine si discute.

Loris scopre una pallina morbida sottopelle, qualcosa di tondo e preciso che si oppone al tocco: anche lui ha un linfonodo ingrossato, compatto e certo.

Di primo acchito si sente folgorato, come se gli avessero sparato nel bosco scambiandolo per una lepre, vorrebbe urlare, poi dall'ano parte una scarica di angoscia pura, dritta e cristallina, arriva al naso, arriva agli occhi, al centro della fronte e si ferma là.

Lui non è più Loris, ma quel punto della fronte dove sta il suo terrore.

*

Dal dramma dell'apostrofo lo controllano a vista, gli hanno proibito di comporre altre newsletter per la casa editrice, tolto tutti gli accessi ai social, e all'inizio Loris ne è stato lieto, non aveva mai creduto di essere adatto a occuparsi della comunicazione, intanto perché i suoi social personali mostrano chiaramente disinteresse per il mezzo: ci sono solo quadri dei Macchiaioli – Cannicci e Fattori su tutti –, citazioni di Elsa Morante e fotografie di lei con il foulard stretto sotto al mento (l'aria di sfida e di scherno, l'eleganza del genio), e immagini di sé stesso in penombra, mezza faccia, mezze membra, l'assenza-presenza di chi ama guardare compulsivamente ma non ama essere visto o ritratto o interpretato. Poi perché viene assalito spesso da ansia da prestazione, si arrovella sulle parole opportune da usare per parlare delle pubblicazioni, detesta i commenti a volte stupidissimi che riceve il loro lavoro. Gli pare tutto appiattito, spento, snervante quando un libro appare online e si mostra al pubblico per essere giudicato da una fotografia con un filtro rétro che finge l'analogico, dove non c'è analogia con la realtà.

Come si fa a invitare la gente ad acquistare un romanzo senza risultare operettistici? L'idea di introdurre delle emoticon lo agghiaccia, le frasi ironiche e ammiccanti gli sembrano una sciocca via di scampo, un lapalissiano COMPRATELO lo mette d'impaccio. Eppure a qualcuno questi libri andranno pur venduti, altrimenti lui non riceverà né il rinnovo dello stage né i soldi arretrati.

A dir la verità questo è il suo terzo stage, i primi due erano stati per una galleria d'arte e illustrazione e una fondazione d'archivio di una nobile famiglia romana.

La gallerista era una donna dal dubbio temperamento, a volte mansueta, cerimoniosa e gentilissima, altre collerica e imbufalita, la sua voce poteva passare dal bisbiglio allo strillo senza alcun preavviso. Lo aveva lasciato per ben tre volte fuori dalla galleria perché non si era svegliata in tempo e non si fidava a consegnargli le chiavi. Era terribilmente indebitata e stava vendendo casa per trasferirsi nella galleria stessa, era piena di fatture insolute che non aveva riscosso per anni e si aspettava che Loris – con nessuna formazione commerciale – se ne occupasse per lei.

Lui aveva passato quei sei mesi a farle presente che alcune delle librerie a cui lei aveva dato in conto vendita i suoi libri d'arte erano fallite e non c'era nessuno a cui battere cassa. Lei aveva risposto: Cerca meglio, qualcuno deve esserci. Così si era dovuto improvvisare anche investigatore e andare in loco per chiedere notizie sui cambi di gestione, sui magazzini, sui conti chiusi o aperti, tornando spesso a mani vuote o con qualche promessa mal posta.

Quando la gallerista capiva che non c'erano più speranze di avere quei soldi, prima si sfogava su Loris dandogli dell'incapace, e poi si chiudeva al bagno dove piangeva, le lacrime sottili scendevano nel lavandino rosa geranio, aveva speso troppo denaro nel design della galleria, c'erano dieci mattonelle di Fornasetti che la fissavano ai lati dello specchio.

La galleria si trovava in via Giulia, in una zona centralissima di Roma piena di botteghe e corniciai, e per arrivarci – visto che ancora viveva dai genitori – Loris doveva prendere un treno regionale, un autobus e un tram. Un viaggio lungo che gli costava più di un disappunto, dato che i mezzi erano stracolmi di pendolari affaticati e chiassosi e i ritardi tra il treno e gli autobus si accumulavano, facendo crescere l'ansia dell'arrivo mancato, ché se era lui a non essere in orario la gallerista glielo faceva notare con tre frasette acidule e dei rumorosi schiocchi di lingua sul palato.

Una volta era rimasto ad aspettarla sotto la pioggia per due ore, perché solo a pranzo lei si era ricordata della sua esistenza. Lui si era dimenticato l'ombrello ed era stato sotto al cornicione del palazzo, le punte delle scarpe ormai sformate dall'acqua. Considerando che lo stava pagando duecentocinquanta euro al mese e in nero, si era innervosito talmente tanto da non poter resistere oltre e le aveva detto che non l'avrebbe più visto. Le aveva spedito per raccomandata la sua cartellina rossa piena di fatture scadute, confuse e impiastricciate.

La fondazione aveva in comune con la galleria il fatto che nessuno si prendeva mai la briga di visitarla, era un appartamento antico in un palazzo nobile, con scaffalature sino in cima agli alti soffitti, libri che risalivano fino al Trecento, opere d'arte ovunque – mezzi busti di marmo, vetri smaltati, ritratti dipinti a olio, bozzetti in carboncino tenuti sotto teca. Ogni cosa era preservata e ogni cosa era intoccabile, l'archivista che se ne occupava era molto rigida, formale, all'inizio aveva detto di aver bisogno di qualcuno che la aiutasse con le e-mail, gli eventi, la conservazione delle opere, e Loris aveva immaginato le proprie lunghe giornate tra le pagine secolari a farsi accudire dai loro non detti e dalle loro antichità, ma in realtà a lei serviva solo un collaboratore per fotografare le immagini di alcuni libri e poco altro.

Non lo aveva mai coinvolto nelle attività della fondazione o nella cura delle opere, degli scaffali, lo fissava spesso con sospetto come se fosse venuto a rubarle nei cassetti le mutande di pizzo, le camiciole di seta.

Anche in questo caso Loris si era trasformato in un fotografo dell'ultima ora, chiedendo al padre in prestito macchina e cavalletto. Ma scattare era quasi impossibile, l'archivista non era mai soddisfatta: prima della luce, poi dell'inquadratura, quindi della disposizione, la resa era storta, c'era un'ombra, c'era un riflesso, le pagine andavano mosse con più grazia, il libro non poteva sgualcirsi, non stavano manipolando un giornaletto da bar.

È un esemplare unico, gli aveva gridato un giorno percorrendo la stanza a passi lunghissimi, come in preda a un attacco del dio Pan.

Loris aveva replicato che se avesse voluto delle fotografie professionali avrebbe fatto meglio a pagare un fotografo di professione, che di certo non sarebbe stato là per i trecento euro al mese che gli dava lei.

L'archivista era ammutolita e gli aveva chiesto – molto urbanamente – di riprendere la sua attrezzatura e andarsene, avrebbe fatto da sola.

Perché in effetti era sola, tra fantasmi, attorniata da volumi polverosi, in continuo litigio con gli ultimi, decaduti, membri della famiglia che non volevano più mandare contributi e la incitavano alla ricerca di bandi pubblici per la sopravvivenza della fondazione, dove lei lavorava da vent'anni.

Loris non aveva vissuto bene la fine di questo secondo stage, l'aveva vista come un insulto personale, lui era laureato in Lettere, era una persona colta, aveva del potenziale e tutti continuavano a chiedergli di fare cose assurde e mal pagate.

Aveva passato due settimane di agitazione e stress molto forti e poi si era rimesso a indagare, inviando curriculum e presentandosi di persona in qualsiasi posto contenesse libri e potesse dargli una speranza lavorativa, un pellegrinaggio durato mesi e mesi tra rifiuti e disinteresse generale, colloqui che parevano essere andati benissimo e cambiamenti dell'ultimo minuto, rimpiazzi maternità non confermati, tagli del personale mentre il personale lo stavano ancora cercando, fino ad arrivare alla casa editrice.

Quando in quel periodo si lamentava con Jo di quanto fosse difficile trovare qualcosa di decente e di ben remunerato e di quante persone non richiamassero, ignorassero, sparissero di fronte alla richiesta di un impiego, riceveva in cambio solo occhiatacce.

Lei insisteva nel dirgli che pretendeva occupazioni difficili da trovare, di nicchia, e che avrebbe potuto diventare un po' più indipendente con un lavoro part time in un negozio o in una pizzeria, per cercare intanto di lasciare casa dei genitori e non dover viaggiare troppo sui mezzi pubblici.

Allora Loris le ricordava di aver frequentato Lettere e di non saper fare nient'altro se non leggere e studiare, non tutti i mestieri erano alla portata di chiunque.

Lei però aveva sempre lavorato anche mentre studiava, come cameriera, babysitter, aveva portato le bibite tra gli spalti allo stadio, aveva servito alle cerimonie per lunghe tavolate di cinquanta persone, si era messa a pulire i box dei cavalli nei maneggi della provincia, a tosare i cani del rifugio per animali e si era persino venduta i capelli – come gli ricordava di continuo – pur di avere la vita che desiderava senza chiedere i soldi ai genitori. Considerava l'indolenza di Loris una forma di lugubre disfatta, di manchevolezza.

Stai fermo ad aspettare che le cose ti accadano, così gli ripeteva sempre più spesso.

E Loris iniziava a sbraitare più o meno a caso, perché sapeva benissimo che lei era dalla parte della ragione e lui del torto, sapeva di essere poco produttivo, impreparato, pretenzioso, viziato, a volte intransigente, altre screanzato, altre ancora depresso, annichilito.

Jo con le sue mani svelte e la voglia di imparare – uguale all'eroina del romanzo che le dà il soprannome, quella piccola donna caparbia che desiderava scrivere e andare in guerra come gli uomini –, di raggiungere gli obiettivi, di salpare in nave e di navigare gli ricordava Tempesta, la maniera evidente con cui il nonno intuiva il da farsi, sempre impegnato, sempre vivo.

Era un dolore intimo e feroce constatare che non era diventato come lui, che non lo aveva emulato o raggiunto perché semplicemente non ne era stato capace.

Jo in modo diverso, più sbarazzino e femminile, invece lo incarnava e lo rendeva ancora più lontano, inaccessibile.

Il direttore della casa editrice a fine colloquio gli aveva detto che gli avrebbero fatto firmare un regolare contratto di stage a seicento euro al mese, che sarebbe cresciuto con loro, avrebbe imparato e dopo ci sarebbero state buone possibilità di restare.

Loris ci aveva creduto, e presto aveva deciso di andare a vivere a Roma vicino alla casa editrice per evitarsi i ritardi dei mezzi pubblici, aveva scelto un appartamento minuscolo e costoso, ma il padre si era convinto a dargli una mano per un po'. Solo per poco, perché dopo lo stage sarebbe rimasto, Loris ne era certo, e avrebbe avuto un contratto vero con cui pagarsi tutto.

La prima volta che aveva messo piede nella nuova casa aveva percepito la soddisfazione di un passo avanti nella giusta direzione, aveva ritrovato l'entusiasmo della possibilità e della progettazione, quell'energia calda che sa scorrere tra i tendini e distenderli.

Jo prima o poi si sarebbe convinta ad abitare insieme, a portare lì i suoi stivali da cowboy e i pantaloncini di jeans, i vestiti corti e di maglina con gli orli morbidi e i bottoni madreperla sul décolleté.

Andava al lavoro a piedi, non gli sembrava vera quella perfezione, quella comodità, lo spazio finalmente suo, le abitudini nuove da organizzare, scegliere i piatti e le stoviglie, sguazzare in un letto a due piazze, comprare grucce di legno e fiori viola da mettere al centro della tavola.

Era diventato grande, finalmente, anche lui.

Decideva con cosa pranzare, non doveva dare sempre notizia ai genitori sui propri rientri, abbandonava le camicie sulle sedie e portava la barba più lunga, si masturbava nella doccia alzando il tono dei gemiti, un gesto di assoluta e banale libertà.

In realtà lasciare la newsletter e i social non ha diminuito il lavoro di Loris o reso le cose più semplici.

Ora i suoi colleghi passano spesso al tavolo del pranzo, dove lui sta col PC, per dargli dei libri – da leggere, da scansionare, da correggere – e quelli si accumulano, creano una muraglia, una cinta alta e circondata da un fosso. Là dietro lui suda i propri ritardi e svantaggi sulla produzione editoriale, che non dà respiro o tregua né ai lavoranti né ai lettori, trascinati a valle come tronchi dalle slavine.

È la terza volta in poche settimane che gli chiedono di cercare nelle biblioteche online qualcuno da rivendersi come "il brillante coetaneo di Émile Zola", ma per ora non ha avuto successo, nonostante le ore trascorse sul sito Gallica.bnf.fr a fare a botte con il francese.

Sta di nuovo setacciando il sito come farebbe un archeologo con tutta la sabbia dell'Egitto, mentre, con la mano libera, si tocca il collo, lo gira in varie direzioni e trova il linfonodo gonfio che ha scoperto pochi giorni prima, lo pizzica, lo stringe, tenta di comprenderne le dimensioni, prova a capire se ce ne siano altri così, per esempio se sia normale che lui senta dolore dietro all'orecchio, se anche là non s'annidi la spia di un problema.

Cerca su Internet: linfonodo ingrossato, indizio di virus o batterio, i linfonodi sono spesso sintomo di un'infezione, di una malattia autoimmune e più *raramente* di un tumore.

Più raramente quanto? Più raramente rispetto a chi?

Raramente quando si accompagna a sudorazione notturna e a febbricola e a perdita di peso anomala può preoccupare.

Lui ha perso peso, ecco i segni in meno sulla cintura a sottolinearlo, e la notte suda, gli è capitato di svegliarsi appiccicoso e viscido, dovrebbe avere un termometro per misurarsi la febbre, si porta il polso alle tempie per capire se sono calde, che poi cosa si intende per febbricola, cerca anche quello, lo ha fatto già in passato ma meglio controllare ancora.

Trova un sito dove alcuni medici rispondono online ai pazienti, scova un ragazzo della sua età che aveva un linfonodo sospetto e ha spiegato bene, per filo e per segno, tutto a questo dottore a distanza e lui ha risposto di stare tranquillo e al massimo di mostrarlo al medico curante.

Loris si chiede a cosa servano questi medici senza faccia, decotti e fiacchi, che ti mandano da medici con la faccia, irreperibili e demotivati, se non sanno neanche narcotizzare quelli come lui alla ricerca di risposte fulminee, di rassicurazioni immediate, di salvagenti gettati al momento del naufragio, e non quando della nave non si vede più neanche lo scheletro.

Si dice che il tempismo è tutto, si agita e gli si stringe l'intestino, si compatta duro e diventa dolorante.

Loris non sa più dove palparsi, se il collo, se il ventre, quindi fa entrambe le cose alternandole, finendo per trascurare il lavoro: in mezz'ora ha letto sedici post completi su un forum per disturbi al sistema linfatico, venticinque conversazioni tra medici e pazienti con sintomi simili ai suoi, e ha scoperto che i linfonodi del collo sono ben trecento e che sono ovunque, sotto ogni spazio di pelle, un formicaio, un alveare.

Gli squilla il cellulare, è sua madre e lui risponde.

Loris, sono due ore che provo a chiamarti, dice lei.

Sono al lavoro, sentiamoci dopo.

Stai bene? Avete risolto quel problema dell'infiltrazione?

Sì, l'hanno risolto. Non l'hai detto a papà, vero?

No... però, Loris, forse sarebbe meglio che tuo padre parli con i proprietari, stiamo pagando molti soldi e non mi sembra che rispettino la tua privacy...

Posso parlarci benissimo io, vivo lì.

Lo so, ma forse serve che tuo padre ti dia manforte.

Non serve, non gli dire niente. Devo attaccare ora, ho un mal di pancia terribile.

Ancora? Fammi sapere come va, posso venirti a prendere in ufficio e rimanere a casa con te stasera.

No.

Loris, io sono preoccupata.

Ci sentiamo domani, mamma.

Loris attacca e sposta il telefonino, lo gira a faccia in giù, ha già fatto l'errore di scrivere a Jo per chiederle di vedersi e lei non ha risposto.

Deve trovare un modo per placarsi, mancano ancora tre ore alla fine della giornata e non vuole andarsene adesso, deve resistere, è rientrato da poco in ufficio e gli hanno fatto notare che non è costante, che sebbene lavori persino di domenica da casa comunque non riesce a tenere il passo dei colleghi, il suo stato di salute confuso, le sue assenze immotivate, la faccia pallida con cui si presenta alla mattina hanno l'odore dell'incastro nella catena di produzione.

Si alza e va al bagno in fondo al corridoio superando tutti gli uffici dove gli altri sono intenti ai loro PC, non capisce se ha bisogno di liberarsi o meno, sa solo che non può restare ancora seduto davanti a quelle mancate risposte, a quei passaparola, a quei *raramente* e *molto di rado*, perché tra quelle rarità potrebbe esserci anche lui, come Maddie, come chiunque un giorno si svegli e senta una noce dura sotto alla giugulare, una sentinella allertata.

Si è portato il cellulare e si cala i pantaloni, pulisce accuratamente il water e si siede, ma non accade nulla, solo molti brontolii, ti prego-ti prego-ti prego-smettila, pensa e gli sembra sia possibile che il buco nero delle fogne lo inghiotta, arriva quasi a sperare di venire ingoiato e risputato nelle tubature e poi, dopo un lungo tribolare, arrivare allo sbocco sul mare, sperare in un tuffo, una capriola finale.

Fa un ultimo tentativo provando a cercare qualche porno sul cellulare, lo sa che è una pessima idea, lo sa che si trova nel bagno del suo ufficio e che dopo si sentirà ancora peggio, ma non vede cos'altro possa aiutarlo.

Scorre rapidamente la galleria di un sito porno alla ricerca di qualcosa che funzioni. Parte con un paio di video consigliati nella homepage, donne completamente rasate, dai seni enormi e lucidi, che si fingono madri adottive, sorellastre, vicine di casa, e i loro corpi sono luminosi e flessuosi, sembrano in grado di poter far tutto, persino spezzarsi le ossa senza provare dolore, però non succede niente, i loro gemiti sono fasulli, i loro piaceri troppo artefatti. Tenta di cambiare genere, scorre e va sui video amatoriali, quelli girati in pubblico all'aria aperta, negli autobus, su una spiaggia, e compaiono minigonne senza mutande, finestrini abbassati, cofani delle automobili usati come appoggi da spinta, contorsioni, ma niente, anche così non c'è reazione o miglioramento.

Detesta questa gente che meccanicamente si unisce e disunisce, come se fosse solo una questione di ritmo, di buon allenamento.

Cerca ancora, e tiene l'orecchio sulla porta per capire se qualcuno sta per entrare, intanto sotto i suoi occhi scorrono gang bang, fetish party, giovani legate mani e polsi, triplette, orge, e non c'è cosa che lo muova, che lo raggiunga. Loro sono lontanissimi, nelle performance concertate, eseguite alla perfezione, nei coiti lineari, nel controllo delle pose, mentre il suo corpo non risponde, pare non appartenergli più.

Stremato chiude la pagina sul telefono con un movimento del dito, gli viene da piangere, prova a serrare le palpebre, a trovare un pensiero di tregua, un momento che sia sereno, qualcosa da poter amare.

Allora vede i colombi superstiti nella casetta di legno, i loro occhi allagati di paure, la loro capacità di essere sopravvissuti al nemico.

*

Si era lasciato convincere e ora in giardino pascolavano quattro bambini della sua scuola, la vicina di Tempesta stava seduta sulla panchina di legno con la schiena al pozzo che veniva usato per l'irrigazione e si sventolava con un cartone, li teneva d'occhio mentre il nonno lavorava nell'orto.

La donna si chiamava Elide ed era sempre molto truccata, metteva l'eyeliner nero sul contorno dell'occhio, sia sopra che sotto, e un rossetto rosa Barbie oltre il bordo delle labbra spiegazzate. Aveva ottant'anni e indossava solo caftani pieni di perline dorate e motivi stroboscopici, andava a fare la spesa come se fosse sempre pronta per un aperitivo in spiaggia. I grandi occhiali da sole erano calati sul naso e il suo modo di guardare i bambini era più lesto di quello di una sentinella da carcere, appena li vedeva farsi uno sgambetto o dare segno d'insofferenza interveniva fischiando e con un gesto dritto della mano faceva capire che si doveva tornare alla quiete.

Elide aveva un figlio e una figlia nati entrambi con delle patologie che li avevano resi più difficili da gestire degli altri bambini, erano adulti ma continuavano ad avere comportamenti infantili, lei li governava tra estrema tenerezza e rigidità, uscivano spesso tutti e tre per le strade di campagna a passeggiare, si tenevano per mano e si fermavano – imbalsamati – al passaggio delle automobili.

Qua ci vuole poco a finire come un coniglio sotto alle ruote, le aveva detto un giorno Tempesta e lei aveva annuito sommessamente.

Si facevano favori reciproci, si regalavano verdure o carne, si consigliavano su dove comprare il vino dell'annata o la bieta più fresca. A volte Tempesta la accompagnava fino a Roma se Elide doveva far controllare i figli in ospedale, lei guidava una FIAT 600 arancione, ma solo nelle vicinanze, non si spingeva mai fino al mare o alla città.

Gelo spesso passava da lei per mettere ordine nel giardino o per riparare qualcosa in casa, la signora Elide infatti aveva perso il marito, di cui non parlava mai. Amava invece raccontare dei figli, dei disegni che faceva la figlia con gli acquerelli e dell'abilità del figlio nella maglia: riusciva ad assemblare facilmente una sciarpa da doppio giro o alcuni cappellini col risvolto.

A Loris andavano a genio le ortensie della signora Elide, che lei raccoglieva in dei vasetti di vetro e che occupavano il posto del centrotavola nella sala da pranzo di Tempesta. Erano fiori così tinteggiati da parere finti, con cui comporre bouquet compatti e odorosi. Il nonno non era un grande coltivatore di fiori, ma aveva una passione per le ginestre gialle, le curava con particolare attenzione e non ne recideva mai i rami per decorazione.

I bambini avevano deciso di giocare a calcio e il pallone rotolava sull'erba, finendo a volte nella piscinetta di latta che si trovava accanto alla siepe d'alloro. Loris non era bravo, se si posizionava in porta sentiva sempre la palla sgusciare via, se doveva calciare aveva una pessima mira, però riusciva a correre su e giù senza problemi e a fermare il gioco altrui senza troppi danni. Per questo alla fine veniva scelto presto per comporre le squadre anche a scuola, ma non partecipava mai con piena volontà, né si divertiva, anzi i giochi dove si perdeva spesso lo facevano innervosire. Non era capace di accettare le sconfitte, subire un goal lo indispettiva, si ritrovava a strappare ciuffetti di erba con insana afflizione.

Mentre giocavano non poteva fare a meno di guardare verso l'orto e osservare Tempesta che, col suo cappello di paglia per proteggere la testa, si inginocchiava a strappare le ortiche o batteva le dita sulla gabbia per attirare l'attenzione dei colombi.

I suoi compagni di scuola non erano sembrati attratti dalla voliera, l'avevano studiata per qualche minuto e poi avevano chiesto a Loris se tenessero i colombi per mangiarseli. Quando lui aveva risposto di no, non avevano saputo in quale altro modo spiegarsi il senso della loro presenza e avevano cercato il pallone, proposto una partitella.

Loris avrebbe voluto che se ne andassero presto, avrebbe voluto che anche la signora Elide, con la sua rivista di moda poggiata in grembo a cui guardava mentre li controllava, scomparisse per lasciare a lui e a Tempesta il tempo delle ortiche e del granturco.

Sua mamma aveva ripetuto molte volte che in estate era bene tenere contatti coi compagni, che avrebbero potuto trascorrere delle belle ore nella casa di campagna all'aria aperta, addirittura dedicarsi insieme ai compiti estivi. Ma Loris non era mai convinto, amava fare gli esercizi per la scuola con Tempesta, soprattutto quelli d'inglese, perché il nonno lo aveva affinato lavorando ad Assab in Eritrea con gli americani e aveva un dizionario speciale. Non era infatti un normale traduttore dall'italiano all'inglese, ma un vocabolario tutto nella lingua anglosassone. Per scoprire il significato delle parole partivano dalla loro definizione, Tempesta gliela spiegava e così aggiungevano una nuova parola al dizionarietto che si era costruito Loris, usando una rubrica telefonica.

Al bambino piaceva molto la parola *pigeon*, e da quando l'aveva scoperta spesso la usava facendone un diminutivo ambiguo: ecco i *pigs*, diceva.

From Old French *pijon* young dove, from Late Latin *pīpiō* young bird, from *pīpire* to chirp. A pigeon is any of numerous birds of the family Columbidae, having a heavy body, small head, short legs, and long pointed wings.

Corpo massiccio e testa picciola, aveva scritto sul suo quaderno.

Quando finalmente gli intrusi lasciarono il giardino e la casa, perché i genitori erano tornati a prenderli e la signora Elide si era accomiatata, Loris inseguì Tempesta per fare qualcosa insieme: un'occhiatina alle fragole maturate, una conta delle uova nei nidi dei colombi, una riparazione in cantina, battere una ricetta a macchina, leggere una pagina di inglese, dare un'occhiata ai suoi Tex.

Tempesta allora andò a prendere dal cofano dell'auto uno scatolone che stava lì da qualche giorno e che aveva aspettato di tirare fuori al momento giusto: conteneva un'altalena da montare al ramo del pino davanti all'entrata della casa. Tempesta aveva valutato che fosse quello più adatto, vista la sua proiezione parallela al terreno, e ora si stava arrampicando sulla scala, con cui di solito potava gli spunzoni delle piante, per mettere in sicurezza le lunghe corde dell'altalena. Loris era guardingo, la mamma diceva che era pericoloso e se si distraeva finiva a faccia in giù, ma Tempesta invece era convinto e, quando concluse il montaggio, scese dalla scala e gli fece segno di correre a provarla, diede un paio di pacche al sedile per invitarlo e, visto che il bambino non si faceva coraggio, si sedette lui a dondolare per fargli vedere che il ramo reggeva bene il peso, persino il suo.

È robusto, solido, non c'è da aver paura, lo incitò e con i suoi stivali da orto, tutti sporchi di terra, fece su e giù con l'altalena e gli venne da ridere.

Loris quasi si convinse e si avvicinò, allora Tempesta si fermò e lo aiutò a salire.

Ma tu stai qui, ordinò Loris che non voleva provare da solo.

Il nonno annuì, lo tenne dalle corde e lo fece oscillare piano.

Ti racconto una storia, intanto, propose Tempesta per distrarlo. Dove abitavamo io e tua nonna, con tuo padre, sai come si chiamava?

Africa.

Eh, l'Africa è grande.

Etiopia.

Bravo, che città?

Addis Abeba.

Bene. Là noi avevamo delle amiche francesi, un po' matte ma simpatiche, come la Elide per intenderci. Loro facevano lavorare un uomo del posto, era anziano, ormai avrà avuto novant'anni, sedeva su una sedia di paglia all'ingresso della casa e doveva aprire e chiudere il cancello. Faceva lo *zabagnà*, cioè il guardiano. Si chiamava Issa, indossava sempre una lunga tunica bianca e una coperta di lana gialla, e stava a piedi scalzi. Parlava solo la sua lingua, l'amarico, e con le francesi si capivano a gesti, io però mi mettevo accanto a lui, a farmi raccontare.

Aveva viaggiato tanto e aveva conosciuto il deserto, diceva sempre che bisognava ascoltare non le persone, ma le piante, e come fanno i pastori metteva il palmo della mano intorno all'orecchio destro e mi invitava a fare lo stesso. Aveva ragione, gli alberi spesso erano dieci volte gli uomini laggiù, e quindi vedevano di più, sentivano di più. Aveva incontrato le radici secolari degli alberi di Gondar, devi pensare a degli alberi enormi con le radici lunghissime, che scendono fino al centro della Terra, non scherzo, esistono. Ogni distanza era grande, c'era chi doveva portare l'acqua dentro a un vaso per chilometri fino a casa da una sorgente, c'erano santuari nella pietra dove potevi perderti e pellegrinaggi nel deserto che duravano anni. Io e tua nonna, e le francesi, la gente come noi, gli stranieri, eravamo proprio fortunati e sfacciati e non lo sapevamo. Una persona come Issa non l'ho più conosciuta, un viaggiatore così, non aveva bisogno di molto, non aveva nessun timore, neanche d'essere un semplice guardiano, di stare a controllare un cancello il giorno e la notte. Quando sono tornato in Italia ho trovato altre cose, molta arroganza, molte lamentele inutili, molta paura.

Devi promettermi, Loris, che cercherai di avere meno paura possibile, che penserai alle radici lunghissime e alle cose che ho visto e Issa ha visto. Le cose che vanno viste.

Loris lo osservò e annuì.

Quella più che una favola sembrava un monito e non era sicuro di averne capito il significato, spesso Tempesta gli parlava come fosse un adulto e lo confondeva. Allora il nonno prese a farlo girare su sé stesso, intrecciò la corda dell'altalena e, quando fu tutta attorcigliata, lo lasciò andare. Il seggiolino ruotò e ruotò furiosamente e la testa di Loris seguì la spirale e la forza centrifuga, si sentì quasi sballottato dall'altalena, gli salì il sangue in gola, ebbe un attimo di tumulto e spavento, ma poi si godette il movimento, quella velocità che avrebbe potuto scagliarlo a terra come spararlo nello spazio fino a Saturno e ritorno.

*

È riuscito a mostrare al medico di famiglia il suo linfonodo ingrossato, lui lo ha preso tra due dita e mosso, ha passato le mani sul collo e dietro le orecchie, gli ha fatto aprire e chiudere la bocca, gli ha domandato se la notte spesso digrigna i denti e la mattina sente mal di testa o dolore alla mascella. Lui ha risposto che può accadere, ma non capisce cosa c'entri. Il medico ha spiegato che probabilmente i linfonodi sono infiammati per questo, è un problema temporomandibolare, dovrebbe farsi vedere da un ortodontista e chiedergli di usare un bite la notte per evitare di affaticare la bocca.

Loris gli ha spiegato che i soldi ora non li ha per andare dall'ortodontista e se li avesse sarebbe già in fila per vedere un ematologo presso qualche struttura privata, quindi si sono messi a discutere sul ruolo fondamentale degli ospedali pubblici e sui ritardi nelle visite, nelle prenotazioni, ma sulla grande qualità dei medici, perché alla fine gli specialisti sono gli stessi, paghi solo per incontrarli subito.

Eh sì, aspetto tre anni per un linfonodo, così crepo prima, ha concluso Loris irritato.

Ovvio, pure questa volta la colpa è sua che stringe i denti, che s'angoscia anche nel sonno e fa incubi allucinati.

Come il sogno di lui e Jo dentro la casa di una vecchia signora – forse Elide, la vicina estrosa di Tempesta, o magari un'altra –, si mettevano a cercare gioielli e borse firmate negli armadi ma poi non sapevano come portarli via e si facevano trovare accucciati e con le mani piene di ruberie.

O come quello in cui lui, sua madre e suo padre erano chiusi in un appartamento dentro a un alto grattacielo dalle mura vetrate e dovevano tenere i mobili contro la porta d'ingresso, c'erano dei puma che volevano fare irruzione e guardando giù dalle finestre si vedevano molti altri animali selvaggi avanzare per strada, mordere i bidoni della spazzatura, assaltare le vetrine dei negozi, ululare alla luna.

O come quello del viaggio in funivia dove Loris aveva incontrato sé stesso ma con la faccia insanguinata e non era più riuscito a scendere, aveva continuato a fare su e giù, con intorno le montagne senza neve, mentre si guardava negli occhi e li trovava rossi, collosi.

Uno dei più penosi restava quello dello squalo meccanico: in una grandissima piscina dall'acqua tiepida almeno cento persone erano appese ai bordi bevendo drink e chiacchierando, finché non si sentiva il suono di una sirena e si apriva un portellone automatico, da là entrava uno squalo comandato a distanza, di latta e di bulloni, gli occhi due lucine rosse, girava per la vasca e cercava chi mangiare, chi ingoiare tra i suoi sistemi rotanti e, alla fine, si scagliava su Loris e di lui faceva un boccone.

Il medico lo ha congedato dicendogli che deve provare a riposare meglio e a pensare a delle sedute psicologiche, gli ha lasciato il biglietto da visita di una specialista che conosce: Vai almeno qualche mese, hai bisogno di parlare.

Loris è uscito da là infuriato e ha buttato il biglietto al primo cassonetto: certo, facile liberarsi così di lui, tutto è nella sua testa, tutto è finto, tutto non esiste, e allora tanto vale si faccia spiegare da una sconosciuta quali problemi ha in famiglia, sul lavoro, con la ragazza che ama.

Non cascherà nella loro trappola, il loro lavarsene le mani col sapone da bucato, quel metterlo alla porta con una pacca sulla schiena, un arrivederci, io per te non posso più fare nulla. Lui ha già dato, è già andato da giovani e meno giovani uomini e donne che lo volevano convincere che fosse un bambino problematico ma curabile, sarebbe bastato levargli i libri, farlo leggere di meno, per riportarlo alla normalità, alla mediocrità, all'assoluzione.

Ma sì, è un matto, un visionario, uno che sa suscitare più spesso ilarità che apprensione, o compatimento piuttosto che astio, cresciuto di traverso, uno pieno di privilegi che non sfrutta, un lamentoso, un chiodo in fronte, vorrebbero proprio fargli vedere i veri mali, i veri dolori al posto delle rappresentazioni, degli al lupo al lupo quando il lupo non c'è mai, basterebbe aprire il cellulare per ritrovarsi immerso nel grande mondo, tra le sue guerre e le sue lesioni profonde, tra le sue vie disastrate e i suoi cieli color fabbrica, tra un sisma e un'alluvione, tra un crollo polveroso e una bomba lasciata deflagrare al mercato in piazza.

È tornato a casa sgualcito e al posto del nervosismo è stato preso dal senso di colpa, dalla fiacchezza, il fastidio verso sé stesso, ha versato due bustine di fermenti lattici in un bicchiere di succo d'arancia e li ha ingollati come un whisky torbato, sentendo bruciare la gola, ha percepito subito la pancia produrre rumori sordi, brontolanti, da pentola bollente.

Adesso è seduto sul divano rosso e decide di uscire per strada senza aver cenato, ha bisogno di muoversi e sloggiare dalla propria testa, dal grumo di uggia e rabbia che prova, per percepire l'aria esterna e con questa l'esistenza dei palazzi, delle automobili, dei cortili e degli spartitraffico: cose tangibili, innocue.

Percorre la via che va verso la chiesa in mattoncini rossi e che arriva fino al Gianicolo, ma non pensa di riuscire a spingersi fin là, i negozi sono già chiusi, il quartiere sta andando a riposare, non è infatti noto per la sua vita serale, non è luogo di raduno per giovani eccitati ed eccitanti ma dimora di famiglie perbene, bambini coi cappellini all'uncinetto e architetti in pensione dai sandali sportivi e le camicie di lino, le suore che gestiscono la casa per anziani, le mura gianicolensi, gli orti di Cesare, il santuario della ninfa Furrina, le orme giganti della storia e i passi sciocchi del presente.

Si ritrova di fronte al teatro più grande del quartiere, le persone sono in fila per il biglietto con la mollezza del dopolavoro, e lui guarda le locandine per capire quale spettacolo ci sia quella sera, scorge l'immagine di un uomo in mutande con una maschera da cavallo, se ne sta coi piedi leggermente divaricati, le gambe magre e pelose, la pancia senza tono e le braccia lunghe, lo spettacolo si chiama Crocifissione e dura solo mezz'ora, quindi costa la metà del solito.

Loris decide di acquistare il biglietto e si mette in fila con gli altri, sulla destra alcuni stanno finendo di bere qualcosa nel foyer, alle pareti le vecchie locandine degli spettacoli che si sono avvicendati in sala, le scale foderate di moquette rossa, le tende pesanti, le coppie che si bisbigliano preferenze drammaturgiche all'orecchio, e lui guarda il suo biglietto singolo e si chiede se vedrà cadere del sangue, se ci sarà una corona di spine, se qualcuno urlerà.

Si posiziona in platea, ha un posto laterale da cui si vede mediamente il palco, accanto a lui una donna sui settant'anni di quelle che amano parlare con gli sconosciuti e che cercano sempre qualcosa nella borsa, ha un turbante azzurro e la pelle troppo abbronzata – per i gusti di Loris –, butta là qualche frasetta di circostanza per attaccare discorso, ma lui neanche annuisce, gli sta salendo un panico sottile, che si aggrappa alla gola quando le luci si spengono e si rende conto di essere chiuso in una sala con un centinaio di over cinquanta che potrebbero essere tutti suoi superiori, insoddisfatti, pronti a licenziarlo.

Poi il sipario si apre e svela due cavalletti da lavoro con sopra poggiate delle assi di legno piene di chiodi sporgenti, sullo sfondo un pannello di cartone bianco, altre assi a terra, alcuni barattoli di colore, pennelli sporchi, un cantiere incompiuto e silenzioso, così silenzioso e per così tanti minuti che dal pubblico i più irrequieti iniziano a mormorare. Dopo l'attesa, che a Loris è parsa durare secoli, arriva sul palco l'uomo della locandina, porta delle scarpe eleganti ma visibilmente usate, le mutande e la sua maschera da cavallo, avanza con un martello in mano.

Non c'è musica e non ci sono battute, l'uomo-cavallo dal petto nudo e i fianchi tondi si sistema dietro ai due cavalletti, l'asse di legno grezzo gli arriva all'altezza della vita e lui, in un secondo durevole, alza il martello e comincia ad abbattersi con furia sui chiodi, li schiaccia nel legno, li pianta del tutto.

Loris già al primo colpo sussulta, la battuta netta si fa sentire fin dietro alla nuca e quei rintocchi riescono a far vibrare lo spazio intorno a lui, sono duri e concisi, raggiungono lo stomaco e rimbombano nella pancia vuota. Da subito li avverte maledetti e cattivi, guarda l'uomo che con la sua precisione certosina si accanisce e anche Loris si sente preso a martellate, si sente muro da abbattere, non c'è tregua in quel percuotere, e finché il chiodo non sparisce non c'è modo di fermare il braccio dell'uomo-cavallo.

Adesso si fa male, pensa Loris, e chiude gli occhi quando quello passa al colpo successivo e ricomincia la sua lotta, il suo gesto inutile: non sta costruendo nulla, né appendendo nulla, né disegnando nulla.

In sala alcuni, dopo dieci minuti così, si alzano e lasciano il teatro, sono risentiti e ad alta voce chiedono il rimborso del biglietto, gli altri sono seduti e ipnotizzati dall'insensatezza di quello che stanno guardando, alcuni ridono trovando il contrasto tra la maschera, le mutande e il gesto violento molto divertente, altri sospirano, altri non sanno star composti e cambiano posizione spesso, si sporgono per vedere meglio, come se stessero ancora cercando una spiegazione, un motivo per non andarsene anche loro.

Loris ha la gola rasposa, prende grandi boccate d'aria e si ricorda di quando da bambino non voleva guardare mai il circo in televisione, aveva paura che i leoni mangiassero gli addestratori, i trapezisti si schiantassero al centro della pista, il clown non riuscisse a far ridere nessuno, aveva idea d'essere con loro a prepararsi al peggio.

Se si colpisce un dito con quel martello, cosa succede? continua a ripetersi.

Deve distogliere lo sguardo quando l'uomo-cavallo, dopo aver finito i chiodi delle assi sui cavalletti, prende altre barre di legno e ora vuole inchiodarsi le scarpe a quelle.

Questo è troppo... gli viene da gridare, anche se una parte di lui sa benissimo che l'uomo-cavallo deve aver provato e riprovato questa performance e le probabilità che si faccia del male sono bassissime.

Però esiste sempre la possibilità, resta plausibile l'errore, la distrazione, la perdita di ritmo per colpa di un pensiero passeggero, ed è in quel preciso istante che si può sbagliare la mira, che arriva il disastro inaspettato, la ferita.

Tum. Tum. Tum.

Non capisce quelli che insistono nel ridacchiare, si coprono la bocca con le dita e a volte devono prorompere in risate sguaiate come a voler disperdere la tensione.

Potrebbe rompersi, vorrebbe dire per farli tacere.

Detesta essere al buio, in balia di quello spazio sacro, insopportabile e grave, perché altrove si sarebbe rivoltato, avrebbe alzato la mano e la voce, ma là non riesce, la forza che lo schiaccia verso il basso è proporzionale a quella dell'uomo-cavallo, è anche lui un chiodo ed è piantato, non ha gambe per fuggire, braccia per agitarsi, la testa è piatta e fatta di ferro comune.

Tum. Tum. Tum.

Il corpo dell'uomo-cavallo pare trasformato, ha preso tono, si vedono i muscoli sottopelle, la sua figura si è allungata e il sudore scorre sull'epidermide rendendola brillante. I suoi gesti sono esasperati ed esasperano gli spettatori, sono ossessivi, ripetono sempre la stessa sequenza senza pace. Loris lo trova corpulento, lo vede sotto una luce molto diversa, ne invidia la capacità, perché l'uomo-cavallo sa usare il martello senza vergogna o paura, mentre lui guarda e non sa fare altro che temere.

Gli pare che l'universo sia diviso proprio così, tra quelli che agiscono e non si fanno spaventare dal mondo e quelli come lui, che a ogni passo sono pronti a demordere. Ed è odioso far parte della seconda categoria, saperlo ma non capire mai come passare dall'altro lato, come afferrare in mano il martello.

Il tempo dello spettacolo è sconfinato. A un certo punto l'uomo-cavallo inizia a prendere a colpi ogni oggetto sul palco, compreso il pannello di cartone che rivela una donna-asina, la quale aspettava là dietro di essere rivelata. Guardando l'orologio ci si accorge che è trascorsa solo mezz'ora.

I presenti rompono il silenzio con un applauso liberatorio, che li riporta alla dimensione del normale scorrere del tempo, li rimette in posa, ognuno lascia là dentro le sue ansie, le sue risatine, le sue arrabbiature, i fremiti e i ricordi riemersi senza ordine e nient'affatto ordinabili, ma Loris non riesce a mollare l'angoscia che lo ha assalito, quella che non si stacca mai dal suo corpo. L'angoscia di essere sé stesso.

La trascina come un sacco pieno di granturco fuori dal teatro, tra la gente che si disperde sui marciapiedi, e dall'altra parte della strada c'è Catastrofe – ancora – ed è nuda, ha il corpo giusto e tornito di Jo ma la faccia da uccello, gli occhi vigili da colomba.

È ora che tu mi dia da magiare, gli dice, e allunga le mani verso di lui.

IO HO TUTTO IL TERRORE CHE SERVE

È sabato sera e Loris è nudo, è sdraiato sul letto e la sola luce accesa è la lampada mappamondo che ha sul comodino, ha mangiato della zuppa di legumi fatta da sua madre e recuperata dal freezer, è stata una pessima idea. Il telefono è pieno di messaggi a cui non ha risposto di alcuni amici del liceo, persone che non vede da mesi e che non ha voglia di incontrare, perché parlerebbero soltanto delle serate nei locali fino alle cinque del mattino, della cocaina che si sono pippati nei bagni e dei gin tonic che si sono bevuti. Lui non faceva quel tipo di vita neanche a vent'anni.

Quando ha sentito grattare il pavimento e uno squittire di topo, ha urlato a Catastrofe che doveva andare nell'armadio e serrare le ante, lasciarlo solo.

Il gioco del mappamondo era sempre stato semplice e banale: lui chiudeva gli occhi e puntava il dito, Jo girava intanto il globo, quando lui diceva stop lei lo fermava e il dito poteva capitare in Belgio o nel Sussex, sulla Cordigliera delle Ande o alle Filippine, così scattava la visione, un giorno sarebbero andati, un giorno, molto presto. Sarebbe stata un'avventura, una crociera, una immersione, ci sarebbero stati pesci lunghi e pieni di spine, sdraio al sole, la pioggia sulle scogliere, le biblioteche delle città, le passeggiate nella campagna grigia, le pozzanghere fuori dai musei, le cornici troppo grandi per quadri piccolissimi. L'Irlanda, le Canarie, l'Argentina. Nell'ultimo anno però quello era diventato un gesto sempre più patetico, una utopia senza nessuna buona forza ispiratrice messa al soldo del progetto. Stop e il dito arrivava in Giappone: un altro luogo del mondo che non avrebbero mai visitato, perlomeno insieme. Si immaginava già Jo col suo zaino sulle spalle per le strade piene di luci di Tokyo, a provare i distributori automatici di torte e make-up, a mangiare ramen e tramezzini alla panna pieni di fragole fresche; mentre lui sarebbe stato ancora lì, nudo su un letto, alla penombra di una luce tenue.

Quando la coda da ratto di Catastrofe scompare alla vista, Loris si mette a fare una nuova mappa, la geografia del suo corpo: a partire dall'annebbiamento che passa da orecchio a orecchio, una sorta di perenne confusione e pesantezza che lo rende lento, per arrivare alla mascella e ai suoi muscoli, la capacità di digrignare senza che lui riesca a opporsi (possono i denti essere così d'inceppo?); a seguire c'è il linfonodo, uno su trecento, uno su migliaia, una minuscola parte di sé che da un certo momento in poi si gonfia, si gonfia e poi sfiata germi, virus, cellule contaminate; più giù, al centro del petto, ci sono i dolorini che si irradiano da un capezzolo all'altro, pulsanti e puntuti, sembrano spine spinte a forza tra le costole, e a volte arrivano fino alle braccia e alle dita, si elettrificano; scendendo, ecco la pancia con tutte le sue contorsioni e i brusii, la capacità di comandare il resto, farsi portavoce di un organismo intero; dopo, tra le gambe, le insoddisfazioni, le attese, il difetto, una parte di sé che letargica risponde con degli sbadigli agli stimoli biologici, alle suppliche di reazione; in fondo, gli arti inferiori, gambe di pane, capaci di reggere il suo peso per poco, stufe, maldestre, usate in giornate come quella solo per il tragitto bagno-letto, andata e ritorno, niente corsa, niente sollevamento pesi, solo due rotule molli, i polpacci gelatinosi.

Il suo corpo è una cartografia di possibili patologie, i sintomi sono geroglifici da decifrare dopo tre millenni di misteri.

Sono tutti riuniti, i suoi malesseri, ben distribuiti, ingestibili, affastellati mentre il resto del mondo è fuori e cerca dove cenare in compagnia, il locale giusto per ordinare uno spritz Campari.

Scorrendo sul telefono nel feed dei social network, appaiono e scompaiono le facce di quelli che conosce ma che gli risultano ormai bidimensionali, li vede solo così, come volti dalle luci modificate, sistemati in posa dietro ai filtri fotografici a inneggiare a una partita di calcio, a mostrare i pesi che sollevano in palestra, a camminare tra i boschi con lo zaino da trekking, a festeggiare la fine dell'inverno. Loris si ritrova a contemplare chi ha già partorito, chi è pronto al matrimonio, chi sta facendo il trasloco e riordina la nuova libreria. Da quelle facce pare che ognuno di loro sia tutto e lui niente, che là fuori ci sia un brulicare di vita incessante e lui abbia fatto un balzo dall'altra parte, dove le cose stanno ferme.

E lo sa benissimo che dietro ogni immagine si cela la difficoltà, la parzialità, la bugia, ma è una vita che Loris si nutre di immagini, di invenzioni, di storie, e ora vive a pieno la sua disavventura, dove lui è il centro di tutto, lui l'unico che soffre, lui l'unico che non riesce a stare dentro alle maglie strette della società, lui che è sempre pessimista, è sempre ammalato, non è reperibile, dà buca, si sottrae, fa il prezioso, non vale neanche più la pena cercalo.

Catastrofe bussa dall'armadio e fa una voce piccola, da bambina, chiede di uscire.

Ancora no, risponde Loris.

Qualcuno nel palazzo sta avendo un rapporto sessuale, i crepitii e sospiri si sono trasformati in mugugni e parole di gola, Loris sente queste due persone e i loro corpi muoversi, sbattere l'uno contro l'altro, ansimare e afferrarsi porzioni di pelle come natura comanda, e il loro piacere è durevole, sono passati dieci minuti e continua. Non ci sono materassi che cigolano, ma urla trattenute e mobili spostati, una voce di uomo, forse, una voce di donna, forse, o chissà, per Loris sono grugniti da animali, strepiti da galline, ululati da coyote.

Ricorda che fino alle scuole medie nel palazzo dei suoi genitori abitava una famiglia, marito e moglie con due figli piccoli. La moglie aveva i capelli tinti di nero e Loris la vedeva spesso fumare all'angolo delle scale, fuori dalla vita domestica si faceva notare appena, ma dentro le mura di casa la sua voce rimbombava spesso, saliva dal pavimento, si poteva ascoltare anche la notte. Si arrabbiava per ogni inezia e lanciava insulti ai figli o parlava al telefono con la madre tenendo sempre lo stesso tono che se stesse gridando a qualcuno dall'altra parte dell'isolato. Usava il dialetto stretto e inanellava male parole con estrema facilità, i suoi due figli venivano trascinati dal gomito invece che accompagnati per mano a scuola e il marito non era da meno. Un pomeriggio in cui Loris stava leggendo, al piano di sotto si era consumato un litigio furibondo tra i due, fatto di grida altissime e porte sbattute finché, dopo una probabile colluttazione, lui non era uscito e la moglie era rimasta a piangere, con singhiozzi udibili attraverso il calcestruzzo e dei lamenti lunghissimi, suoni disarticolati e agghiaccianti. Loris si era allarmato senza sapere come reagire, era forse il caso di intervenire, di chiedere ai genitori di indagare, la vicina era stata picchiata e ferita, era in pericolo, c'era bisogno di chiamare la polizia, di domandare l'aiuto dell'amministratore di condominio, ma sua madre – quando gliene aveva parlato quella sera – gli aveva risposto che erano problematici e di lasciar perdere, farsi gli affari propri. Per notti intere Loris non aveva dormito ripensando a quella lagnanza dopo il pianto, la consapevolezza di un soffrire ripetuto, l'incastro sbagliato della vita.

Ora, con un guizzo si tira su e cerca di capire da dove arrivino i suoni d'amore, se dal soffitto, se dal pavimento, se dal giardino, gira per la stanza e posa le orecchie, mentre cresce il vocalizzo dei due, che non riescono proprio ad abbassare la voce, a stemperare l'entusiasmo, staranno pensando che è sabato sera, chi vuoi che stia a casa, ovviamente non il trentenne nel pieno delle forze.

Catastrofe bussa di nuovo e la sua nenia non smette, perché non la lascia avvicinarsi, quand'è che hanno litigato? Lei vuole solo stare al suo fianco, ha delle cose importarti da dirgli, lui sa quanto sono legati, quanto sono fatti l'uno per l'altra.

Loris le intima di tacere, non la farà uscire da là.

Chiunque stia consumando la propria passione lo fa senza remore, a Loris pare di sentire delle urla piene, delle incitazioni senza contegno, forse persino qualche parolaccia, un eloquio sconcio che fa tremare le pareti, allora si avvicina al muro che lo separa dalla sala di registrazione e capisce che quel frastuono proviene da lì.

Oltre, il proprietario di casa e la sua amante, la sua amica, la sua fidanzata, la sua ragazza incontrata alla pasticceria, hanno le mutande alle caviglie e si agitano sul divanetto, dove di solito riposa l'ugola di uno dei cantanti.

Non è possibile, balbetta Loris tra sé e sé.

Non riesce a trattenersi, non sa tenere dentro la frustrazione, la miseria, l'angoscia di essere diventato uno di quelli che già a trent'anni invece di vivere la vita ascoltano gli altri viverla, e quindi si lamenta prima a voce alta, chiedendo silenzio, poi batte i palmi delle mani sul muro e domanda di smetterla, di finirla con l'amore, con il sesso, con il ciclo dell'esistenza, lui non ne può più di doversi confrontare con loro, con gli altri, con tutti, per ciò che non è in grado di essere. Grida: Maledetti.

Le mani cominciano a fargli male, quindi cerca la scopa e se ne arma, la gira e con il manico colpisce il muro, la usa a mo' di lancia, di tronco, crea un solco, stacca un minuscolo pezzo di intonaco e pensa: Al diavolo, poi riprende a scagliarsi sul muro, su quello che c'è dietro, quello che non si vede ma è sicuro accada sempre altrove.

Dopo questa raffica di grida e colpi alla parete, di là cala il silenzio e i due si fermano, il proprietario si riveste alla buona ed esce dalla sala di registrazione, si presenta alla porta di Loris e si attacca al campanello, è fuori di sé, gli urla di farsi una vita, dice che lo caccerà, che non lo sopporta più, e Loris non ci pensa proprio ad aprire, è tornato sul letto con la scopa tra le braccia, ha gli occhi spiritati, il fiatone.

Il campanello suona e suona, il bussare alla porta insiste per almeno cinque minuti, ma poi il proprietario cede e dice alla ragazza che è con lui di andare a bere qualcosa, hanno affittato la casa a un povero coglione.

Il respiro di Loris pare il risultato di una corsa a perdifiato, uno scatto per la salvezza, gira gli occhi per la stanza e vede che l'anta dell'armadio è aperta e Catastrofe non c'è.

Si sente vivo e perduto, senza di lei.

*

In ufficio gli è capitato qualche volta di prendere un caffè, al bar sull'altro lato della strada, con una collega, si chiama Martina e si occupa del catalogo digitale, trasforma i loro file word in epub e li carica sul sito della casa editrice e su Amazon perché vengano acquistati.

Pare che gli e-book siano un mercato in calo e che, nonostante i costi ridotti di produzione e distribuzione, rimangano troppo marginali per i profitti, e insomma a Martina è stato detto da poco che alla fine del mese sarà senza lavoro.

L'ha sentita piangere sulle scale, accanto al vano ascensori, e ha avuto l'istinto di accostarla, le è arrivato vicino ma poi non ha voluto interromperla, farla vergognare per quello sfogo.

Non si può certo dire che abbiano fatto amicizia, perché non si sono mai visti oltre l'orario d'ufficio, ma notarla muoversi nei corridoi con la sua stessa faccia, la faccia di chi non sa quanto durerà lì dentro e commette errori in buona fede, lo faceva sentire meno unico e inetto.

Che poi dove andremo a finire se continuiamo a stampare e a buttare tutta questa carta, le ha detto Loris un giorno, mentre beveva un cappuccino, per cercare di dare valore al suo ruolo.

Io neanche li leggo gli e-book, ho dovuto imparare per sopravvivenza, gli ha risposto lei finendo la sua spremuta.

Loris è rimasto muto davanti alla verità che se anche hai trovato un'occupazione nel campo che più ti interessa, non è detto tu non debba svolgere mansioni a te nemiche e incomprensibili. È capitato sempre lo stesso anche a lui.

Martina a fine mese effettivamente ripulisce la sua scrivania, non aveva un contratto, le avevano fatto aprire la partita Iva e quindi non c'è molto altro da aggiungere, se non serve più può essere messa alla porta.

Prima che lei vada via si scambiano un saluto e il numero di telefono, uno sguardo di complicità triste, che si accende e si spegne all'istante, la consapevolezza che si entra e si esce con una disarmante facilità, tale da apparire come una puntura, il pizzicore d'un momento.

Nei giorni successivi Loris tenta di impegnarsi ancora di più, di rispondere velocemente alle e-mail e farsi vedere presente, attivo, ma da quando arriva in ufficio a quando esce continua la sua lotta: i dolori alle gambe troppo ferme, gli spasmi al petto, il risucchio della pancia, l'aria nei polmoni che pare entrare a piccole dosi.

Fissa lo schermo e batte i tasti, ma intanto c'è una parte del suo cervello sempre allerta, sempre impostata sulla modalità emergenza, che gli evidenzia ogni minuscolo cambiamento nel sentire corporeo, ogni piccolo disturbo, ingigantendolo ai suoi occhi, finché non cede: iconizza la posta elettronica, il file di lavorazione di un libro, l'Excel col calendario di produzione e si butta a testa bassa nei forum medici, nelle testimonianze di malattia.

Ha trovato una donna di Catania che dal 2013, con spaventosa regolarità, mette al corrente gli altri utenti del forum sulla condizione del proprio linfonodo.

All'inizio, come nel caso di Loris, si era trattato di un gonfiore etichettato come temporaneo, ma poi era rimasto così per settimane, per mesi e per anni. Nonostante le analisi, gli accertamenti continui, non c'era stato modo di capire l'origine del problema, l'unica cosa che le mancava era l'ago aspirato, ma ormai dopo quel tempo senza che nulla fosse cambiato pareva aver fatto pace con il nodulo ingrossato, era diventato un compagno benvoluto, che lei tastava appena sveglia e prima di andare a dormire e del quale raccontava le gesta al resto dei diurni o notturni visitatori ossessionati dalle dimensioni delle proprie ghiandole.

Erano arrivati ad augurarsi Buona Pasqua con gli altri utenti e a inviare coniglietti e ghirlande, lasciando sempre lo spazio per il rigoroso PS: con il mio *amico* tutto uguale, le dimensioni non sono aumentate, stiamo bene.

Un plurale per una coppia di fatto, una famiglia acquisita, un sodalizio insindacabile.

A Loris verrebbe da ridere se solo non fosse rincuorato nel profondo da quella parabola, dalle parole di garanzia della donna di Catania, che è sopravvissuta al suo linfonodo e con incrollabile pazienza li ha tenuti aggiornati; se avesse dovuto raccontarlo a qualcuno – a chi poi? – probabilmente avrebbe sminuito la cosa e ne avrebbe fatto beffe, ma il suo retropensiero sarebbe rimasto di gratitudine: grazie per non avermi lasciato solo, senza risposte sul tuo male, che potrebbe essere il mio.

Ti ho mandato una e-mail da due ore, aspettiamo te per la bozza di Fanetti.

L'ufficio stampa, che si chiama Marco ed è un uomo dai capelli brizzolati e lunghi alle spalle con sempre in mano un tè caldo e addosso abiti larghi e neri, compare alle sue spalle e lo fa trasalire.

Loris si sbriga a chiudere le finestre Internet e a riaprire la posta.

Scusami, ma devo prima finire altre due...

Forse non hai capito che io ho un appuntamento domani a *Repubblica*, e con cosa ci vado, eh? Gli dico che lo stagista è troppo impegnato a farsi i cazzi suoi?

Non sto... ero in pausa da tre minuti...

Sai da quanto non faccio pausa? Da tutta la vita.

Loris allora si alza dalla sua sedia, i tendini tirano, la pancia si ingrossa come se una marea calda salisse dal basso ventre e riempisse le sue cavità, la testa gli duole, sfatta dai pensieri insistenti, dal perpetuo elaborare input esterni, paturnie interne, la mescolanza, la congestione, lo scontro.

Va bene, sto per farlo. Ma cambia tono, risponde e si rimette seduto.

Quella breve frase apre il campo per un buon quarto d'ora di isteria.

Marco posa la tazza di tè per gesticolare meglio e fa un

lungo monologo sul fatto che là dentro sono tutti a stipendio dimezzato e passano più di dieci ore a lavorare, mentre lui arriva e va quando gli pare, con la scusa che sta sempre male, resta più tempo a casa che in ufficio e tarda su tutto.

Io ho letto più libri di quanti te ne vedrai in vita tua, sottolinea Loris dopo la tirata.

Questa constatazione, del tutto scollegata dal motivo del contendere, non fa che peggiorare la situazione, devono intervenire altri colleghi perché Marco è così agitato che quasi vorrebbe prenderlo a pugni. Si mette in mezzo anche l'assistente ufficio stampa, e in pochi minuti lo scambio si trasforma in una scena da opera lirica.

Eppure Loris non molla, non si sposta, non chiede scusa e non caccia una lacrima, un gemito.

Non c'è nessuno di voi che possa farmi peggio di ciò che mi procuro da solo, vorrebbe dire, ma quella frase la tiene per sé, è calda, è deliziosamente luminosa, gli è venuta alle labbra come una preghiera efficace, capace di risvegliare antiche divinità.

Non c'è neanche più spazio per gli assalti altrui, le loro rimostranze, i loro patemi, il corpo è riempito dalle sue personali considerazioni e allucinazioni e spaventi, cosa potranno mai aggiungere da fuori? Un urlo in più, un attacco alle spalle, uno sgambetto improvviso?

Io ho tutto il terrore che serve, pensa.

Loris chiude il PC e stacca il caricatore, prende la custodia e lo ripone, mette gli oggetti nello zaino, il cellulare in tasca, raccatta le penne e il quaderno dove si segna le cose a cui lavorare nella giornata, ma prima traccia una linea diagonale come a dire che per oggi ha finito. Lo sfaticato, il viziato, il povero coglione a cui date tre soldi un mese sì e uno no si sta congedando.

Sai che c'è? dice a Marco. Fattela da solo la bozza.

Nell'ascensore si appoggia all'angolo e va giù, riprende il solito tragitto, il passaggio dal punto A al punto B, la sua pendolarità minima, i quattro passi per il quartiere.

Dentro casa trova Catastrofe seduta sul pavimento della camera, ha buttato giù alcuni volumi dalla libreria, i tomi più grossi – i saggi di Montaigne, i *Passages* di Benjamin, le lettere di Virginia Woolf – e li sta squadernando, tira le pagine e le strappa con calma e precisione. Poi le mette in bocca, le mastica a lungo, le prova ad assaporare, le stringe tra i denti aguzzi (oggi è una lince, ha tutto l'aspetto di un felino pericoloso e ha il pelo sulle orecchie, le zampe nere, le zanne visibili), ne fa poltiglia, le macera ruminando e tenta di inghiottirle impastate con la sua saliva, rese digeribili dalle fauci di un carnivoro predatore.

Ma i boli di carta e inchiostro non scendono nell'esofago come dovrebbero, Catastrofe è costretta a sputarli, a riempire il tappeto di carta pesta e pestata, lettere rese illeggibili dai succhi gastrici, frasi sbiadite fino a ridursi a linee nere.

Il suo sguardo è giallo e le pupille sono sottili e lunghe, le zampe hanno stracciato i libri con una semplicità spaventosa, c'è voluto pochissimo per rovinare anni di scrittura, ore di lettura.

Non sanno di niente, dichiara guardando Loris negli occhi con aria schifata.

Lui viene preso da una forte nausea e si rifugia nel bagno, chiude la porta a chiave, come se servisse a tenere Catastrofe fuori, arginarla.

Siede sul water e inizia ad agitarsi, odia aver voglia di vomitare, lo mette di cattivissimo umore, lo fa sentire confuso e stordito.

Riesce a prendere il cellulare e a mandare un messaggio a Jo.

Sono nei guai col lavoro e devo ridare dei soldi a mia madre con urgenza, per favore puoi prestarmeli? Ti faccio il bonifico prestissimo, lo giuro. Non te lo chiederei se non fosse importante.

Fissa la schermata e vede che Jo è online, poi le spunte della lettura, lei che comincia a digitare.

Quanto ti serve?

500 euro.

Sono tanti, Lo.

Sì, ma te li restituisco, prometto. Già il mese prossimo, appena risolvo col lavoro.

Va bene, ma me li devi ridare. Sono per tua madre?

Sì, sono per lei.

È l'ultima risposta alla conversazione e il suo intestino si distende, la nausea si placa, un sollievo improvviso e benedetto lo attraversa. La fronte si alliscia, le tempie non pulsano, Loris prende varie boccate d'aria e gli sembra fresca, mansueta.

Riempito da questa sensazione, torna sul sito della clinica privata.

Non ricordava male, la colonscopia senza sedazione costa cinquecento euro, se non trovano polipi da togliere dovrebbero bastare, se li trovano poi ci penserà, ora non vuole avere dubbi, perplessità, rimorsi.

Il rumore delle pagine masticate da Catastrofe arriva fin lì, pare un frantumare d'ossa.

*

Maddie ha la pelle abbronzata e i capelli molto lisci, i denti, coperti dalle capsule di porcellana, rilucono di luce sottile. Il suo sorriso è confortante, amico, il suo umore è alto, dice che deve tenersi su, lo fa per la madre e il fidanzato, hanno bisogno che lei sia forte e dalla tempra rigida, che sia carbonio purissimo e non possa essere scalfita.

Cedere alla tristezza e all'incuria non è da lei, detesta il patetismo, ama il sole e uscire di casa, anche dopo la chemioterapia, vive male le nausee ma le affronta con decisione, ogni effetto collaterale è il segno che la cura sta procedendo, che qualcosa accade nel suo corpo.

Chiama l'ospedale *la lavanderia* perché ogni volta che esce da lì si sente più pulita, una parte del male è stata sciacquata via, anche se minuscola, quasi invisibile, lei ne è alleggerita, percepisce la diminuzione del pericolo e la vicinanza alla guarigione.

Ciò che più sorprende è che ha mantenuto i suoi bei capelli, che non sembrano diradati o sfoltiti, anzi, nei mesi della cura sono cresciuti e ora arrivano fino ai gomiti e potrebbero continuare ad allungarsi, raggiungere il pavimento, aggrovigliarsi alle radici degli arbusti.

Lei spiega che tutto dipende dalle vitamine, ne prende a manciate la mattina, e in più ogni corpo risponde ai medicinali in modo diverso e il suo non aveva nessuna voglia di rimanere spoglio.

Maddie dedica un intero video – ventidue minuti e trentaquattro secondi – alla forza dei propri capelli, che nonostante tutto sono ancora con lei, e illustra nel dettaglio come fa a lavarli, che tipo di shampoo usa, che siero alla vitamina c, che maschera all'olio di mandorla. Avvicina i flaconi alla telecamera e aspetta che vengano messi a fuoco, così da poter mostrare le marche che utilizza e gli ingredienti, tutto vegan e cruelty free. Se vogliono aiutarla con le spese mediche, possono acquistare i prodotti da alcuni link sconto che si trovano nella descrizione dei video, ma non sono obbligati; certo, a lei farebbe piacere un sostegno, stanno spendendo molti soldi per avere l'assistenza migliore e tante voci non sono coperte dall'assicurazione.

Il segreto, a volte, sta nelle uova, aggiunge poi.

Ne basta anche solo uno, è sufficiente sbatterlo in una ciotola fino ad avere un composto omogeneo e spargerlo sui capelli, dalla cute alle punte, lasciare a riposare per mezz'ora e poi lavare per bene.

Sono le proteine dell'uovo che li rendono così morbidi, dice e guarda in camera, sorride passandosi le dita intorno alla punta della coda di cavallo.

Ha una voce leggera, quasi affaticata, che si srotola lenta nella costruzione delle frasi, parla un inglese degli Stati Uniti senza particolari inflessioni, non ha quella cantilena tipica della California, né la cadenza forte dell'Alabama, vive vicino Chicago e ha sempre frequentato buone scuole.

Va detto, pensa Loris, che i libri dei quali Maddie fa sfoggio sul suo canale YouTube lui li ha letti per curiosità e lo hanno profondamente amareggiato, quasi ferito. La ragazza studia letteratura con convinzione, ma predilige le saghe fantasy con demoni e gorgoni, le storie di amicizie tra giovani donne in viaggio per il mondo, amori impossibili consumati tra le strade di New York. Ogni tanto cita un classico della letteratura russa o francese, ma senza troppo acume, si limita a chiamarli capolavori, con aria sognante e partecipata, e poi legge alcune parti a voce eccessivamente alta.

Loris sa di essere molto giudicante nei confronti delle letture altrui, del loro modo di parlare di libri, trova sempre qualcosa che lo urta, lo infiamma, può essere una considerazione banale, la maniera sbagliata di pronunciare una parola, la dimenticanza dei nomi dei personaggi, la confusione tra autori dello stesso periodo, o anche solo l'entusiasmo professato per un romanzo secondo lui mal scritto, tutto lo motiva alla disperata voglia di passare alle sberle e ai tafferugli.

La lettura è una cosa seria, Maddie, vorrebbe scriverle, però si rende conto che i gusti della ragazza non sono il motivo delle visite continue al suo canale, è la malattia che lo attrae, il suo sviluppo, il suo arresto, la quotidianità da paziente, le fotografie delle flebo, i problemi alla pelle, alla gola, ai muscoli, quei dolori neuropatici che le sono venuti alle punte delle dita dei piedi, le giornate sdraiata a letto quando persino leggere diventa impossibile, e poi le fasi di recupero, le passeggiate, andare a vedere il fidanzato giocare in campo, lo shopping con la madre perché se dovesse dimagrire, meglio essere preparate.

Oggi, la ragazza ha caricato un nuovo video con un titolo che ha messo subito Loris in allarme: *It's back and it's worse.* È tornato ed è peggio.

Clicca subito sull'immagine di Maddie con la testa piegata di lato e la mano sulla fronte in un gesto che sprigiona tormento e non può essere ignorato. Lei inizia a parlare dell'ultima TAC che ha fatto e delle chiamate dei dottori, sembrava che il tumore fosse in remissione, pareva che le cure stessero lavando via le scorie di quel male radioattivo, eppure non è così, è spuntato un nodulo ai polmoni.

Non sanno ancora nulla, devono fare una biopsia e capire se si tratti di una metastasi o meno e poi decidere il da farsi.

Maddie non piange, ha il viso secco e gli occhi brillanti, tenta di sorridere con la sua dentatura innaturale, ma non ci riesce fino in fondo e si guarda attorno sperduta, come se non fosse nella sua solita camera da letto, con alle spalle qualche peluche dell'infanzia – un cigno, un gorilla, un orso rosa –, alcuni trofei e le foto con le amiche e il fidanzato, ma in un tunnel dove le luci stanno saltando a una a una e presto sarà buio.

Non sa come fare, pensava di aver superato il peggio, di essere in grado di sostenere tutto, ma adesso vede crollare le ovvietà, le riconquiste.

Loris sente in pancia questi crolli, lo sbriciolarsi delle speranze, si reputa sciocco ad aver pensato che lei potesse sopravvivere, è troppo giovane e a quell'età i mali crescono rapidamente e si spargono, si vanno ad annidare, a nascondere nelle mille membrane che ci riempiono, sotto ai tendini o ai nervi che neanche sappiamo esistano, fra una vena e l'altra, dentro ossi e ossicini più piccoli di quelli dei topi o dei polli.

Maddie sta per dire che però potrebbe esserci una possibilità, non deve subito pensare al peggio, e con il loro aiuto...

Poi la connessione a Internet salta e il video viene interrotto.

Loris balza su dal letto e guarda il ripetitore per controllare la connessione: le lucine sono tutte rosse, la linea è sparita. Ed è come se fosse stato privato all'improvviso del cibo da dentro il piatto in un momento di fame bulimica, come se fosse calato il sipario su uno spettacolo a pochi minuti dal finale, dal saluto degli attori. L'angoscia lo stordisce e lo infuria, va al ripetitore e armeggia, stacca la spina e la inserisce di nuovo, poi preme il tasto del reset, aspetta le lucine, ma queste restano rosse, ricomincia da capo, eppure nulla, non c'è miglioramento, la rete non torna.

Bestemmia e cammina su e giù davanti al letto sfatto, poi gli viene l'idea di usare l'hotspot del telefono e allora fa questo tentativo: deve riavviare il video, deve vederlo subito, non può rimanere col dubbio sulla sorte di Maddie, sulla possibile soluzione del suo male, sarebbe indecente abbandonarla così, lasciare che la giornata prosegua senza occuparsene, come se lei fosse una sconosciuta qualunque e non la sconosciuta malata di cui lui sa ogni cosa e che segue assiduamente da settimane, mentre mette l'uovo sui capelli, mentre sfoglia brutti libri da supermercato, mentre legge i referti degli esami del sangue e li commenta per lui, non per tutti ma solo per lui.

Niente, il telefono non prende abbastanza bene e il video non riparte comunque.

Non è la prima volta che succede, il modem principale sta nella sala di registrazione, tutte le utenze sono gestite dall'appartamento di là, sia le bollette della luce che del gas e di Internet le condivide col proprietario, Loris non è autonomo in nulla e paga le sue spese attraverso le ricevute che la signora dai capelli melagrana gli consegna sotto alla porta, usando quelle sue manine rapide, quelle sue unghie da rapace.

Dopo l'ultima discussione lui e il proprietario non si sono più incrociati né sentiti, e Loris ha pensato bene di protrarre questo stato precario delle cose, non ha tentato la riconciliazione, non ha cercato un modo per risolvere lo screzio e superarlo.

Ha nei confronti della sua casa una passione scura e un odio vibrante, vuole rifugiarsi là dentro appena può, e detesta abbandonarla, dover camminare nel mondo dei vivi e degli spensierati – che lui pensa siano tutti gli altri senza dubbio –, però rimanervi troppo a lungo genera pensieri appiccicosi, doloranti. Così ogni giorno si dice che è prigioniero del proprietario e dei suoi musicisti incapaci, dei suoi amori da divano e mutande alle caviglie, però si ripete anche che ogni passo fuori da quel perimetro potrebbe schiacciarlo, e immaginare un ritorno nelle mura domestiche dei genitori potrebbe essere l'ultimo colpo al suo umore.

Non intende presentarsi alla porta accanto alla sua, quindi opta per una telefonata al proprietario che, dopo il secondo tentativo, si degna di rispondergli e fargli sapere che stanno facendo dei lavori in sala di registrazione e hanno dovuto levare la corrente dalla loro parte.

Succede di continuo e io mi ritrovo senza linea, stavo lavorando.

Mente e si lamenta, Loris, senza sentirsi affatto in colpa, ha senso come protesta perché è capitato anche durante il lavoro da casa che la linea sparisse per due o tre ore.

Stiamo finendo, ci vorrà poco. E comunque direi che stai esagerando.

Io? Questo appartamento costa ottocento euro, hai presente? È più di quanto prendo io al mese se sono fortunato, e vanno aggiunte le spese che vi pago. È un buco, un antro, già è molto se ci sto in piedi senza battere la testa, e ci sono le grate alle finestre che non si possono aprire. Dove sono, in una cella di lusso?

Loris si ritrova a gridare e il proprietario a sua volta sbotta e passa di nuovo agli insulti e gli fa sapere che lo caccerà, è la persona più maleducata e poco accomodante che sia transitata per una delle loro case.

Facile, eh, avere tre case e registrare musica di merda dalla mattina alla sera, gli fa notare Loris e ormai tiene il telefono come una fiaccola, qualcosa di bollente con cui potrebbe dar fuoco a tutto. Piacerebbe anche a me campare di rendita e contribuire alle brutture del mondo con la tua stessa nonchalance.

Il proprietario lo minaccia di entrare in casa e mandarlo via con le sue mani, allora Loris gli ricorda del contratto e di essere in regola con i pagamenti, mentre non è tanto in regola il loro avere ancora le chiavi dell'appartamento e pensare di poter fare avanti e indietro come se lui non esistesse.

Io esisto, purtroppo per voi, conclude Loris e attacca.

Inizia a girare su sé stesso, in tondo, e a sentire la pancia arrotolarsi, pare un metro a scomparsa, che sta per ritrarsi dentro la custodia dopo aver misurato le altezze dei mobili e delle porte.

Non vuole tornare dai genitori, in quel quartiere lontano da tutto, dove non ha più contatti con nessuno, dove passa il treno regionale sempre in ritardo e ci sono solo negozi di scarpe, supermercati e un parco giochi gonfiabile, spesso chiuso per la pioggia, dove c'è il suo passato con Jo a farsi ricordare a ogni curva della strada, a ogni semaforo e striscia pedonale.

Non è neanche città quella, non è neanche campagna, è il niente accanto a una ferrovia, dove le ex case coloniche sono state trasformate in palazzine a un piano con nei cortili vecchi motori di auto defunte o tosaerba di giardini mai esistiti. Un quartiere dove viene spostato quello che altrove non vogliono, dove il traffico è così congestionato da rendere difficile raggiungere persino l'isolato successivo. L'ospedale è l'unico dove non intende più mettere piede: è quello dove è morto Tempesta e loro – quei medici – avevano detto che lo avrebbero dimesso, e invece non era tornato.

Respira a fondo e si siede a terra, accanto al letto, con gli occhi sulla sua libreria – insapore secondo Catastrofe –, e continua quella respirazione coatta, quell'entrare dell'aria dal naso per uscire lentamente dalla bocca, fluire fuori con regolarità. Ed ecco che percepisce qualcosa: il dolore inizia a salire al petto e al braccio sinistro, c'è sentore da precipizio, il panico sta arrivando e presto lui avrà indizi di infarto che non saprà controllare, anzi sarà certo che sia proprio un infarto ad averlo colto, ad averlo raggiunto.

Perché questo corpo mi mente, si chiede, perché sa simulare persino i mali peggiori?

Poi vede le lucine del ripetitore cambiare, tornano verdi, la linea riparte, e con questa il video di Maddie che aveva lasciato acceso a ricaricarsi.

Lei dice: Ho deciso di aprire un crowdfunding, così chi di voi vuole salvarmi sa come fare.

*

Cadde un passerotto dalla grondaia sul balcone di casa e Loris disse alla madre quello che gli aveva insegnato Tempesta: un piccolo buttato fuori dal nido era spacciato.

Lei gli proibì di raccoglierlo e lui rimase alla porta finestra un'ora guardando oltre il vetro il corpicino agitarsi, quel suono grezzo e pigolante dritto dal gargarozzo, un richiamo di disperazione, una richiesta di carità.

147

Alla fine non seppe resistere e, quando la madre si assentò per la spesa, uscì, lo prese tra le mani – poche piume appuntite e un becco molle –, rientrò nella cucina e andò a cercare dove metterlo, mentre quello si muoveva goffo sui suoi palmi, caldo, ridicolmente fragile.

Raccolse del cotone idrofilo dal bagno e lo adagiò in una vecchia scatola da scarpe creando una conca al centro, poggiò dentro l'uccellino, cieco e intontito, che continuava a fare sirena e a sbattere da una parte all'altra, con quelle sue alette da pollo troppo corte.

Loris andò a chiudersi in camera sua.

Non sapeva come occuparsi del nuovo ospite, gli scalpitava nel petto la responsabilità di quella minuscola vita, dell'andare contro ciò che la natura aveva scelto, riuscire a trattenere quell'esistenza, accompagnare l'uccellino nella crescita, nutrirlo come si doveva e poi lasciarlo volare via.

Oppure avrebbero potuto diventare inseparabili, grandi amici, lui si sarebbe scoperto capace con gli animali come la bisnonna, che aveva addomesticato gazzelle e pappagalli, e avrebbe portato l'uccellino sulla spalla fino a scuola, avrebbe detto a tutti che lo aveva salvato, raccontato di quel giorno in cui era quasi morto sul balcone di casa, ma Loris aveva saputo intervenire in tempo, evitare il peggio.

Il passerotto avrebbe dormito con lui, accoccolato sul guanciale, avrebbe bevuto l'acqua lasciata dalla pioggia subito fuori dalla finestra, avrebbe giocato con i trucioli del temperamatite e avrebbe avuto un segno bianco, al centro del petto.

Il pigolare era regolare e irrinunciabile, non c'era secondo in cui il corpicino non prorompeva nel suono acutissimo che pareva abitarlo, la gola si stirava e la bocca si apriva di continuo in attesa di cibo, una domanda inevasa, rivolta a una madre assente, che lo aveva cacciato o perduto.

Loris corse in cucina e cercò del latte, gli sembrò possibile che il piccolo si nutrisse di quello in assenza di granturco, poi pensò ai cereali con cui faceva colazione di solito e li recuperò dalla credenza, li schiacciò e aggiunse il latte, fece una poltiglia spalmabile e tornò dal passerotto, con uno stuzzicadenti gli portava il miscuglio al becco e provava a farlo mangiare.

La consistenza però non era adatta, era troppo secca, non scendeva giù per il gozzo e lui avrebbe voluto essere capace di fare come le madri – mangiare masticare sputare nutrire – eppure non riusciva, e se la sua saliva lo avesse ammalato? E se le loro specie non fossero state compatibili?

Il becco si apriva e chiudeva senza riuscire a inghiottire il cibo, Loris era in crisi, aveva le tempie fredde, lo stomaco raggomitolato in un nodo stretto, e con lo stuzzicadenti tentava caparbiamente di dargli dell'acqua e del latte, di aiutarlo a far scendere i cereali, ma non c'era maniera, non c'era miglioramento.

Gli salirono, lente e giuste, le lacrime agli occhi, e scesero rassegnate mentre la bocca del passero era sempre meno spalancata e il suo richiamo al soccorso si affievoliva.

Loris pregò il dio degli animali di intervenire e di aiutarlo, era colpa sua se stava soffocando, se non sarebbe volato via e non avrebbe abitato sulla sua spalla o intessuto trame tra i suoi capelli. Non aveva senso che fosse nato per vivere così poco, senza neanche aver aperto gli occhi sull'universo, Loris non riusciva a capacitarsi della pena di cui era artefice e testimone.

L'uccellino si spense con fatica e agonia, e Loris non seppe fare altro che piangere, la scatola aperta sulle ginocchia, il pappone con cui avrebbe potuto sfamare due bambini a colazione rimasto intero nella ciotola, e la sensazione di essere un assassino efferato, di quelli che se la prendevano con i più indifesi, i ciechi al mondo e alle sue brutture.

Il bambino chiuse la scatola per tenerlo al sicuro almeno da morto. Si ripromise di portarlo alla cascina di Tempesta appena possibile per seppellirlo, aveva infatti idea che fosse necessario e potesse alleviare le pene dell'animale, farlo riposare in santità.

Clara però nei giorni successivi, in cui l'esserino era rimasto sotto al letto di Loris, iniziò a sentire una puzza crescente e misteriosa, un odore di frittata marcia, carne sfatta, finché non trovò la scatola, la aprì e rimase schifata da quello che vide, corse in bagno e gettò il passero nel WC, tirò la catena sospirando, rinfrancata da quella liberazione.

Nel momento in cui Loris chiese alla madre dove fosse finito il suo passerotto lei rispose che era volato via, era in un posto migliore, e così lui si reputò messo in ridicolo, trattato da sciocco, e si sentì ancora più in colpa per aver dimenticato la scatola, non aver fatto in tempo a seppellirla.

La dimenticanza era però motivata da un evento curioso capitato alla voliera, che lo aveva distratto da qualsiasi altro pensiero.

La mattina dopo la morte del passerotto, Tempesta aveva telefonato a casa, aveva chiesto di parlare col bambino e gli aveva raccontato che era successo qualcosa di strano alla voliera, qualcosa di violento.

Gli aveva domandato se se la sentisse lo stesso di andare a trovarlo. Loris aveva risposto di sì quasi con un grido, in pensiero per i colombi, curiosissimo di sapere cosa fosse accaduto.

Arrivato alla cascina aveva scoperto che il nonno e Gelo avevano trovato nella voliera un piccione spiumato e con la pelle sanguinante ed esposta, e un altro con le piume bianche sporche di sangue.

Era iniziata allora una indagine, una serie di ipotesi di colpevolezza.

Entrambi, da principio, avevano escluso il dolo del secondo piccione, non c'erano ragioni perché fosse stato così irruento, tanto da strappare le piume all'altro, a una a una, con ardore e incuria.

Ma se non era stato lui, allora chi?

Gli altri piccioni apparivano puliti e tranquilli, mentre quello insanguinato si reggeva a malapena sulle zampe e, nonostante le cure di Tempesta, in un paio di ore era morto a terra.

Loris aveva avuto grande impressione ascoltando il racconto di quella scena, del colombo ferito e violato e dell'altro rigido e macchiato di sangue, troppa gli era sembrata la cattiveria, troppo il livore.

Non aveva mai visto i colombi litigare tra loro, non erano ancora tanti da levarsi lo spazio, il granturco c'era per tutti e le femmine erano molte – sempre che quei due fossero maschi, lui non avrebbe saputo dirlo.

Eppure come poteva essere entrato un altro animale da fuori? Non c'erano segni di scasso, buchi nella rete, tracce di un passaggio. E se anche fosse arrivato un serpente, un roditore, era difficile che potesse accanirsi così su uno dei piccioni, levargli le piume, scorticarlo e fargli lo scalpo, senza nutrirsene.

No, quella era stata una aggressione.

Tempesta aveva preso il piccione macchiato e lo aveva esaminato, notando delle tracce anche sul becco e una delle unghie recise, l'altro doveva aver lottato, eppure non era riuscito a difendersi, era stato ridotto all'osso.

In effetti il colombo assalito era più gracile e meno nutrito, era nato da una delle covate e non era arrivato tra i primi, come forse quello più adulto e colpevole.

Si era trattato della punizione di un padre, del nonnismo di un anziano, di uno scontro politico per stabilire la supremazia di una dinastia su un'altra?

Non serve cercare un perché, aveva detto Tempesta, gli animali non sono come noi, hanno i loro motivi.

Dopo di che aveva convenuto con Loris che il colombo reo avesse assalito l'altro di proposito e che tenerlo nella gabbia forse avrebbe creato altri problemi, avrebbe potuto scagliarsi di nuovo contro uno dei compagni di voliera, buttare giù dai nidi le uova, rubare il cibo ai più giovani.

Allora Tempesta, come un dio che interviene dall'alto per punire le colpe degli uomini che si fanno guerra, aveva deciso di espellere il criminale dalla gabbia, lo aveva portato fuori tenendolo dalle ali e poi, con un gesto rivolto al cielo, lo aveva lanciato in volo.

Era un killer, aveva commentato Loris guardando il colombo allontanarsi.

IL KILLER

Jo ha da sempre l'abitudine di dormire con impegno. Appena posa il capo sul cuscino, Morfeo l'accoglie tra le sue braccia e non c'è modo di svegliarla, anche se apre gli occhi e risponde alle domande al centro della notte, in realtà ancora sogna e non s'è mai destata.

A volte, in passato, Loris è stato costretto a riportarla a casa di sera tardi perché per lei stare al volante funzionava come un sonnifero, gli occhi si chiudevano a mezz'asta e la macchina sbandava ai suoi colpi di sonno, spostandosi nelle altre corsie. Loris allora cominciava a urlare perché si fermasse subito e gli lasciasse la guida, si infastidiva per le precedenti insistenze di lei a voler portare l'automobile nonostante le facili letargie.

Ma ciò che Loris sopporta meno è come Jo prende sonno durante la visione di un film, che sia sul divano, a letto o in un cinema all'aperto, nulla fa differenza, a un quarto d'ora dall'inizio le palpebre cominciano a calare: prima ogni tanto, poi di continuo, nonostante le gomitate e i tentativi di risveglio, i pizzichi sulle cosce, sulle braccia.

Terribile guardare i film da solo e non riuscire mai ad avere qualcuno con cui commentarli o dibatterne. Le avevano provate tutte: accenderle in faccia il ventilatore, farla stare seduta sulla punta della poltrona, schioccare le dita al suo primo segnale di cedimento.

Comunque il sonno aveva la meglio, arrivava inesorabile, assoluto, come un abbraccio.

Per questo Loris, nonostante le difficoltà dell'ultimo periodo e la scarsa voglia di uscire, una sera ha deciso di andare al cinema ma ha scelto lui il film, in modo da non ritrovarsi con lei addormentata a guardare qualcosa di tremendo come quella volta di un film comico ma demenziale e infarcito di battute da stridore di denti, deciso da Jo, che non aveva fatto neanche sorridere Loris e aveva appisolato lei con precisione lasciandolo solo e deluso, indispettito.

Quindi stavolta si sono seduti nelle poltroncine di un cinema in centro dove proiettavano l'adattamento cinematografico di uno spettacolo teatrale.

Loris non ha avuto modo di guardarlo in scena, ma ha sentito parlare benissimo del lavoro della drammaturga e si è deciso alla visione senza perdere troppo tempo nella lettura della trama. Preferisce scegliere i film o per sensazione d'interesse o per casualità, passando davanti a qualche cinema di cui si fida, con gusti a lui affini in fatto di pellicole.

Entrambe cose che Jo invece non apprezza, e si premura sempre di controllare sul web le recensioni, le stelle ricevute dal pubblico, gli articoli usciti sui giornali, prima di convincersi.

Secondo me, questo film non mi piace, ha sentenziato lei con le ginocchia poggiate sul sedile davanti mentre sgranocchiava dei popcorn, che Loris le aveva comprato sperando che il masticare la tenesse vigile.

Dicono che è bello, ha risposto Loris sistemandosi la giacca in grembo.

La sala si stava riempiendo e loro avevano dei posti laterali che lo rendevano infelice, continuavano a cadergli gli occhi sulle ginocchia di Jo, arrossate, a punta.

Se vuoi ti dico di che parla, ha fatto lei. Anche quella volta non aveva saputo tenere a bada le sue ricerche d'informazioni e giudizi.

Lo stiamo per vedere, non mi serve sapere di che parla...

Ci sono queste sorelle che hanno...

Ma la smetti? Loris le ha dato un colpetto alle ginocchia per farla tornare seduta più composta e meno pronta per il sonno.

Si sentiva tranquillo però, soddisfatto di aver messo piede fuori casa, di aver trovato qualcosa da fare con lei, che non li avesse fatti discutere e che li vedeva vicini e normali, due trentenni al cinema coi popcorn, le aspettative, le proiezioni, l'attesa dei titoli di coda.

Certe volte Loris carica talmente di angoscia anche le attività più comuni che le trasforma in viaggi spaziali, transumanze nel deserto, mentre se poi affronta i propri timori si ritrova a non percepirle più così mostruose e insostenibili come temeva, e si riconosce vivo, attento, comune.

Il senso di normalità che stava colando dal soffitto lo ottundeva, gli permetteva di aprire le mani e rilassarle sui braccioli, focalizzare lo sguardo sul grande schermo, così vasto rispetto allo smartphone da cui si faceva quotidianamente risucchiare e masticare.

Porre il pensiero altrove rispetto alle sue inquietudini è un'occasione sofferta e difficile da raggiungere, una chimera. Averla afferrata per la sua coda di drago ha un gusto dolce, piacevolissimo.

Si stava ancora complimentando con sé stesso per aver avuto il cuore di uscire, quando il film è cominciato e la sua voglia di affondarvi lo ha accolto e stordito.

Sullo schermo sono apparse cinque sorelle di età molto diverse e si capiva da subito che abitavano da sole in un appartamento alla periferia di Palermo, senza genitori al seguito.

Jo mangiava i suoi popcorn a occhi forzatamente spalancati per non chiuderli alla terza scena, davanti a loro una coppia più adulta: lei aveva dei folti capelli ricci che, quando muoveva troppo la testa, a sinistra coprivano un po' la visuale a Loris.

Ma all'inizio lui non ci ha fatto molto caso, vedeva solo l'ombra dei capelli muoversi e ostacolare angoli dello schermo, poi tutto è cambiato quando le cinque sorelle sono salite in soffitta e hanno fatto intendere che si guadagnavano da vivere in una maniera singolare, inattesa: affittavano dei colombi bianchi per alcuni eventi, come cresime e matrimoni, venivano chiusi nelle torte o in delle scatole decorate e poi liberati, lasciati volare via con un colpo di teatro.

Loris si è strofinato il naso con le dita, una volta e poi due o tre di seguito, ha preso le palpebre con pollice e indice e le ha strizzate verso il setto come se avesse voluto tirarle via.

Ma dai, chi ci crede, ha commentato Jo masticando di buona lena.

A cosa? ha chiesto Loris già distratto, confuso.

Che li danno in affitto e poi tornano da soli, ti pare?

Loris è rimasto in silenzio e hanno cominciato a tremargli i piedi, dalla pianta, dal mignolo sinistro, come se ci fosse un sottile terremoto, un maremoto cresciuto con la luna in cielo.

Guardava la più piccola delle sorelle piegarsi per dare il grano ai colombi, e loro la aspettavano come una madre, una figlia.

Ti pare? ha ripetuto Jo e ha alzato la voce, facendosi zittire da qualcuno dietro che non ha gradito il commento.

Lo fanno, ha ammesso Loris con un sussurro atonale.

Che tornano?

Sì, che tornano. Sempre.

Tu che ne sai?

I colombi venivano messi nelle gabbie pronti al trasporto, sarebbero andati a decorare una bella festa in vestiti da cerimonia, alla loro apparizione tra gli invitati sarebbero scrosciati gli applausi e le loro ali avrebbero fatto il suono dell'acqua che cade dalle cascate, un suono naturale, arcaico. Poi avrebbero saputo esattamente dove andare e si sarebbero orientati verso la soffitta, avrebbero riconosciuto la via, il palazzo, l'altezza giusta. Lo avrebbero saputo. Avrebbero saputo come tornare a casa.

Dal canto suo, Loris avrebbe voluto girare il viso verso quello di Jo e raccontarle di cosa sa e perché, avrebbe voluto avere il coraggio che non ha avuto per anni, avrebbe voluto trovare le parole adatte per dire del sé bambino, ma non ci è riuscito, non ne è mai stato capace, non ne ha mai avuto voglia, solo l'idea lo atterrisce, così la mascella è rimasta rigida, il mento diretto allo schermo, dove le ali bianche dei colombi erano già in volo, il cielo azzurro di Palermo le accoglieva, le spingeva in alto.

Devo uscire... ha risposto, colto da un improvviso calo di pressione, la pancia gli pareva aver ricevuto una coltellata, la conseguenza di una rapina finita male.

Come? Jo non ha capito e poi le è venuto da ridere, ha pensato lui si divertisse al solito gioco del fare sceneggiate e creare disturbo.

Non sto scherzando, non mi sento bene.

Dai, Lo, siamo appena arrivati, hai pure scelto te questo film, io manco lo volevo vedere. Il tono è cambiato, Jo si è irritata quando per l'ennesima volta lui si è lamentato di un malessere piombato dal nulla, un'ombra scesa in picchiata.

E s'era detta molte volte di avere pazienza, di non buttare tutto all'aria in nome dei vari anni di vicinanza, del buon e caro vecchio Loris, quello strambo ma affascinante, quello che legge tutto e conosce tanto, che ha un bel viso da carattere imponente e che sa fare sarcasmo d'ogni inezia e circostanza.

Però la pazienza ha portato solo altre lamentele e insofferenze, la pazienza non ha lasciato spazio alla comprensione, ma solo al malessere, al ridicolo.

Loris allora ha puntato gli occhi sui ricci della donna seduta davanti a lui: eccoli coprire e scoprire, inquinare e ripulire la scena. Lei alta e piena di boccoli e il marito – forse – senza più capelli ma con il naso rotondo.

Le loro silhouette precise, i contorni del loro amore, e i colombi a beccare il mangime, ostinati, bianchissimi, puliti e fedeli.

Non c'è niente di più fedele dei colombi, Jo, avrebbe voluto dirle, ma gli occhi si sono annebbiati, sono spariti i ricci, è sparito lo schermo, ora c'erano solo macchie, cinque di quelle macchie erano sorelle, e tutte le altre macchie erano piccioni sulla via del ritorno, una delle sorelle presto sarebbe morta e i colombi non sarebbero rimasti a lungo.

Loris si è alzato e ha chiesto permesso, è uscito dalla fila delle sedute e poi ha percorso a testa bassa il corridoio, ha spostato la tenda di velluto ed è tornato alla biglietteria passando davanti ai proprietari del cinema, uno di loro gli ha chiesto se stesse bene e lui ha annuito, si è tenuto dentro quella nebbia, non l'ha lasciata condensarsi, sciogliersi.

Appena fuori, in strada, ha alzato la testa al cielo nero e invisibile, sopra la città, ed è stato sicuro di vederlo volare in cerchio: il Killer. Sono giorni che non si dà pace.

E lui ormai sa che è un segno, col suo petto sporco di sangue, la sua zampa senza più un artiglio e la sua ossessione nel voler rientrare, riportare dentro alla voliera ogni possibile sventura.

*

È certo: lo cacceranno dall'appartamento, troveranno il modo.

Loris è steso sul materasso, il copriletto rosso, il lenzuolo a fiorellini, la coperta di lana verde e le federe ognuna diversa, e ha calcolato che negli ultimi tempi ha trascorso almeno venti ore al dì sul letto, tra letture, tempo al computer, sonno intermittente, tentativi di masturbazione falliti, discussioni al telefono, analisi dello stato della propria pelle: nascono macchie, spuntano nei, tra le dita dei piedi, alle caviglie e persino sotto alle ascelle, la notte non ci sono e il giorno dopo sì.

L'unico pensiero che lo allieta è quello della colonscopia, ha ricevuto infatti da poco l'e-mail con le istruzioni alla preparazione e ha fatto una lista di tutto quello che gli serve per svuotare l'intestino, farsi trovare liscio e percorribile dalla sonda del gastroenterologo.

Non ha idea di che sensazione proverà, i soldi per la sedazione profonda non ce li ha, ma solo quei cinquecento euro che ha chiesto a Jo e ottenuto con l'inganno, probabilmente dei suoi risparmi messi da parte col lavoro.

Jo non ama l'ufficio dove deve recarsi ogni giorno, si è dovuta comprare degli abiti formali che non aveva nel proprio guardaroba, pantaloni eleganti col risvolto in fondo, camicette e gilet, blazer a tinta unita, scarpe lucide o ballerine comode, quando di norma preferisce jeans e maglietta, pantaloncini corti, top che tengono scoperta la pancia e felpe, vestitini a metà coscia e scarpe da ginnastica colorate.

La immagina a volte, irriconoscibile e pronta alle sue otto ore di turno, al badge da passare nel sensore e al pranzo coi colleghi, intenta ad analizzare dati al PC, a strisciare la sedia a terra mentre si alza per raggiungere la fotocopiatrice dove ha stampato i report per la riunione del pomeriggio, dentro alle chat dell'ufficio dove organizzano gite aziendali e cene di gruppo.

Un flusso regolare, un entrare e uscire dall'edificio, un accendere il monitor e inserire la password, una postazione fissa, la tazza da tè usata come portapenne, il biglietto da visita stampato uguale per tutti, i capelli che è meglio tenere legati, la fermata dell'autobus dove fare chiacchiere di circostanza.

Lui, invece, sdraiato a gambe aperte e in mutande, fissa il vuoto del soffitto come se non fosse quel vuoto, ma un vuoto più ampio, più generale, dove stanno precipitando gli attimi futuri, le future possibilità, un niente dove l'irregolarità non è una fonte creativa ma un'espulsione dal meccanismo.

Jo lo prende in giro per quanto riesce a stare fermo nella sua stanza, come se fosse il nido di una cicogna. Lì ci sono i resti di ogni giornata: vestiti appallottolati, libri lasciati aperti a metà, lettere della banca sigillate e accumulate, piatti che sembrano moltiplicarsi sulla scrivania, non si capacita mai di quanti riesca a sporcarne a ogni pasto, nonostante cerchi di mangiare poco e direttamente dalle confezioni, loro si palesano comunque, lo spiano con occhi vispi e accusatori.

Basta, mi devo alzare, devo fare qualcosa, si dice, con un colpo di reni si tira su e quel gesto veloce gli fa girare la testa, lo costringe a tornare giù.

Piomba allora, di nuovo, nell'attesa di sé stesso, che si presenti un altro Loris a prendere in mano la situazione e a muovergli gli arti, la lingua, le intenzioni.

Ha bisogno di stordirsi e vorrebbe a volte avere una predisposizione per le droghe, soprattutto quelle ottundenti, avere il coraggio di provarle e di farsi inghiottire dalle loro composizioni chimiche. Ma sentirsi rapinato del controllo sul corpo lo atterrisce, non saper più governare il pensiero lo mette in estrema difficoltà, non la vedrebbe affatto come una liberazione, ma come una ulteriore inquietudine, una inconsapevolezza che saprebbe di disgusto.

Allora rimette le cuffie alle orecchie, riapre su Spotify la pagina di un utente, un signore di circa sessant'anni che si chiama Emilio e che non ha mestiere, ma passa le giornate

160

a leggere ad alta voce, a caricare file audio per chiunque voglia ascoltarli.

Loris si spara di seguito racconti e brani di Čechov, Babel', Hemingway, Woolf, Comisso, Poe e perché no Esiodo, passaggi di Omero e Lucrezio e così via, a palmi aperti e occhi spalancati sempre sullo stesso punto, quel dettaglio del soffitto, una crepa lunga mezzo metro, frastagliata e curva, che potrebbe somigliare a una catena montuosa, con le cime, le valli, i declivi.

Non ha idea se il signor Emilio abbia il permesso per leggere questi testi, suppone di no, che sia un'operazione pirata, o forse potrebbe considerarsi una manna, il dono insensato di un uomo a un altro uomo.

Nel tardo pomeriggio Loris si convince a uscire ma solo per raggiungere la farmacia di quartiere, un luogo di pellegrinaggio quasi religioso. La luce lo infastidisce e così i rumori esterni, crede di vedere dall'altra parte della strada il proprietario di casa e allora sposta gli occhi, cammina gobbo cercando nella giacca tasche che non trova, fino a raggiungere la porta automatica e infilarsi dentro al negozio.

Gli piace quel posto, non solo perché vende medicinali e integratori, pannolini, cibi senza glutine, creme solari e rimmel con acido ialuronico, ma perché le farmaciste sono gentili, non lo fanno sentire troppo osservato e non sottolineano mai il fatto che lui passi varie volte alla settimana, procurandosi le cose più disparate, dai tappi per le orecchie in cera ai biscotti proteici, senza che qualcosa davvero gli serva o abbia senso d'essere acquistato.

Non ama però doversi avvicinare al bancone e chiedere aiuto su cosa comprare, preferisce sempre prendere i prodotti dagli scaffali, concentrarsi su ciò che è esposto e di cui può servirsi da solo. Si muove rapido tra i dentifrici al fluoro e i collutori – ricordando con disappunto a sé stesso che da tempo non fa una seria pulizia dentale –, i tamponi intimi, le pappette da neonati e i saponi da bagno, per raggiungere il reparto delle vitamine.

Le osserva, sono disposte in ordine alfabetico rispetto al contenuto, e ognuna dovrebbe risolvere una carenza, uno scompenso, in modo da far tornare l'equilibrio del sonno, delle energie, dei capelli sani e le unghie lisce.

Guarda con distanza e sospetto l'ennesimo barattolo di fermenti lattici, che non hanno sortito effetti neanche dopo assunzioni continue per giorni e giorni, e vorrebbe prenderli a schiaffi, parlar loro come a una persona molesta, vantarsi del fatto che sta per fare una *vera* analisi che lo aiuterà a capire la *vera* cura, e non questa convivenza inutile con i loro ceppi e bacilli.

Poi si concentra su quello che stava cercando, dopo lunghe ricerche online: il triptofano.

Il triptofano è un amminoacido poco polare, il suo gruppo laterale è un indolile. È alla base del gruppo di composti delle triptamine. È una molecola chirale. L'enantiomero L è uno dei 20 amminoacidi ordinari. Poiché l'organismo umano non è in grado di sintetizzarlo, deve essere ricavato dagli alimenti e pertanto è classificato tra gli amminoacidi essenziali. Oltre a partecipare alla costituzione delle proteine dell'organismo, interviene in numerose reazioni chimiche, in particolare nella sintesi di serotonina e di acido nicotinico.

Si è segnato la definizione sul telefono e la rilegge cercando di convincersi che sia una buona idea spendere altri venticinque euro per un integratore suggerito dal web come rivoluzionario per il buonumore e il sonno senza risvegli.

Basterà una di queste pasticche al giorno per cambiare il corso delle ore? Si alzerà con una incredibile voglia di correre e uscirà di casa prendendo la strada verso il Gianicolo vestito da jogging e saluterà gli altri corridori con un cenno del capo, alzando di poco il mento, si sentirà come loro, un attivissimo ed energico individuo della società, che alle sei è pronto per lo sport, alle nove è in ufficio, alle diciotto fa aperitivo, alle venti prepara la cena e alle ventuno sta rimorchiando qualcuna su Bumble per poi incontrarla due giorni dopo, consumare ciò che va consumato nel parcheggio di un cinema multisala, scambiarsi gli account social e avere il desiderio impellente di non rivedersi mai più.

Loris sta fermo, non sa se prendere la confezione e andare a pagare, tornare a casa e far accadere il miracolo.

Poi posa il barattolo, lo rimette alfabeticamente a posto, va dalla farmacista.

Mi servirebbe il CitraFleet o il Picoprep, le dice guardandola negli occhi, lei è giovane, devono avere più o meno la stessa età, ha la frangetta e un neo sopra al labbro.

Ho visto che guardavi anche gli integratori, se hai domande...

No, ti ringrazio, penso di star bene così.

*

La ritualità della domenica, nonostante tutto, non accenna a esaurirsi, se la madre chiama lui si alza dal letto, si sbarba, si taglia qualche ciuffo di capelli che sporge troppo sulla fronte, indossa una camicia pulita – tra le poche rimaste e che conserva per quelle occasioni –, chiude bene la cintura di pelle e va a prendere il trenino regionale, sale a Quattroventi e scende a Ottavia, regolare e pronto per l'ennesimo pranzo dove giustificare la propria inappetenza, il pallore, le posizioni scomposte sulla sedia, la mancanza di entusiasmo, l'assenza della sua fidanzata e del loro futuro, il matrimonio, i figli, la convivenza, le tappe conquistate dagli altri e da loro no.

Sua madre ha parlato di due libri appena letti che le sono piaciuti molto, suo padre di quanto ormai non conti più nulla la meritocrazia, tra corruzione e raccomandazioni. Lui ha pensato alla forza inversamente proporzionale: Loris sempre proiettato con foga verso l'interno, attento alle frattaglie e alle viscere, il padre sempre rabbioso verso l'esterno, insoddisfatto del genere umano, soprattutto quello a lui più prossimo.

Non sa perché ma la parola *meritocrazia* lo ha fatto quasi ridere.

Chissà a chi era venuta l'idea di quel giallo ocra per le pareti. Loris non ricorda il giorno in cui ha acconsentito e si è detto disposto ad abitare una stanza dello stesso colore di un gelato al mango.

La larghezza può misurarla in tre passi e così li percorre, arriva da un muro all'altro, osserva i segni degli anni che nessuno ha saputo cancellare come si abradono con la gomma le parole di uno scritto da perfezionare.

Mentre è nella sua stanza in casa loro, si chiede se sarà poi vero che i genitori si dividono in due categorie: quelli che appena metti piede fuori casa si liberano del tuo materasso e trasformano la tua camera in una saletta pesi, uno studiolo per le letture o un rifugio dalla vita coniugale; e quelli che invece tengono a lucido il mausoleo della tua adolescenza, i tuoi poster, i tuoi libri scolastici, i diari scarabocchiati, le minutaglie che non hai saputo buttare, l'accumulo dei tuoi giorni più semplici.

Nel suo caso, se da una parte la madre ha voluto mantenere il letto con le lenzuola che lui usava al liceo, la sua libreria con i vocabolari di greco e latino, i primi libri di filosofia, i romanzi francesi, le raccolte di poesia lette e rilette fino a far dolorare gli occhi, i calzini di dieci anni prima nei cassetti, dall'altra il padre ha introdotto qualche attrezzo ginnico, un tappetino da yoga, una borraccia da sempre vuota, tentativi finiti presto in un nulla di fatto.

Eppure a Loris pare esattamente il luogo che ha lasciato, come se la porta fosse stata varcata un'ora prima per la colazione e ogni oggetto lo attendesse ben disposto e pronto all'uso.

Da bambino aveva pensato alla propria fuga dai genitori come a un'avventura da affrontare in groppa a un cammello, come a una corsa in jeep nel deserto – Tempesta avrebbe guidato e lui avrebbe tenuto il cannocchiale, inventato le strade –, e se l'era immaginata nel dettaglio, nelle dune e le oasi, negli animali assetati e i *tucul* ai bordi dei villaggi.

Poi qualcosa dentro di lui si era piegato – a gomito, ad angolo –, come se fosse possibile rompere gli organi interni, spaccarli a metà e pretendere che il corpo continui a vivere, a pensarsi nel futuro.

Il suo ingresso nell'adolescenza era stato lento, ferito, spaesato, aveva intorno tutto un mondo impensabile, inatteso, una prospettiva di vita che mai aveva coltivato nei suoi sogni da bambino. E mentre i suoi coetanei scoprivano la smania di diventare adulti, lui di quel corpo giovane non aveva saputo che farsene, era goffo, pieno di anfratti e tombini.

Per anni era rimasto lontano dalle letture, svogliato negli approcci d'amicizia, assente nei dibattiti casalinghi, immobile nelle idee e nelle visioni.

Fino all'incontro con Jo, dentro a quella automobile, quando lei era salita e gli aveva stretto la mano, aveva dichiarato interesse per un altro.

Gli occhi di quella ragazzina vispa, che subito ci aveva tenuto a fargli sapere che non era lui l'oggetto del suo desiderio, lo avevano acceso, un bengala nel buio.

La famiglia di Jo abitava nel quartiere dei suoi genitori, gli spazi dove vedersi tornavano, erano sempre gli stessi.

Tra le scalette coperte di murales e la fermata ferroviaria dell'ospedale, tra i capolinea degli autobus e i cancelli d'entrata delle scuole: Roma è piccola un palmo quando la guardi dai bordi.

Dopo quella sera si erano rivisti e salutati, lei aveva amiche appariscenti e rumorose, lui aveva conoscenti a cui si appaiava per evitare la solitudine, compagni di scuola con cui faceva i compiti e a cui non raccontava niente di sé, gli stessi che ancora adesso provavano a contattarlo e a cui non rispondeva, non sapeva cosa dire. Jo era alta quanto lui, aveva gambe magre e poco seno, voleva tatuarsi il corpo con disegni giapponesi e alghe marine, desiderava già a quell'età di vedere la Polinesia e il Mali, vestiva a volte di arancione e turchese lasciandolo perplesso, per poi presentarsi in neri abitini giro coscia per semplici uscite di quartiere.

Lei sembrava conoscere esattamente chi sarebbe diventata, aveva un'idea di sé limpida e solida, era sicura di sapersela cavare in qualsiasi occasione. In quel periodo aveva già iniziato a lavorare e metteva i soldi guadagnati dentro alla custodia di una chitarra scomparsa anni prima.

Per impressionarla, darsi un tono, rendersi interessante, lui non era più stato il bambino con le spalle in giù, ma il giovane adulto con cui imparare le regole dello stare insieme, valutare il senso dell'essere in due, litigare sul presente, avere idea del domani. Le si era avvicinato facendo battute sottili, tirando fuori riferimenti letterari e citazioni da vecchi film in vhs, voleva sembrarle brillante, intelligente, migliore di tutti, migliore di chiunque potesse incontrare.

Grazie ai suoi sforzi erano capitati insieme, si erano piaciuti in una maniera schietta e normale – così assurda da pensare, ora –, le uscite serali erano arrivate senza dubbi, l'uno aveva conosciuto i genitori dell'altra.

A diciotto anni fidanzati in casa, dicevano e gli veniva da ridere.

Lui si presentava da lei e portava pasticcini per le sorelle, sapeva quali gusti preferivano e si sentiva coccolato da quella famiglia più larga della sua, capace di contenerlo.

Talvolta ancora tremava se lo colpiva un incubo o un ricordo sotto la doccia, ma a occhi spalancati affrontava ogni giornata tenendo a bada il passato, prendendo a calci il Loris che era stato.

Era arrivato a detestare quello sciocco ragazzino che stava dietro ai piccioni e alle piante, che guardava le puntate registrate sulle videocassette, sempre le stesse, e si ingegnava a costruire giostre in cartone, fissato con le forbici dalla punta arrotondata, quello che considerava la morte degli scarafaggi uno spettacolo degno di nota, quello a cui erano proibiti i libri perché sapeva rintanarsi tra le loro pagine fino a scomparire; per questo non ne aveva fatto menzione a Jo.

Se lei raccontava della sua infanzia, di quando comandava a bacchetta le amiche o pensava di avvelenare la maestra con la candeggina, lui rispondeva che non aveva grandi avventure da condividere, era stato un bambino qualunque.

Per un bel po' questo Loris – il fidanzato, il compagno, l'amico – aveva funzionato, poi aveva smesso di funzionare, aveva levato il campo come era arrivato.

Adesso nella vecchia casa la sua vita di mezzo lo guarda dalle pareti, dalle fotografie dei viaggi con Jo, dalle letterine che lei gli scriveva e lui conservava, dai regali fatti per il compleanno o San Valentino, come se rispettare le feste sacre e quelle commerciali potesse renderli ancora evidentemente in amore.

Si era illuso che restando in quella relazione, rimanendo attaccato a Jo, cercando di non lasciar scorrere via il tempo, lei sarebbe riuscita a guarirlo, le vecchie paure e gli antichi tormenti non sarebbero più riemersi, ne avrebbe fatto per sempre a meno.

Poi il quartiere gli era andato stretto, il rapporto col padre era diventato teso, dopo la laurea in Lettere si era messo in testa di voler lavorare in editoria, di voler fare cose coi libri, ed eccolo a ricevere colpi, ghigni e sputi, un giorno sì e l'altro pure. La sua psiche non aveva retto alla prova del diventare adulti, era così evidente da sembrare meraviglioso. Come poteva non averci pensato prima: lui non ce l'avrebbe mai fatta.

Loris inizia ad aprire i cassetti, prende le cose che trova – dalle mutande alle videocassette, dalle cartoline alle fotografie, dai disegni di Jo a una sua ciocca di capelli – e le mette con cura in un sacco nero della spazzatura, e insieme a loro vanno il calendario di Monet preso a Parigi, la finta pianta di cactus sulla scrivania, il manuale di letteratura del Novecento, i biglietti dei musei e delle mostre.

Gli occhi scelgono ma quasi non vedono, seguono le mani che da sole fanno bottino del fu Loris.

Sul telefono suona una sveglia che gli ricorda che ha solo mezz'ora per prendere il treno del ritorno, mentre lui maneggia una cornice: è divisa a metà, da una parte c'è una fotografia di lui a otto anni circa, è nell'orto e ha un cappellino in testa, nell'altra c'è Jo alla stessa età con una gonna rossa, i codini bassi, al parco sotto casa. Gliel'ha regalata lei al loro primissimo anniversario, ci ha appiccicato sopra due farfalle tagliate a mano e un paio di fiori.

Zittisce la sveglia e si asciuga il viso dal malanno di averli persi tutti e due, lei e la sua gonna rossa, lui e il suo cappellino.

Prende il cellulare e scrive un messaggio a Jo.

Ho usato i tuoi soldi per prenotare una colonscopia, non so quando potrò ridarteli.

Invia e poi rimette il telefono in tasca, non serve neanche

scusarsi, quali scuse potrebbe addurre a una mancanza di decenza del genere, al bisogno di nutrire la propria malattia fino all'ultimo boccone, al tradimento della sua fiducia, della sua pazienza.

Guarda ancora la doppia cornice prima di posarla nel sacco nero.

Cosa succederà a quel ragazzino nella foto lui lo sa, eppure non può fare niente per salvarlo, né da sé stesso né dal dolore, perché così avviene: il male arriva e passa schiacciando e livellando, deviando il corso del fiume che sei stato.

*

Sta succedendo strano, disse Gelo.

E si affacciò alla porta finestra della cucina, sudato, mentre Loris e Tempesta facevano insieme i compiti di inglese. Dovevano riempire gli spazi vuoti in un breve brano dove si parlava di cavalli e di corse, fantini caduti, scommesse vincenti.

Tempesta si levò gli occhiali dal volto e lo guardò con aria interrogativa.

Quel piccione, quello non va via, spiegò meglio Gelo e fece segno a entrambi di seguirlo.

Era quasi ora di pranzo e il sole picchiava dritto, Tempesta mise il cappello di paglia e sollecitò Loris a prendere il berretto.

Mentre camminavano spediti verso l'orto, Loris si accorse per la prima volta che Tempesta zoppicava un po' e si appoggiava male sulla gamba sinistra portandosi spesso la mano al fianco, come se da là partisse il dolore. In effetti lo aveva visto spesso tenere le gambe sollevate contro lo schienale del divano, in una posa buffa e curiosa. Il nonno si era giustificato parlando di problemi alla circolazione, robe da vecchi, robe da Baggina – come avrebbe detto la nonna di origini milanesi –, niente a cui dare troppo conto, cinque minuti sottosopra ed era come nuovo.

Tempesta comunque, anche se sciancato, andava veloce quanto il bambino e le sue gambe arcuate navigarono con certezza tra l'erba, superarono la barriera dei corbezzoli ed entrarono nell'orto.

Gelo aveva una canottiera bianca sporca di terra e le bretelle di Tempesta a tenere i calzoni, un'abitudine, quella delle bretelle, che aveva ereditato dall'italiano e che anche Loris avrebbe voluto avere da grande, per evitare la cintura che stringeva e segnava la pancia. Gli sembravano così eleganti e suggestive, davano tutto un altro carattere a una semplice maglietta e jeans da campagna.

Il dito di Gelo puntò verso l'alto, subito sopra alla voliera.

E fu così che lo videro: il Killer volava in cerchio sulla gabbia ed emetteva suoni acuti, richiami a cui ogni tanto gli altri piccioni rispondevano da dentro, un animale del deserto, un falco in cerca di preda.

Com'è possibile? Tempesta era stupito quanto loro, si coprì gli occhi alla meglio con la falda del cappello e incredulo seguì con le pupille il Killer che volteggiava e ogni tanto scendeva di quota come se avesse voluto tuffarsi in acqua, dopo tornava su e stava nell'aria al modo dei gabbiani.

Be', lascialo perdere, se ne andrà, non so perché fa così…

Tempesta confabulò con Gelo, e il secondo improvvisò segnali all'uccello per fargli capire che non era il benvenuto e doveva mettersi in viaggio verso altre terre, coste, fiumi, città.

Eppure, i suoi tentativi non vennero riconosciuti come una minaccia o un velato consiglio: il Killer non si dava per vinto.

Davanti agli occhi di Loris passava l'immagine dell'altro colombo, quello masticato, sanguinante e giovane, il ferito e moribondo che avevano dovuto seppellire, e davvero non capiva questo fatto al contrario, dove la prigionia consisteva nello stare fuori e la libertà nello stare dentro. Di certo il Killer non ne voleva sapere di fare il colpevole e accettare la pena.

Cose pazze, Gelo scosse la testa e si mise le mani sui fianchi col mento in alto, assunse la stessa posa che aveva poco prima Tempesta, e accostati erano proprio due ombre, due personaggi dello stesso film.

Decisero di rientrare in casa convinti che il Killer se ne sarebbe andato da solo per la stanchezza, forse era spaesato visto che erano i primi giorni e non aveva l'abitudine del volo e della fuga, di tutto quello che ora lo circondava e lo spaventava.

Tempesta chiuse il quaderno dei compiti di Loris, una volta in cucina, e prese delle friselle dalla credenza, le bagnò, ci buttò sopra aceto di vino, olio e sale, poi preparò basilico e pomodorini, un cucchiaio di salsa, le olive tagliate a filetti e mise in tavola.

Per lui e Gelo aggiunse il berberè piccante, per Loris poco pepe, e così mangiarono in silenzio, ancora sbalorditi, poi fecero ipotesi sul Killer, su cosa gli circolasse in testa e nel sangue, quale consapevolezza. Tempesta continuò a ripetere che era solo questione di tempo, non avrebbe resistito molto là fuori, si sarebbe arreso al vento.

Eppure il Killer non la pensava così e i giorni dopo, per tutta la settimana, tornò a volare sopra alla gabbia e lo fece come se fosse l'unica cosa che sapeva fare, l'ultima che gli restava.

Ogni mattino Tempesta e Gelo andavano a controllare e borbottavano nella sua direzione, lo scacciavano, gracchiavano e lanciavano urli per metterlo in fuga.

Loris ormai non aveva pensieri che per quella resistenza cocciuta, si sedeva all'ombra nei pomeriggi, mangiava qualche susina spellandola con le unghie e poi fissava l'uccello e le sue ali contro un cielo di nuvole piccole.

Forse aveva dimenticato qualcosa nella gabbia, un tesoro sepolto, un avere prezioso, e per questo attendeva di rientrare, recuperarlo e poi darsi alla macchia. Poteva essere un orecchino d'oro, portato in pancia per mesi e poi sputato in un angolo della voliera, come avrebbe fatto una gazza ladra; poteva essere un filo d'erba che gli ricordava una giornata particolare, un pezzo di stoffa, una scorta di granturco ammonticchiata con zelo e fatica, doveva esserci un motivo, un gioiello, una memoria.

A casa, dai genitori, Loris s'era dimenticato presto del passerotto e della bugia materna, adesso non faceva che parlare del Killer, del suo tormentato passato, del suo bottino nascosto e della sua testa dura.

Sandro s'era fatto l'idea che tutta questa storia dei piccioni portasse solo rogne, tenere gli animali senza un motivo, ad azzuffarsi tra loro, era un'idea bislacca che poteva venire giusto a Tempesta.

La madre invece aveva pensiero solamente per i compiti che Loris faceva a singhiozzo e per quel cadaverino trovato sotto al letto, che non la faceva dormire bene la notte: continuava ad aprire la scatola da scarpe e a vederlo, l'uccellino nudo e morto, una cosa marcia da buttare.

E quell'odore pareva non andarsene più via, da quel giorno non era riuscita a comprare le uova e a fare una frittata, le sembrava impossibile che passasse l'angoscia dei tuorli e degli albumi.

A Loris spiaceva che loro non capissero la forza del mistero e dell'arcano, mentre lui appena sveglio correva in bagno a lavarsi e a vestirsi perché voleva sbrigarsi e andare sotto alla voliera, controllare, essere certo che quella promessa venisse mantenuta in maniera efficace e assoluta: la promessa della fedeltà.

Il Killer non lo deluse, anche se per un giorno non si faceva vedere, poi il successivo eccolo di nuovo appollaiato sulla quercia che fissava a occhi nerissimi la voliera e se ne sentiva attratto come da un grembo materno, l'irresistibile sicurezza di tutto quello che conosceva e che sapeva.

Gelo: Io dico non va via.

Loris: Io pure dico non va via.

Tempesta: Eh...

Erano tutti e tre nella posa delle mani sui fianchi e il mento in su, a valutare l'entità del problema, quando il Killer tornò a volare e continuò la sua danza della nostalgia.

Così, alla fine, non ci fu altro rimedio che aprire la porta della gabbia, a questo punto nessuno di loro aveva paura che gli altri scappassero, ma si prepararono a vedere come avrebbe reagito il Killer a quell'indulgenza, a quel perdono.

Il colombo non perse un attimo e scese rapido, atterrò al bordo della voliera, varcò la porta e rientrò zampettando, come un figliol prodigo, pronto a ricevere i rimbrotti del padre e il cibo della madre.

Tempesta sospirò e chiuse la gabbia, s'era arreso all'evidenza che a lasciarlo fuori il Killer sarebbe morto di stenti e disperazione, e per quanto avesse voluto punirlo con l'ostracismo, non se la sentiva di raccogliere un altro corpo nell'orto e dovergli fare sepoltura.

Loris guardò il Killer riprendere confidenza con gli spazi, il granturco, l'acqua nei portavasi.

In pochi giorni la macchia sul petto sarebbe sparita e lui da assassino sarebbe tornato a essere un colombo qualsiasi, nessuno di loro sarebbe stato più in grado di riconoscerlo, come il pericolo che detesta d'essere nominato ed esporsi alla luce del sole.

COLONSCOPIA

Andando via dalla casa dell'infanzia Loris scende i gradini con rapidità, ha un treno da prendere.

Gli inquilini del piano terra sono cambiati e la loro porta d'ingresso è spalancata, si può guardare dentro e lui allora guarda, aspettandosi un mobiletto basso dove posare le chiavi, un portaombrelli, l'attaccapanni colmo di impermeabili e cappotti di lana, invece, sul letto rivolto alla porta, è sdraiata una donna.

Ha il corpo largo, sembra un uovo cotto, indossa una camicia da notte sfatta e bianca, a canottiera e senza disegni, sotto alle ascelle il sudore è scuro, i capelli sono tenuti in cima alla testa con un elastico, sono grigi e ricci, di un grigio raccolta indifferenziata e di un riccio alga di mare.

Loris non riesce a non indugiare, le piante dei piedi della donna sono sporche di polvere e lei parla in una lingua slava che lui non capisce, dice una frase a qualcuno che è appena uscito di casa e poi forse proprio a lui, per suggerire di affrettarsi.

Loris accelera il passo ed esce nell'atrio col fiatone, le orecchie fischiano come quando s'alza troppo rapidamente dal letto, non sa perché ma quell'immagine lo ha disturbato, non riesce a capire come a quella famiglia sia venuto in mente di posizionare il letto matrimoniale così, visibile dalla soglia dell'appartamento.

Era stato fatto per poter essere mostrato o per essere un punto d'affaccio sulle scale e sul viavai degli altri condomini? Da dentro la casa arrivava un odore di chiuso e di incenso, le gambe della donna erano quasi dischiuse, seppure stese, e a lui era venuto il dubbio che non stesse indossando le mutande.

Ci ha pensato per tutto il viaggio di ritorno verso Monteverde e lentamente, senza drammi ma senza sosta, è salito un senso di vertigine, gli è parso quasi di spiare dentro a una camera d'ospedale, controllare la biancheria che andrebbe cambiata, impicciarsi della terapia farmacologica, voler visitare all'ora dei pasti.

Non sa perché ma di nuovo avviene il travaso, l'osmosi: è lui su quel letto, la carne è lievitata come la pasta tenuta al caldo, l'incenso serve a coprire l'odore di sudore e immobilità, se prova a guardarsi le gambe già le vede venose e gonfie, segno dell'incapacità di trascinarsi fuori casa, della prigionia e dell'esilio.

Si rende conto che da tempo non pensa al proprio futuro, a quello che verrà, ma solo alla fine della giornata, al risvolto del pomeriggio, al passaggio di stagione, non riesce a immaginarsi oltre, cosa accadrà quando – e la questione è imminente – perderà la casa, perderà l'amore, perderà il lavoro, sarà il momento di d-evolvere, tornare feto, embrione, cellula, ancora prima dell'età bambina, nella fase dell'inseminazione, ricominciare dallo sperma e dall'ovulo.

Nell'idea che ha di sé – sul treno regionale in direzione Roma Tiburtina – lui ha sempre trent'anni ma ne dimostra via via di più, bastano un occhio spento, le labbra troppo sottili, i muscoli delle braccia molli per uscire dalla gioventù.

Tiene il telefono in tasca e si sforza di non guardarlo, anche se lo sente vibrare perché Jo lo sta chiamando, ne è certo, e risponderle vorrebbe dire accettare che è finita, questa storia d'adolescenti cresciuti troppo e adulti troppo adolescenti.

Ha scaricato il sacco nero nel salotto dei genitori e non ha avuto il coraggio di portarlo lui dabbasso, ha chiesto loro di farlo e ha aggiunto che vuole pulire la stanza, gli sembra quella di un morto.

Il lunedì mattina manda una e-mail in redazione, non può andare in ufficio per due giorni, ragioni di *salute*, e ogni volta che scrive salute sente già lo sbuffare dei colleghi, gli occhi al cielo del direttore, dopo quella scenata con l'ufficio stampa devono trovare un modo per farlo fuori, ma stanno aspettando il momento giusto e se è malato non va bene, che sia almeno sano per prenderlo a calci senza sensi di colpa.

Ha stampato la lista delle cose che deve fare per la giornata in modo da essere pronto per la colonscopia.

Inizia con un succo di frutta all'arancia rossa, lo scuote e lo mette nel bicchiere, lo butta giù, per una volta evita i fermenti lattici, e sente la pancia muoversi in attesa di quel minimo cibo mattutino – uno yogurt, due biscotti – con cui di solito riesce a zittirla.

Siede al piccolo tavolo davanti all'angolo cottura e riempie di nuovo il bicchiere, butta giù ancora, e la colazione è finita.

Ha deciso che non leggerà perché potrebbe distrarsi e saltare gli orari giusti per le varie fasi, quindi resta seduto al tavolo, nelle due ore successive il proprietario bussa alla porta e chiede che apra perché devono parlare dell'affitto, Loris ha detto la sera prima al padre di smettere di pagarlo, il proprietario ha un mese di caparra, se lo facesse bastare.

Sandro gli ha chiesto: E dove pensi di andare?

Loris ha risposto: Non lo so.

In effetti non lo sa, ma ha deciso che a quell'uomo non darà più un soldo, né suo né del padre, per arricchirlo e farglieli spendere in cene take-away e stivali dalla punta di ferro – si veste molto male secondo Loris, indossa abiti troppo attillati sulla pancia e scarpe americane fuori contesto, e quindi perché foraggiare la sua assenza di buon gusto, non ne vede la ragione.

A mezzogiorno si cuoce del semolino in una pentola bassa piena di brodo di dado alle verdure, lo gira per non farlo attaccare e cerca di non esagerare con le quantità, non vuole diventi troppo denso, deve rimanere liquido, aiutare il momentaneo senso di sazietà che lo faccia resistere fino al giorno dopo.

Non può dedicarsi ad altro se non a quel cucchiaio, a quell'acciaio, a quella semola, gli sale la voglia, il desiderio d'accelerare i tempi, farsi visitare nell'immediato, forse gli daranno un tranquillante per pietà, altrimenti sarà prontissimo al dolore della sonda che percorrerà ogni sua zona cava.

Si affaccia l'ipotesi che davvero il gastroenterologo – lo stesso della visita durata quindici minuti – possa trovare qualcosa e Loris, a questo punto, sa che ne sarebbe quasi soddisfatto, perché proverebbe di avere davvero una malattia terribile, atroce e irrimediabile, e tutti sarebbero costretti a scusarsi con lui per non averlo preso sul serio, per averlo allontanato, non sopportato, non compreso, mentre lui sapeva, sapeva benissimo che stava accadendo la sciagura, dovranno pregarlo di perdonarli in ginocchio, in lacrime, quelli che ridacchiavano e rispondevano: Ma dai, anche mia zia pensa sempre di avere un malanno, e poi non c'ha niente.

Cos'è il niente, si chiede Loris mentre versa il semolino in una scodella e lo porta sul tavolo, è caldo e lui soffia sulla superficie, aggiunge olio e sale, mescola e soffia ancora.

E se non hai niente allora sei reo di misfatto, andrebbe istituita la galera per tutti questi codici bianchi, questi col dolore al petto per l'ansia che disturbano i cardiologi, questi con la tremarella e la pisciata facile, questi coi boli isterici in gola che credono di aver inghiottito qualcosa di appuntito, questi con i capogiri, l'acufene, gli spasmi muscolari, la difficoltà a respirare, la smettessero di pretendere attenzione, di rubare tempo al vero male, quello che si può riconoscere e scomporre, indovinare dalle ecografie.

Il semolino scende in gola bollente, ma Loris continua a mangiarlo senza voler aspettare, ora la fame è cresciuta, mancava da tempo, ma proprio oggi che non può mangiare eccola rinata e splendente, una fame che brucia la pancia e lo fa sentire affaticato.

Poi per due ore – messi i piatti nel lavello e riempita la prima bottiglia di plastica con l'acqua del rubinetto – può buttarsi sul letto, fissare il soffitto e pensare a Jo coi capelli tagliati cortissimi, aveva vent'anni e le orecchie a ventaglio, era convinta di andare in Messico da sola per vedere la casa di Frida Kahlo e lui le aveva risposto: Povera Frida, è finita su tutte le tazze e le spille del mondo, la sua faccia sembra quella di Babbo Natale, pronta per i regali delle feste.

Non sa perché da un momento in poi ci ha preso gusto a sminuirla, a farla sentire da meno, forse per compensare quel meno che sentiva lui, la riduzione dell'appetibilità, e lei gli chiedeva allora che ci stai a fare ancora con me? E lui rispondeva: E tu, cosa ci stai a fare con me?

Nessuno dei due aveva la risposta, nessuno dei due la condanna, si andava avanti per inerzia e imperizia, il futuro cos'era se non una macchia scura, una nube interstellare fatta di gas e polveri.

Sono le due di pomeriggio ed è ora della prima purga, la scioglie in un bicchiere d'acqua e la annusa, ha un pessimo odore, prova a berne un sorso e subito il sapore pungente e chimico gli fa salire un conato, allora si tappa il naso, pensando possa aiutare, ingolla un altro sorso, ma è peggio del precedente, a ogni sorso il sapore diventa più marcato, intollerabile, un gusto alieno, mai sentito prima.

Loris tossisce per il fastidio alla gola, poi riprende a bere e prega – fondamentalmente sé stesso – perché finisca presto quest'acqua colma di disgusto, pensa a qualcosa di buono, l'orzata, la birra intensa, il tamarindo, ma cambia poco e lui si fa forza dicendo che è solo un bicchiere, e mancano poche ore, poi potrà raggiungere il sollievo e la verità.

Finisce l'ultimo sorso e inizia a berci sopra i due litri d'acqua, li sente ingrossargli lo stomaco, renderlo lacustre, ora dentro la sua pancia c'è uno stagno di ranocchie e ninfee, il sapore ferroso della purga si sta diluendo e alla fine del primo litro scompare dalla bocca, ma lui sente che non ha spazio per altra acqua e si ferma, respira a fondo per qualche minuto, guarda la luce fuori dalle sue serrande chiuse, è ancora pieno pomeriggio e il tempo va lento e riottoso, si ribella al suo desiderio di far presto.

Dopo l'assunzione, per un'oretta non succede nulla e lui cerca online informazioni sui tempi di evacuazione della purga, perché ha il dubbio di aver sbagliato qualcosa, legge un paio di volte il foglietto illustrativo per essere certo di non aver dimenticato qualche passaggio, finché non sente una fitta alla pancia e corre in bagno.

Da quel momento iniziano le sue peregrinazioni tra il letto e il bagno, il divano e il bagno, la sedia e il bagno, ma anche lunghi minuti seduto mentre il corpo si svuota di ogni scoria, di ogni nutrimento, e lui continua a bere acqua, ha paura di disidratarsi, ha nausea, bruciore, tremore, si tiene la fronte col palmo della mano e si ripete che è per sé stesso che fa tutto questo, per potersi curare, perché per estirpare qualcosa bisogna trovarlo, allora si tira, si scuote la terra secca, si scoprono le radici, e zac zac, ecco che si taglia.

Alle otto di sera il viavai non è finito ma lui deve aprire la seconda busta e versarla in un secondo bicchiere, bere di nuovo il liquido dal sapore rognoso e dall'odore di fogna, lo immette nel corpo pensandolo un'acqua miracolosa, che viene da una fonte d'altura, da quei rivoli che escono senza contaminazioni dalle rocce più a nord, e che contengono solo sali minerali e poco sodio, arriva al fondo e sente le labbra indurite, secche e stracche.

Inizia a pesargli la testa sul collo, la fa ciondolare mentre si guarda l'ombelico, ha deciso di rimanere nudo, in modo da potersi sciacquare meglio ogni volta, e in una mezz'ora di pausa riesce anche a farsi la doccia, prima che lo svuotamento continui e cacci fuori dal suo ventre rimasugli ormai liquidi, ombre di digestione, la fame lo sta facendo boccheggiare e sente che potrebbe anche svenire, andare lungo sul pavimento.

Verso la mezzanotte sa di essere completamente vuoto, l'involucro di una cicala, ha fatto uscire tutto – si ripete – il male e il bene.

Ha la vista storta, la pancia piattissima, come non la vedeva da mesi, tirata sulle ossa del bacino, lucida sui fianchi, si arrotola i peli dell'ombelico intorno al dito e li tira piano per sentire qualcosa di inatteso.

Afferra il cellulare e mette a tutto volume la playlist su Spotify dei suoi compositori contemporanei preferiti, gli sembrano adatti a quelle poche forze, il suo corpo potrebbe infatti farli risuonare come una cavea, una sala vuota dalle pareti in legno.

Le melodie cominciano e ora è notte fonda, potrebbe dar fastidio ai vicini, eppure ormai già non li considera più tali, si sente altrove, nel luogo che neanche lui sa e a cui sta per approdare.

Eccoti, dice quando vede Catastrofe apparire.

È bellissima, ha un velo da sposa in testa, un mazzo di gelsomini nelle mani, l'anello di sua madre al dito, dietro al velo Loris non riesce a scorgerle il viso ma non gli importa, sa che sorride, radiosa e piena di luce, lei si muove per la stanza e si sdoppia, si triplica, riempie lo spazio con le copie di sé stessa.

Sono intorno al letto e vegliano su di lui, sono tutte sue spose, lui è per tutte pronto all'altare, faranno un banchetto sontuoso, per gli ospiti ci saranno ostriche e pesce crudo, un'intera forma di parmigiano, fagiano ripieno, dolci allo zabaione.

Mi piace lo zabaione, dicono le Catastrofi.

E Loris annuisce: Ci sarà per voi di certo lo zabaione, non ne dubitate.

La musica che li accompagna pare proprio adatta a danzare in punta di piedi, un valzer, una mazurca, un semplice lento *cheek to cheek*, ma deve prima indossare anche lui l'abito giusto, allora eccolo in smoking bianco, come un cameriere di lusso, un gelataio pieno d'eleganza.

Non vuole che nessuna di loro si senta trascurata e quindi, quando si alza, le invita a ballare a una a una, quella danza di festa, quella danza d'acqua e liberazione.

*

Lo hanno sondato, il medico ha detto che si era ripulito a dovere e che era riuscito a salire fino all'ileo, gli hanno dovuto dare un tranquillante, a ogni ansa sentiva un dolore assoluto, di qualcosa che da dentro scava e ti sta mordendo per trovare spazio, bucare le tue pareti.

Una delle infermiere voleva essere simpatica, gli ha chiesto che lavoro faceva, dove viveva, se aveva la ragazza – domande banali in un contesto banale – e Loris non ha saputo rispondere, ha farfugliato qualcosa sul fatto che è un periodo di passaggio il suo e che sta cercando di capire, lei ha commentato con un laconico: Eh, voi giovani. Anche se a conti fatti a Loris pareva di avere più o meno la sua età.

Nella posizione fetale, con gli elettrodi attaccati al petto e la schiena scoperta, il sedere pronto all'ingresso della sonda, si è sentito sperduto, un infante appena nato, arrivato sotto quelle luci cariche e lattiginose senza però ritrovare il grembo della madre.

Dove l'avete messa, avrebbe voluto gridare, dove avete ficcato la donna che mi ha appena partorito.

Nei momenti più difficili a volte pensa a sua madre, al suo saper oscillare tra la tenerezza e l'ansia con incredibile rapidità, e anche a tutte le pene che le ha causato, quando ha scoperto che lui leggeva troppo per essere normale e aveva superato la soglia del piccolo dotto per diventare un caso da studio, un intricato enigma.

La clinica lo ha accolto con precisione, non ha dovuto aspettare molto, è andato all'accettazione e ha spiegato che non può fare una colonscopia operativa con prelievo di tessuti se il medico lo riterrà necessario, perché ha solo cinquecento euro e con quelli deve fare l'analisi.

Il tipo alla cassa lo ha guardato e ha alzato le spalle senza aggiungere considerazioni in merito, ma Loris ha subito pensato lui sapesse che quei soldi li aveva presi con l'inganno, estorti con una bugia alla sua chissà se ancora fidanzata, dopo un ultimo anno da incubo in cui di sesso ne hanno fatto poco e male, alle uscite lui era assente o dolorante e nel resto del tempo si lamentava per la casa, per il lavoro o aveva bisogno di mostrarle video inquietanti dove una donna stava affrontando la ricostruzione *step by step* della sua faccia perché era stata assalita da tre cani a cui avrebbe dovuto fare da dog sitter e che le avevano strappato il naso e la bocca.

La sua pancia dopo l'esame è vuota e dolente, quando alla fine va al bar della clinica e prende un cornetto e un succo di frutta fa fatica a sentirli entrare nel corpo, sembrano mattoncini in cotto, hanno un peso abbastanza intollerabile. Più che dare sollievo il cibo gli ricorda che certi esami strumentali non si fanno a cuor leggero e se il medico dice che ti riprenderai in un'oretta devi mettere in conto un paio di giorni, prima di sentirti ristabilito del tutto.

Eppure nessuna di queste difficoltà lo ha spronato a fermarsi, ad alzare una mano mentre era su quel lettino e a dire: Va bene, facciamola finita adesso, mi sento benissimo.

Anzi, ogni intrusione, ogni movimento nel suo ventre era uno spillo di compiacimento che raggiungeva quasi il piacere, o almeno lo costeggiava, era esattamente al punto di incontro tra bene e male, perché come al solito stare in un ospedale o in una clinica lo fa sentire protetto, meno solo.

Rientrato a casa avrebbe voluto telefonare alla madre o a Jo per comunicare l'esito, per leggere insieme il referto, ma questa missione l'ha compiuta in assoluta solitudine, non può sedersi al tavolo con i suoi affetti, domandare ascolto quando gli fa più comodo.

Negative l'ispezione della regione anale e l'esplorazione digitale del retto. L'esame endoscopico è stato condotto fino al fondo ciecale e a visualizzare 20 cm di ileo distale che non ha mostrato alterazioni della mucosa. Il colon è lungo con anse coliche sul traverso convolute. Su tutto il tratto esplorato sono stati osservati aspetti di normalità della superficie mucosa con reticolo vascolare e plicatura nella norma. Nel sigma è presente un lieve edema della mucosa, mentre il retto è di normale aspetto. Su tutto il colon e nell'ileo si segnala un aumento evidente della peristalsi.

La colonscopia è uscita pulita, non ha niente, il gastroenterologo gli ha detto: Hai un colon invidiabile e solo, come ti avevo già spiegato, un po' di irritabilità legata a forte stress, devi affrontare la questione in altro modo, insistere con gli accertamenti non serve.

Quel *come ti avevo già spiegato* lo ha fatto innervosire, aveva ancora l'ano dolorante, spurgante sangue, bruciante come se fosse stato toccato da un sigaro, e si era dovuto trattenere dal buttare all'aria il lettino e tutto l'armamentario, avrebbe volentieri fatto un falò di quella loro strumentazione, di quei loro sorrisi rassicuranti, i sorrisi di chi è stato profumatamente pagato per ispezionarlo e scoprire che è solo un paranoico e che sarebbe ora di prendere dello Xanax, mettersi a dormire e non disturbare il resto dell'umanità.

Sì, è stato anche felice quando il medico ha detto che sta bene, ha sentito una scarica di gioia, è durata parecchio, una sensazione piena e gustosa per la quale avrebbe anche potuto saltare, correre, arrampicarsi sui muri, un'energia benefica che lo metteva al riparo dalla vergogna.

Anche questa volta però c'era odore di sconfitta, perché ha avuto una risposta chiara e precisa, ma cosa ha detto e fatto per averla, a cosa si è spinto e quanto ha dovuto patire nelle ultime ventiquattro ore, quanto di sé ha evacuato. Gli pare di avere tirato lo sciacquone su vene e tendini, su muscoli e ossa, di essersi perso le arterie e di non sentire più gli organi al proprio posto, di essere diventato un altro, un Loris cieco e sordo al mondo che ha sé stesso come unico, definitivo obiettivo.

Da quanto non apre un giornale o non accende la radio per avere qualche notizia, da quanto non si interroga o non ha un'opinione sulla realtà politica, sociale, umana e civile, da quanto non va in una piazza a vedere le persone scioperare per unirsi a loro, da quanto non incontra un amico o un conoscente per discutere di letteratura e politica fino a notte fonda seduti ai bordi dei sampietrini di Roma, da quanto non sorride a sua madre per un romanzo sudamericano che ha letto, per come le sta bene una collana, da quanto non fa l'amore concentrato in quell'atto e basta come se il resto del mondo fosse in un universo distante, da quanto non legge con calma, per capire, per studiare, per appassionarsi, per piangere, e invece succhia libri come i vampiri fanno col sangue, da quanto, insomma, è regredito, tornato indietro ai suoi dieci anni.

Adesso è sotto la doccia, cerca di levarsi la patina che la clinica gli ha lasciato addosso, uno strato trasparente di malattia. Si passa le dita nei capelli e un mucchietto gli resta incastrato tra le unghie, li butta nello scarico senza raccoglierli o contarli, li sta perdendo e non riesce a stare dietro a tutto, né al suo linfonodo che non si degna di diminuire in dimensioni, né al suo sesso che non reagisce ad alcuna sollecitazione, né alla pelle disidratata, ai denti ingialliti, ai talloni screpolati. Essere perfetti costa troppa fatica, e lui ora ha un sonno incredibile.

Con le mani si lava le ascelle e tra le natiche, il retro delle ginocchia, si piega e pulisce tra le dita dei piedi, e quando tira su il capo lo sente buio e vede distintamente una scena, come se un sipario venisse aperto sul passato.

Sono sulla strada che porta a Testa di Lepre, lui e Tempesta la stanno percorrendo che è quasi sera per tornare a Ottavia, ci sono le piante alte che si chiudono sull'asfalto e la prostituta amica di Tempesta non si vede, la sua sedia è rotta e vuota, avrà cambiato posto.

Si fermano alla macelleria per comprare della carne prima che chiuda, il bancone è lunghissimo e pieno di fettine, rollè, polpettoni, hamburger, polpette, costate.

Tempesta compra la carne per farla alla brace e dice all'uomo che sarà l'ultima per un po', Loris non sa a cosa si stia riferendo e lo osserva confuso, quando salgono in macchina gli chiede perché ha detto così, come mai non potrà più mangiarne.

Tempesta guida, l'odore di mucca macellata riempie l'abitacolo, e gli spiega che dovrà andare in ospedale, non va bene al bagno, ha problemi di pancia e dolore forte alle gambe, il padre di Loris lo ha convinto a farsi controllare, dicono che deve stare a dieta. Ma prima faranno una festa, un pranzo come si deve, Gelo mangerà almeno due bistecche, ne è sicuro. Sai, le solite sciocchezze, le manie di tuo padre. Sto benissimo. Sono sano come un'acciuga, dice Tempesta. Non mi vedi?

Loris posa la mano sul miscelatore e chiude l'acqua per uscire dalla doccia, sente addosso la puzza della carne cruda.

*

Ha fatto un sogno.

Camminava per strada, voleva andare a un ristorante, glielo avevano consigliato.

Fuori, nella veranda del locale, c'erano solo due signore bionde sedute davanti a un piatto di gulasch e due bicchieri di vino rosso, all'interno, la sala principale era vuota, i tavoli non erano apparecchiati, le mura erano bianche e polverose, il pavimento in cotto era freddo, sentiva il gelo attraverso le scarpe.

Un cameriere lo ha fermato per chiedergli cosa stesse cercando, lui gli ha detto di voler mangiare della zuppa di carne e mais, e allora l'altro lo ha condotto giù per delle scale ripide, al piano di sotto c'era una piccola sala, un uomo coi baffi era pronto a suonare la pianola e i tavoli erano gremiti di gente, non c'erano finestre e l'aria odorava di brodo, un secondo cameriere lo ha avvisato che non c'era posto lì, ma avrebbe potuto mangiare di sopra nella stanza vuota, da solo.

Il pavimento era ancora freddo, Loris aveva fatto segno di no con la testa, capiva cosa gli stava dicendo il cameriere ma sapeva di non poter parlare la sua stessa lingua.

Era uscito mentre l'aria spostava le foglie da terra. Nella cittadina il meteo era imprevedibile, due giorni prima la temperatura era scesa sotto lo zero e durante le giornate successive, invece, il caldo li aveva fatti boccheggiare.

Ora dal basso il vento passava tra le case e le strade vuote, palazzi dall'aria sovietica si intervallavano ad ampie ville viennesi, proseguendo Loris andava verso la fiera dei fiori che stavano allestendo, i giorni dopo le vie verso la Casa della Cultura sarebbero state riempite di garofani, margherite, tulipani e peonie. Doveva cercarle, le *bujori*.

Arrivava a piedi nei pressi della facoltà di Medicina e passava svelto e senza pensieri davanti all'ala dedicata agli studi di anatomia, finché non gli cadeva l'occhio sul seminterrato del palazzo, era notte ma la luce era accesa. Quattro studenti vestiti con camici verdi, cuffie e le dita nei guanti di lattice circondavano un tavolo operatorio e si passavano di mano in mano un organo sanguinante, un cuore, forse.

Loris non poteva fare a meno di pensare che per alcuni il sangue è solo un liquido come l'acqua, la Coca-Cola, la gazzosa, ma per lui no, per lui è una cosa precisa, un momento preciso.

Al risveglio si alza, è intorpidito, l'intestino gli duole per colpa della colonscopia, si sente come se qualcuno lo avesse preso a pugni in pancia con le nocche coperte di anelli d'oro.

Sta ricominciando a mangiare, ma quella fame atroce ha lasciato il posto alla spossatezza e non è ancora riuscito a godersi un pasto completo e nutriente. Accende il bollitore per scaldare l'acqua e farsi un tè, tira fuori uno yogurt dal frigorifero, è rimasto quello ai frutti di bosco che ha comprato per sbaglio.

In realtà questo è stato il suo secondo risveglio, il primo è capitato all'alba, si è ritrovato le gambe bagnate dallo sperma, le mani nelle mutande, si è masturbato tra la veglia e il sonno, forse su un altro sogno che non ricorda, il corpo ha

buttato fuori il suo desiderio mentre non era del tutto co-
sciente, come un movimento non intenzionale, una reazione
chimica, un contrarsi di viscere, ma non c'è soddisfazione
se non si è vissuta l'eccitazione, il movente, le immagini del
piacere, restano solo l'esito sporco e lo svuotamento.

Decide di rispondere per messaggio a Jo, telefonarle gli
sembra impossibile, le scrive che ha ripulito la stanza dai
loro ricordi ed è stato come raschiare via qualcosa dal fondo
con un cucchiaio, per eliminare la ruggine.

Le chiede di vedersi, pensa sia necessario parlare di persona e lei risponde: *Va bene*. Gli dà un orario per il tardo
pomeriggio, prima lavora e deve chiudere delle cose importanti in ufficio.

Loris la aspetterà a gambe incrociate, nella posa del
non-malato, con la schiena eretta e lo sguardo vigile per affrontare le conseguenze dei suoi errori, come i bravissimi
adulti, i trentenni istruiti.

Accende il PC e va su YouTube, sente di averne bisogno
per almeno un'oretta prima di provare a fare qualsiasi altra
cosa – quale, poi? Iniziare a riempire le valigie? Cercare per
strada degli scatoloni da supermercato?

Controlla gli aggiornamenti di Maddie: finalmente ha
messo online il link.

È una raccolta fondi per donare dei soldi utili alle sue cure, la madre di Maddie ha avviato il tutto, e lei ha scritto un
lungo sfogo in cui ha elencato i medici, le diagnosi, le analisi
fatte, ha messo in fila le possibili cure, le possibili spese, ha
cercato di dare ordine al cancro.

Ci sono nuove fotografie nel suo profilo Instagram, ha dovuto tagliare i capelli, non del tutto ma più corti per essere
preparata, le hanno detto che stavolta, con le prossime cure,
anche lei potrebbe perderli, non si mostra più così sorridente
e la sua pelle è pallida, il viso sembra più magro, c'è una im-

magine direttamente dall'ospedale con una flebo attaccata alle vene, e Loris si domanda se la vedrà morire.

Non sa se è pronto a seguire questo processo di perdita e sparizione eppure lo attrae, lo chiama, lo incuriosisce, come fanno le persone a vivere la morte, come trovano il coraggio di stare al mondo giorno dopo giorno, cosa sta nella loro testa di fronte alla fine, e lui come reagirebbe, come avrebbe reagito se dalla colonscopia fosse emerso qualcosa, se gli avessero dato due mesi di vita, millecinquecento ore, una sequenza di secondi che viaggia veloce verso la sua esistenza interrotta.

Mentre ingoia i primi assaggi dello yogurt e sa che non ha mai amato quel gusto di foresta – gli sembra selvatico e artificiale insieme –, pensa ai video dei bambini nei letti degli ospedali, ai padri che sentono la necessità di aggiornare il loro pubblico sul numero di aghi nel braccio dei figli, alle giovani donne che si filmano nei negozi specializzati mentre comprano parrucche con cui sostituire i capelli appena persi e poi confrontano i prezzi, la morbidezza, la lunghezza, il peso. C'è chi intitola l'ultimo video con la dicitura: *La notizia che non avrei mai voluto darvi*, chi posta cortometraggi in onore dei parenti scomparsi da poco, sono sfilze di fotografie con musiche lente ad accompagnarle, dalla vita alla morte in una manciata di minuti, ci sono ospedali che registrano e mettono online l'ultimo saluto che si dà ai donatori di organi, mentre sono ancora collegati ai tubi e alle macchine per tenere freschi i loro corpi, e le famiglie hanno gli occhi fuori dalle orbite per il pianto.

In uno di questi video Loris aveva visto un bambino di otto anni, lo avevano vestito da Spider-Man, era il suo supereroe preferito.

Clicca sul link di Maddie e si ritrova nella raccolta fondi, che sta accumulando sempre più soldi di minuto in minuto, in tutto il mondo pensano a lei e le augurano di farcela, di diventare la donna che ha immaginato di essere da bambina, di sposare il suo giocatore di basket e di scrivere il suo primo romanzo, raccontare a tutti come ha sconfitto la peggiore delle bestie, quella che ha troppe teste di drago per poterle contare.

Decide di donare qualcosa pure lui, anche se non ha molto, ma vuole partecipare, essere tra quelli che salveranno Maddie, condividere con loro questa gloria, ognuno faccia l'offerta che può, ha chiesto la ragazza, anche pochissimo è tanto. Allora pochissimo sarà tanto, Loris dona trenta euro, nel suo conto probabilmente sono gli ultimi, non ha neanche più controllato, gli sembra bizzarro persino averlo un conto, quando è rimasto così poco da contare.

La tua donazione è andata a buon fine!

Il sito gli restituisce il messaggio di trasferimento con successo e sullo schermo appare la faccia di Maddie che sorride per ringraziarlo, *God bless you*, dice in un piccolo video che ha caricato per tutti gli sconosciuti che vogliono salvarle la vita.

Dentro quel vasetto di yogurt ci saranno sì e no tre lamponi e due more, una di queste cade sulla sua maglietta bianca e crea una macchia scura, sembra un grumo pulsante, e all'improvviso gli ricorda un'altra macchia, un'altra traccia di sangue, potrebbe essere il cuore di un colombo.

Lui l'ha visto per terra nel granturco e gli è sembrato minuscolo, come un pesce neon.

*

Era una mattina estiva strana, carica di vapore, la brina aveva bagnato l'erba e il sedile dell'altalena era umido.

Succedeva raramente ma quella notte Loris aveva dormito a casa di Tempesta, aveva osservato il nonno e Gelo giocare a carte fino a tardi, e poi aveva guardato un paio delle cassette registrate, prima di addormentarsi sul tappeto, abbracciato al cuscino con sopra ricamati due pavoni dalle code azzurre.

Loris non aveva mai avuto un buon rapporto col sonno né con la notte, era quello il momento in cui la sua brama di lettura si faceva cattiva, accendeva e spegneva la luce per cercare le scritte sulle confezioni di fazzoletti a strappo, sulla scatola dei colori per la scuola, sulle etichette dei vestiti, portava sotto le coperte gli oggetti e li leggeva tirandoli fuori uno per uno, se sentiva dei rumori nel corridoio spegneva veloce la luce e solo quando tornava il silenzio riprendeva la sua trasgressione.

Non capiva le composizioni o le indicazioni di lavaggio, non era interessato alle fabbriche di produzione o ai magazzini di stoccaggio, ma il conforto delle lettere lo cullava verso il riposo.

Non essendo accompagnata da storie, fiabe e rivelazioni, quella era una lettura meccanica, noiosa ma necessaria, altrimenti la sua mente girava e girava, lontana dalla quiete e vicina alla confusione.

Ma quando poteva dormire da Tempesta la sonnolenza arrivava con più facilità, e gli capitava di appisolarsi al tavolo della cucina, sulla poltrona della scrivania, davanti ai jingle delle canzoni alla televisione, con un foglio disegnato sottomano, pronto ai sogni che, come luci caleidoscopiche, si muovevano per bagliori e intermittenze senza poter essere ricordati.

Quel mattino faceva fresco e Loris aveva addosso una felpa dal cappuccio rosso, lo tirò su per coprire le orecchie e procedette nel prato con Tempesta, Gelo stava finendo di bere il caffè e non li aveva ancora raggiunti.

La prima cosa di cui il bambino si accorse fu il silenzio che proveniva dall'orto, si sentiva solo il trascinarsi delle gambe di Tempesta, stanche già al mattino, e poi il ciac ciac dei suoi passi.

Non riusciva, invece, a cogliere il frullo delle ali dei colombi, che di solito reagivano al loro arrivo con movimenti concitati, consapevoli che il momento del granturco si avvicinava.

Staranno dormendo, si raccontò Loris, possibile fosse troppo presto e l'alba non li avesse svegliati.

Il vento era debole ma appiccicoso, si erano detti che per pranzo avrebbero mangiato anguria e melone e poi avrebbero cominciato la bollitura dei pomodori per le conserve.

Tempesta si fermò all'ingresso dell'orto, davanti alla voliera, non andò avanti e non andò indietro, stava guardando qualcosa che Loris non aveva ancora messo a fuoco.

Il bambino si avvicinò, stava per chiedergli che succedeva e perché non entrava nella gabbia, non faceva iniziare la loro giornata.

Era quello l'istante, un attimo che fino a poco prima sembrava trascurabile, sospeso nella normalità di una mattina d'estate, e poi era diventato un secondo storto, pericoloso, di cui Loris avrebbe ricordato i dettagli e di cui avrebbe inventato la lunghezza, lo avrebbe pensato durare tre secoli o un millennio: il secondo della sua crescita improvvisa.

Nell'aria c'era un odore simile a quello della macelleria, il profumo del macinato e delle bistecche, di qualcosa che era stato rovesciato sul pavimento per sbaglio, di qualcosa che forse sarebbe stato meglio rimettere a posto dentro alle vene, o usare per le salsicce scure.

Loris vide a terra il sangue, molto sangue, raggrumato e nero, le piume schiacciate contro la rete, e si mise a correre, entrò nell'orto, gridò: Nonno!

Era capitato ai pollai, era capitato alle conigliere, era capitato sempre ai contadini, era capitato nella storia di donne e uomini e continuava a capitare sotto agli occhi di Loris.

Un predatore – un cane, una volpe – era entrato e si era riempito la pancia con i loro colombi.

Doveva essere arrivato da una delle case dei vicini, o doveva aver attraversato la campagna, forse era sceso dalla città fantasma, forse era uno spirito affamato, forse un animale tutto pelle.

Gli scarti di quel pasto erano ossicini, erano le teste mozzate, le zampe masticate, il sangue, tanto sangue, che si era sparso e aveva macchiato le casette verniciate di verde, si erano mescolati il Killer e i suoi testimoni oculari, il colpevole e i giusti.

Loris notò a terra, accanto alla ciotola del mangime, un grumo rosso e piccolo e gli sembrò un organo, qualcosa che era stato strappato via dal petto, e si mise a urlare.

Il suo stridere e ululare risvegliò Tempesta da quella imprevedibile e violenta visione e lo costrinse a reagire, si voltò e cercò il bambino, lo abbracciò e gli coprì gli occhi con la sua mano, disse: Non guardare.

Ma Loris aveva già guardato e aveva visto la fine di quell'avventura, del loro regno di piume, del loro rifugio fatto di promesse e di fedeltà.

Si dibatté come se avesse voluto liberarsi dalla stretta, ma in realtà desiderava rimanere alla cieca, non muoversi, la mano di Tempesta era lì per coprire il mondo, gli anni che sarebbero venuti, le cose che avrebbe perso, sentiva la ruvidezza dei calli e della pelle tenuta a cuocersi al sole, l'odore di caffè della mattina.

Tempesta chiamò Gelo che li raggiunse correndo, gli chiese di prendere il bambino e portarlo via.

Gelo vide il disastro nella voliera, che era quasi vuota, restavano solo le tracce di un piccolo massacro casalingo, una legge della natura a cui non era importato dei loro confini e perimetri ben delimitati, delle loro fantasie. Gli alberi intorno sembravano raccontare la storia giusta, quella degli uccelli fuori dalle gabbie, alla mercé di chi riusciva a cacciarli e a farne un pasto abbondante per saziarsi prima di andare a dormire.

Loris venne preso in braccio dall'uomo e allontanato dal nonno, mentre Tempesta tornò a contemplare la gabbia e aprì il cancelletto per entrarvi e iniziare la bonifica, la pulizia dal sangue, la conta dei superstiti – perché ci sono sempre dei superstiti –, la presa in carico del lutto.

Intanto il bambino e Gelo erano nella cucina, Loris era seduto sul tavolo con le gambe penzoloni e aveva la faccia chiusa in una smorfia da pianto, le sue lacrime erano tante e si alternavano ai singhiozzi.

Chi è stato? chiese con rabbia faticosa.

Non è importante, spiegò l'altro e con lo scottex gli tamponò gli occhi.

Tu sei grande, sei forte, aggiunse risoluto e lo guardò, gli chiese lo sforzo di tirarsi su e subito per non portare dispiacere al nonno e non farlo preoccupare.

Loris provò ad annuire ma si sentì ancora più piccolo, un cucciolo a tre mesi di vita, quando non sapeva dire nulla e per farsi ascoltare doveva piangere a voce alta, far girare la testa a tutti.

Gelo si sedette e lo scrollò piano dalle spalle, e dopo gliele accarezzò per rassicurarlo.

Ti racconto una cosa bella, gli disse, in mia città c'è una festa, chiamiamo festa dei fiori, una domenica ogni mese vengono dalla campagna a vedere i fiori della Romania, ci sono tavoli pieni di fiori, tutta la strada che porta alla Casa della Cultura, un palazzo grande, bianco, che è come reggia, dentro fanno spettacoli con ballerine e cantanti e parlano di libri. I fiori portano là. Io andavo tutte le volte con mio padre. Sai mio fiore preferito?

Loris fece di no con la testa.

Bujori, fiori rosa, petali ricci, nostro fiore per soldati tornati dalla guerra.

Il bambino non conosceva questa parola in rumeno e non sapeva delle peonie che si trovavano sulla costa del Mar Nero, nel Banato e nel sud della Moldavia, nella zona dei Carpazi, coprivano interi prati come a Zau in Transilvania.

Tu chiudi gli occhi, siamo in cammino alla festa dei fiori.

Loris obbedì e serrò le palpebre; intanto Tempesta guardò dentro all'apertura di una delle casette e trovò due colombi che tremavano e avevano occhi più rossi del rosso.

CATASTROFE

Non sapendo cosa fare mentre aspetta, Loris decide di costruire delle torri con i suoi libri, non ha la forza di ordinarli, né di decidere quali porterà via e quali sarà costretto a regalare – a una biblioteca, un circolo ricreativo, un banchetto dell'usato – quindi li divide per colore delle coste, i verdi, i gialli, i rossi, i bianchi, molti bianchi, sembrano una fila di denti.

È seduto a terra e si guarda attorno, sente del fiato caldo, immagina sia quello di Catastrofe che ha i suoi canini pronti a morderlo, eppure lei non c'è, sarà andata a nascondersi come fanno le amanti, con in mano gli slip e il seno coperto dai palmi delle mani.

Jo ha le chiavi di casa ed entra, lascia la borsa di pelle sul divanetto all'ingresso e strizza la faccia vedendo la confusione, i piatti nel lavello, i vestiti buttati sulle sedie della cucina, persino per lei si è superata la soglia della decenza, si vede che quella è la casa abitata da un eremita, un uomo che preferisce le grotte al sole in faccia.

Loris sente il suo profumo spingersi verso la stanza e trattiene un respiro, lo cova in pancia e poi sputa fuori tutto, è pronto a quel dialogo? Non crede, ma deve esserlo, perché arriva sempre il punto di rottura e arriva anche se non vorresti, anche se per mesi, anni, hai messo la tua polvere sotto

al tappeto, ora si vede, è diventata un monte di altezza rag-
guardevole, e là sotto proliferano i batteri, le pulci da letto,
gli acari più arrabbiati.

Cerca di pensare alle prime parole da dire, intanto scusarsi e poi spiegare che le ridarà i soldi, tutti quanti, li chiederà al padre come ultimo atto di aiuto, sta per lasciare la
casa, non dovrà più spenderli per l'appartamento, ma non
può promettere altro, se ne rende conto, non sa cosa lo at-
tenda, un licenziamento, un nuovo impiego, potrebbe aprire un profilo fake sui social e fare i soldi consigliando alle
persone i giusti fermenti lattici, il pronto soccorso che funziona alla meno peggio, i trucchi per prenotare le visite in
tempi brevi, oppure ancora meglio potrebbe creare un account Instagram su libri e medicine, un bel tomo dell'Ottocento francese abbinato a un farmaco – cose semplici come Bukowski e la morfina, Sartre e il Plasil –, dovrebbe fare
amicizia con la farmacista che ha la sua età, le chiederebbe
i flaconi, anzi solo le confezioni, per fare le fotografie, non
dovrebbe neanche macchiarsi di reato. Sarà tutto finto, come
un gioco serissimo.

Jo attraversa la cucina e piomba nella stanza, gli assesta
un calcio alle costole e lui spalanca la bocca, i suoi pensieri
insensati si interrompono.

Vaffanculo, grida lei e posa le ginocchia sul pavimento,
inizia a colpirlo con le mani aperte sulla testa, sulle spalle, con
furia, menando schiaffi tanto pesanti quanto imprevedibili.

Loris cerca di allontanarla e di alzarsi, ma lei è subito in
piedi e lo spinge, lo fa tornare a terra e poi ha le mani sulle
sue spalle, le scrolla come si scuoterebbe un giocattolo che
non risponde ai comandi, un salvadanaio pronto a essere
rotto, vuole capire cosa c'è ancora là dentro, se è rimasta una
traccia, un gheriglio del suo fidanzato, e le pare di no, si vede
dall'espressione desolata e rabbiosa che ha.

Sta prendendo a pugni un signor nessuno con la barba non fatta da una settimana e i capelli troppo lunghi.

Come hai potuto? Dirmi che servivano a tua madre, mentirmi... E poi non hai più risposto, sei sparito.

Jo deve essere andata dal parrucchiere perché le punte dei capelli sono schiarite e troppo lisce, Loris sta per risponderle quando arriva un altro schiaffo in pieno viso e la pelle si arrossa, rimane un'ombra calda e bruciante.

Dovevo fare l'analisi... dice toccandosi il viso. Ha sentito i colpi risuonare dalla testa ai piedi, fare eco nel suo ventre e tra le cosce, riverberare nelle braccia.

Ah sì? E cosa hai scoperto?

Jo si è messa un maglione nero che arriva sotto il reggiseno e dei jeans a vita alta, ha lo smalto scuro sulle unghie, gli anfibi ben calzati, deve essersi cambiata dopo il lavoro, deve essersi sistemata per uscire, ha l'aria di una donna pronta per un drink. Con chi andrà a bere? Un collega di lavoro dal pizzetto brizzolato, un ragazzo depilato a cui piace fare kite surf, magari si tratta di un appuntamento al buio a cui si presenterà un tipo coi tatuaggi appassionato di Risiko e film coreani.

Non ho niente.

Loris la guarda negli occhi e vede che lei è sollevata dalla risposta e insieme incendiata, le ha appena dato fuoco alla miccia.

Lo colpisce ancora, e se lui non sapesse che questa volta sta accadendo davvero, penserebbe a uno dei loro scherzi, quando a volte giocavano a lottare e picchiarsi nel letto.

Lui le fermava i polsi, lei scalciava e si contorceva, lui le pizzicava la coscia con le dita a morsa, lei gli mordeva il collo, la giugulare. Il loro modo di sfogare energia repressa, come fanno i gatti dopo troppo tempo che sono chiusi in una stanza, con occhi matti e code dritte.

Ripetilo, lo incita.

Non ho niente.
Ripetilo, non sento.

Non ho niente, grida Loris e si sottrae, scivola sul parquet e si dilegua, vorrebbe infilarsi sotto al letto, trovare rifugio, ficcarsi nel terriccio come un lombrico, un anellide.
Ti sei rovinato la vita, non lo vedi? Ti sei rovinato per una roba che non esiste, per la testa che ti ritrovi, per qualcosa che non c'è.

Loris non risponde nulla, è con la pancia al pavimento, respira a fondo, ha dolore dove è stato colpito, quelle botte non l'hanno risvegliato, non si sente rinvigorito, non ha la forza di alzarsi e chiedere scusa, in posizione eretta, assumendosi le sue responsabilità, assicurando che saprà cambiare, farà meglio, farà di più, andrà con lei in spiaggia e sopra a tutte le montagne, si vestirà da sera e ballerà sotto le luci stroboscopiche, parlerà con le sue amiche a un pranzo della domenica, troverà un lavoro in ufficio, alle poste, in banca, dove non serve leggere romanzi e non serve lamentarsi, ci sono le ferie pagate, addirittura c'è lo stipendio.

Ma sa che non ci riuscirà, sa che questo è il massimo che può dare all'unica persona che ha amato.

Jo vede che lui non reagisce e lo guarda in quella posizione da morto sparato, preso alle spalle in una strada senza lampioni, le si riempiono gli occhi di lacrime frustrate e tristi.

Allora fa il percorso a ritroso, come se avessero premuto il tasto rewind a grande velocità, torna nella zona cucina, torna al divanetto, prende la borsa di pelle, indossa gli occhiali da sole, anche se la luce fuori sta calando, lascia le chiavi sul tavolo ed esce dalla porta, se la tira dietro.

Loris ha la guancia indolenzita a contatto col legno, oltre la parete stanno facendo prove di acuti nella sala di registrazione, stavolta c'è la voce di una donna che gorgheggia, che vuole interpretare al meglio la descrizione di un amore appena nato, fiorito nelle aiuole di maggio, Loris sente proprio: *aiuole di maggio*.

Si rimette seduto e fa quello che sa fare meglio, vede i libri impilati nelle loro torrette, i muri-fortezza che lui ha tirato su nell'attesa, il loro raggrupparsi per colore, e ne prende uno a caso.

Comincia a leggere con la stessa determinazione che aveva da bambino, la stessa che buttava tutto fuori, rifiutava che esistesse altro, che fosse necessario affrontarlo, ha il collo curvo, la schiena storta, poi cambia posizione e si appoggia alla parete, si stende a pancia in su.

Il libro che ha preso parla della vita di una bambina nera e schiava, è stata venduta a otto anni ed è finita nella casa di un padrone terribile che la batteva e che appena aveva avuto quattordici anni aveva voluto da lei un figlio per buttarlo nel fiume, e anche Loris è nel fiume, è col neonato gettato, lo raccoglie e lo abbraccia prima che vada a fondo, perché lui non può mai cambiare i finali dei libri, decidere la parabola dei romanzi, e quel corpo è destinato a morire e la bambina ormai cresciuta a cercare riparo in una soffitta, dove preferire agli uomini la compagnia dei topi.

Legge tanto e per tante ore che ormai il corpo gli brucia, gli occhi sono assottigliati e incollati alla carta, ogni frase è per lui solo la somma delle parole, la velocità con cui fagocita tutto esclude di potersi fermare, è una bicicletta senza freni lanciata giù da uno dei colli di Roma, per le discese che dal Gianicolo portano verso Trastevere.

Continua finché non avverte una sensazione ben nota: i pantaloni iniziano a bagnarsi e la macchia si allarga, il calore è quello dell'infanzia.

*

La signora Elide aveva addosso un abito di velo celeste, sopra, ricamati con perline e cristalli, erano applicati dei fiori, delle margherite dai petali molto sottili e con le foglie in strass: la donna brillava quando si muoveva e ai piedi portava delle infradito rosa corallo.

Si era messa sulle ginocchia la solita rivista, un settimanale con molte pubblicità di profumi e orologi da polso e scarpe con le fibbie, la sfogliava rapidamente e poi si fermava, leggeva le pagine sulla dieta mediterranea e quelle dell'oroscopo fashion: un tipo di pantaloni per ogni segno zodiacale.

Non sapeva usare il videoregistratore di Tempesta, quindi Loris dovette rinunciare a una delle sue preziose videocassette e accontentarsi di un cartone qualunque, in ogni caso sapeva che non le avrebbe guardate con la giusta attenzione, perché le sue orecchie erano tese, voleva sentire cosa accadeva all'esterno, nell'orto.

Ai miei figli piace molto la storia della streghetta vampiro, hai presente? Quella vestita di nero con la frangetta, disse la signora Elide e Loris scosse la testa, lui non le guardava quelle cose.

Gli piacevano i robot, gli elicotteri, le macchine veloci, il bricolage, gli anime sul calcio e la pallavolo, i telefilm su Lassie il collie che tornava sempre dal suo bambino, o MacGyver che odiava le armi da fuoco e usava solo il suo fedele coltellino svizzero e un po' di nastro adesivo.

Erano gli anni in cui a Loris tutto sembrava riparabile con un po' di nastro adesivo, dalle tubature alle pagine strappate dei libri.

Posso andare a vedere fuori? le chiese ormai stanco della televisione perché non riusciva a pensare ad altro: il sangue, le piume, i colombi.

No, tuo nonno ha detto che devi stare qui finché non hanno pulito tutto.

Il bambino abbassò la testa e guardò i disegni che doveva ancora completare, nella maggior parte c'era sempre un uccello bianco o grigio che volava nell'angolo del foglio, pronto a scendere in picchiata su un prato dritto e verdissimo o su un campo di grano dai chicchi pieni.

Gli piaceva usare il giallo, disegnare il sole largo, immenso, fuori scala rispetto al resto, ma sapeva di non avere grandi doti, faceva linee storte e tremolanti, scarabocchi semplici e tondi, troppo banali per la sua età. Se a scuola glielo facevano notare e qualcuno ne rideva, lui rispondeva: Io so leggere più velocemente di voi.

Quando entrambi uscirono e si affacciarono all'orto, del sangue non c'era più traccia, Gelo e Tempesta avevano riempito dei sacchi neri e li avevano chiusi stretti, persino le pareti delle casette erano tornate senza schizzi e senza budella.

Tempesta guardò il bambino e fece un'alzata di spalle come a dire che gli dispiaceva, era andata così, c'era poco da fare.

Sono stati i due husky del vicino, hanno bucato la rete laggiù – gliela indicò nell'angolo più lontano dell'orto –, sono entrati nella notte e forse la gabbia era aperta, non so, comunque hanno fatto festa.

Loris annuì e gli tornarono le lacrime, le ingoiò cercando di non frignare. Quindi andò in avanscoperta fino al punto della rete che Gelo aveva chiuso con una toppa e dei ganci di ferro, e guardò quel varco, la via da cui era entrato il nemico col suo esercito, le lance, i cavalli bardati che correvano al ritmo di una *chanson* francese.

Adesso i due husky non si vedevano, il vicino era stato avvisato e li aveva messi alla catena, si era scusato con Tempesta e gli aveva promesso di pagare i danni, ma l'altro aveva rifiutato, aveva speso pochi euro per i colombi, molti gli erano stati regalati, non era una questione di soldi, era un'altra storia.

Vieni a vedere, lo incitò il nonno e gli allungò una mano che Loris prese e strinse forte, per tornare verso la voliera si aggrappò alle sue dita dure e secche.

La signora Elide intanto aveva trovato una sedia di plastica e s'era accomodata, commentò con Gelo quante albicocche ci fossero quell'anno, una quantità incredibile per quei due alberi striminziti.

Disse: Ne porto un po' a mio figlio, che ne va pazzo.

Tempesta le diede il suo consenso e intanto varcò la soglia della gabbia con Loris e gli fece alzare lo sguardo a una delle casette, dentro c'erano due colombi superstiti.

Sono un maschio e una femmina, pensa che caso.

Loris si mise sulla punta dei piedi per sbirciare meglio e li notò: erano rannicchiati sul fondo della casetta, Tempesta gli aveva messo del grano in un piattino da caffè e dell'acqua in una tazzina, appena sentirono qualcosa cominciarono ad agitarsi.

Tremano, disse il bambino.

Sì, tremano, chissà cos'hanno visto, spiegò Tempesta.

Dal basso Loris tenne gli occhi su quel rifugio, e li immaginò affacciati mentre le due belve feroci afferravano con le zampe i loro compagni e li lanciavano contro la rete, a terra, gli strappavano le piume fin dalle papille, sradicavano le ossa leggere dalla carne, li prendevano per l'aorta dorsale.

Era estraneo e terrifico stare là dentro e non sentire le ali battere, le zampe dai femori corti e robusti muoversi, i becchi ingoiare il granturco per tenerlo al caldo nel gozzo, gli pareva una realtà altra, mutata e impensabile, avrebbe voluto fossero semplicemente partiti, in volo per una migrazione, come il Killer che per una settimana era stato fuori, all'aria aperta, ma poi era tornato e anche loro sarebbero tornati, dovevano tornare.

Loris, questi due animali stanno male, devo riportarli da

Pino, non ha senso tenerli qui da soli, spiegò Tempesta agli occhi acquosi del bambino.

Ma loro sono maschio e femmina, possono fare le uova, possono fare altri colombi, disse Loris voltandosi verso di lui speranzoso.

Non me la sento più, concluse Tempesta e lo condusse fuori, gentile ma fermo.

In un paio di giorni la gabbia sarebbe stata smontata e i colombi ricondotti dall'amico di Tempesta.

Nell'orto sarebbe rimasta solo l'impronta della voliera, dove l'erba era stata schiacciata e si erano creati dei solchi secchi, gialli, al centro ancora dei chicchi di granturco, le sole tracce dei colombi.

L'idea di quel vuoto risucchiò Loris e gli strinse la pancia, quell'assenza era faticosa e insensata, la sera in cui tornò a casa dai genitori dopo il disastro rimase silenzioso, mangiò poco, fece fatica a ingerire anche solo qualche sorso di latte caldo.

La madre gli fece compagnia prima di dormire, lo mise sdraiato a pancia sotto e gli passò le mani sulla schiena, in basso, per farlo rilassare, gli disse che ora i suoi colombi erano volati via, a lei bastava sempre questa di scusa, quella della libertà.

Alla fine, accettò di portargli qualche libro e glieli sparpagliò sul lenzuolo per fargli scegliere da cosa cominciare per quella sera.

Lui disse: Lasciali tutti.

E lei per una volta acconsentì ma gli disse di non esagerare, di spegnere la luce presto e di cercare di dormire, ne aveva bisogno.

Loris annuì e appena lei uscì dalla stanza si lanciò sui libri, li aprì e li lesse vorace, cercò le loro storie, i protagonisti, i deserti, le foreste, i paesaggi, i nemici da sconfiggere, i pianeti distanti da conquistare, le balene da catturare, i fiumi da percorrere sulle zattere e a piedi scalzi, le amicizie da consolidare, i primi amori da difendere, e tutto scorreva, veloce, guizzante, le parole erano pesci vivaci, saltavano e volevano superare gli argini.

Il benessere che sentiva lo tenne incollato alla lettura per ore e ore, s'era dimenticato dell'avviso della mamma, s'era dimenticato di dormire, di bere, di alzarsi per andare al bagno, e resistette fino allo stremo per non doversi muovere da lì, per non dover tornare a quel letto, a quella casa, a quell'estate che era quasi finita.

Loris non riuscì a trattenersi oltre, e quando chiuse il libro che aveva tra le mani sentì la pipì scorrere, tiepida e rassicurante, tra le lenzuola fino al cuore del materasso.

*

Quando Loris annuncia al proprietario che intende lasciare l'appartamento quello è sollevato, si vede da come apre lo sguardo, accenna un sorrisetto, il solito sbafo bonario che precede l'attacco. Infatti poco dopo ha comunque da ridire su una serie di cose, entra in casa e gira nelle due stanze, osserva i muri e gli angoli, le piastrelle di bagno e cucina.

Qui c'è una sbeccatura, qui andrà stuccato, qui hai sporcato e devo tinteggiare, era un appartamento nuovo e non ci sei stato neanche un anno.

Loris lo segue con gli occhi, disinteressato, e gli dice che i soldi della caparra sono gli ultimi che avrà, il resto sono affari suoi, non ci sono danni, nulla di rotto, nulla che perda.

Se non ti dispiace, devo finire di riempire gli scatoloni, conclude e gli fa segno di uscire, perché fino al termine del mese la casa è ancora a suo nome.

Il proprietario accenna un ultimo tentativo di baruffa, si impunta sulla porta tenendo tra le dita il telaio come se volesse riprendere la disputa e borbotta tra sé constatazioni di maleducazione, d'alterigia.

In tutta risposta gli viene chiusa in faccia la porta, quindi se ne torna alla sala di registrazione a passi lunghi e teatrali. Per ripicca alza il volume della musica e Loris si ritrova a dividere il suo ciarpame tra buste dell'Ikea, shopper e scatole rimediate al tempo di una ballata neomelodica.

I pacchi con i libri sono troppi, sono ingombranti e pesano come corpi vivi, Loris riesce solo a trascinarli o a spingerli coi piedi fino alla porta, creano un impaccio davanti all'ingresso, una barricata, un riparo eretto con masserizie d'ogni genere.

Poi ammucchia camicie, magliette, giacche e pantaloni nei sacchi della spazzatura senza piegarli e senza dividerli, molti di quei vestiti non li usa da mesi, gli vanno larghi, quando li indossa si sente un filo d'erba cipollina, un grissino torinese.

Si è accorto, mettendoli via, che ha solo abiti di colori scuri: verde petrolio, blu notte, grigio polvere, marrone tabacco. Non ricorda quando ha smesso con i colori o le fantasie, eppure deve essere successo. Se si pensa vestito di rosso, per esempio, si trova in imbarazzo anche solo davanti all'immagine, la proiezione, gli viene da succhiarsi le guance.

E poi ha accumulato oggetti e oggettini, come gli capita sempre – biglietti del cinema, scontrini, pinzette, tagliaunghie di tre tipi, blister mezzi vuoti di Tachipirina, Brufen e Actifed, rasoi consumati, boccette di campioncini ricevuti in farmacia, vitamina C in diversi formati, custodie per occhiali da vista e da sole ormai vuote, mutande dagli elastici lenti, calzini con piccoli buchi sulle punte: rimasugli che la pigrizia ha trasformato in scorie da vulcano più dense delle pomici.

Nascondono qualcosa, forse la sua incapacità allo scarto definitivo, lo stesso modus operandi che ha rintracciato nella conservazione degli oggetti a casa dei genitori: piccolezze, miniature come quelle che sua nonna Gemma teneva nella vetrina dei cristalli e che Tempesta conservava con cura, il calamaio con la piuma, la carrozza con cavalli grandi un pollice e mezzo.

Un Loris-museo senza etichette, senza audioguide e organizzato a visite contingentate.

Manca un ultimo libro, che continuava a finire dentro alle lenzuola, aggrovigliato nella matassa delle sue insonnie. Si tratta della raccolta di racconti di una scrittrice tedesca, voleva farla ripubblicare in casa editrice, perché da almeno trent'anni non è in libreria.

Una serie di ritratti di donne arrabbiate, Desdemona che se la prende con Otello, Maria che vaga nel deserto della Giudea, la moglie di Goethe che si sente incompresa, Laura malata di peste che è risentita con Petrarca. Gli era stato detto dal direttore che era colto, ben scritto, ma non pensava avrebbe incuriosito nessuno, era inutile pubblicarlo ancora; quindi lui se l'era portato a letto, ci aveva dormito insieme come fosse un amante sincero.

Dio abbia in gloria i libri inutili, dice ad alta voce con fare solenne.

Lo posa in cima all'ultima scatola, insieme a due raccolte di poesie, un libriccino di drammaturgia e il volantino con il programma annuale del teatro di quartiere. Quest'ultimo potrebbe anche buttarlo, sa già che non tornerà in zona, ma vuole farlo sopravvivere un altro po', l'ennesimo pezzo di carta da niente.

Il giorno dopo il padre viene a prenderlo con un furgoncino che ha noleggiato, insieme caricano sacchi, buste e scatoloni, li incastrano gli uni sugli altri perché entri tutto.

La chiave è rimasta sul tavolo della cucina, per capriccio Loris si è tenuto un cacciavite e qualche molletta dei proprietari, ha lasciato lì le ricevute delle bollette e un vecchio CD di Mozart, con sotto un biglietto:

Judex ergo cum sedebit quidquid latet apparebit. Nil inultum remanebit.

Chissà che non si convertano, pensa Loris mentre chiude il portellone del furgoncino.

Il padre lo guarda prima di mettere in moto e il figlio è pronto a ricevere l'ennesimo commento, la reprimenda e il fervorino che merita, ma l'altro si limita a dargli una pacca sulle spalle e gli accarezza il braccio.

Andiamo a casa, dice e mette in moto.

Guida con gli occhiali da vista in faccia e quella testa sempre più pelata negli anni, sembra un fantasma del passato, una figura da sogno.

Loris tace e vede sfilare la città fuori dal finestrino, i quartieri diventano più residenziali e i palazzi più alti con balconcini di un metro per uno, le architetture anni '80, e all'imbocco dell'Aurelia c'è il solito traffico, l'insegna del drive-thru di un McDonald's, i capannoni in cui sono stipate le forme larghe delle piscine da giardino, la vendita al dettaglio di armadi e cassettiere, i residence lussuosi al limite del Grande Raccordo Anulare, la strada a tre corsie, le indicazioni per raggiungere la periferia.

Quando è nella sua stanza, che lo attende vuota e spoglia, ripulita dai detriti dell'adolescenza, sente le spalle incurvarsi, il petto legnoso e pieno di schegge, e così si chiude a mollusco, si raggomitola e si sdraia sul letto singolo, rivolto verso il muro, lo stesso intonaco che ha osservato da quando era bambino nelle notti in cui non c'era verso di dormire.

Probabilmente sua madre busserà tra poco e chiederà come si sente, lui non vorrà parlare e la manderà via, ma lei, con estrema regolarità e insistenza, tornerà ogni venti minuti e domanderà ancora, chiederà se vuole un succo di frutta, una merenda, come ai suoi dodici anni.

Non sono un bambino, dovrà ricordarle e lei si offenderà perché voleva solo essere gentile, di quella gentilezza che adesso peggiora le cose, le rende più pietose e insopportabili. Poi Catastrofe si siede sul bordo del letto con delicatezza. È vestita da Anna Karenina, ha quell'abito nero di velluto, la scollatura profonda e la coroncina di viole nei capelli, sospira e dopo si sdraia con lui, lo abbraccia da dietro.

Il suo vestito ingombrante riempie il letto e la stanza, diventa un covile, il giusto nascondiglio per un animale che vuole sfuggire al perimetro di quella infanzia, alla vista dei campi incolti che spuntano dalla finestra, al rumore del traffico.

Lui stringe le mani alle sue – affusolate, coperte da guanti in pizzo –, le tiene con la foga di una volpe braccata, si regge a ciò che resta.

Fuori, la sala da ballo è gremita, e le altre dame indossano solo colori pastello, che a Loris sono invisi come l'abbaiare dei cani nella caccia.

*

Tempesta muoveva le mani sul volante e cambiava le marce seccamente, con gesti rigidi, le curve sembravano angoli e i rettilinei spaziosi come autostrade a più corsie; si sistemò gli occhiali sul naso, larghi e a doppio fondo, si grattò la cicatrice sul collo lasciata dalle api.

Neanche il veleno m'ha mai ammazzato, diceva durante le cene di famiglia, mentre si versava un bicchiere di vino rosso che preferiva sempre a quello bianco, o il suo fedele sciroppo al tamarindo.

Se avesse saputo disegnare, Loris avrebbe fatto un fumetto su Tempesta, come Tex, anzi meglio, lo avrebbe ambientato nell'Africa coloniale, sarebbe stato lui a salvare uomini, donne, gazzelle e bambini dai fascisti, dai bracconieri, dagli schiavisti, avrebbe immobilizzato i nemici con funi spesse e li avrebbe lasciati a ingiallire nel deserto.

Devo parlarti di una cosa, disse il nonno mentre imboccavano la Boccea e facevano il solito giro, quello con meno traffico ma che era lungo il doppio dell'altro.

Le luci stradali erano poche, la presenza delle case si intensificava a mano a mano che procedevano, da palazzetti bassi e compatti diventavano edifici a più piani gremiti di antenne, parabole e balconcini.

Loris aveva le dita intorno alla cintura di sicurezza perché la guida del nonno quella sera gli sembrava burrascosa, e la strada pareva sfilare via come un branco di lupi in corsa.

Annuì e lo guardò, notando la sua barba più ispida come se non si radesse da qualche giorno, cosa che di norma invece faceva regolarmente, e aggiungeva l'acqua di colonia per profumarsi.

Devo andare in ospedale tra qualche settimana, per una operazione, gli confidò e le mani erano larghe, soffocavano il volante.

Loris si aspettò che subito dopo lui lo rassicurasse con qualche battuta di scherzo come capitava sempre, per fargli capire che sarebbe stata cosa da poco, una giornata e via.

Aveva detto di stare bene, che erano solo controlli superflui, dovuti alla troppa apprensione del figlio. Avevano celebrato le bistecche alla brace, Gelo ne aveva mangiate due, come immaginato, come era giusto.

Eppure Tempesta restò in silenzio per qualche curva, sospirò alla notte che era calata su di loro, e il bambino mosse gli occhi da lui alla strada, da lui a quello che accadeva fuori: le case degli altri, gli istanti delle loro vite che erano lontani e tranquilli e non rappresentavano nulla, non decidevano il loro futuro.

Non so quanto resterò, ma tanto tu sarai tornato a scuola, avrai da fare...

Qualche giorno, si affrettò a dire Loris, che anche quando non poteva andare sempre in campagna, aspettava con ansia il weekend per tornare alla cascina e riprendere le solite attività, come le luci dell'albero: dovevano ancora tirarle fuori, erano in ritardo per il secondo anno consecutivo. Più di qualche giorno, ma speriamo non troppo tempo, spiegò il nonno. Il motore della Mercedes rullava e, quando incontravano delle macchine troppo lente, Tempesta le malediceva nervoso, avrebbe voluto spazzarle via come facevano le onde d'alta marea.

Lo sai, tuo padre m'ha costretto, fosse stato per me rimanevo benissimo così, ogni volta che si va dal dottore quello ti trova qualcosa e gli ospedali... lasciamo perdere.

Loris era stato ricoverato una sola volta, da più piccolo, per una febbre alta che durava da giorni, ma non ricordava molto, solo la nonna Gemma che si era portata da casa una sdraio a righe colorate e che, mentre i suoi genitori lavoravano, stava là a fare la maglia e le parole crociate per vegliare il nipote.

Se aveva incontrato i medici era stato per raffreddori e cose comuni, oppure gli psicologi per le sedute dove gli avevano chiesto se facesse sogni o pensieri ricorrenti, se preferisse un ordine meticoloso per i suoi colori e penne, se non amasse le pieghe sui vestiti, se odiasse sua madre, anche solo un poco, anche solo ogni tanto.

Non sapeva bene cosa rispondere a Tempesta, ma voleva immaginarlo vestito da comandante di mare, la sua divisa rassettata, in piedi sul ponte di un brigantino a palo in ferro da più di trecento tonnellate, diretto verso l'Oriente, mentre varcava le porte dell'ospedale. Era armato ma non avrebbe fatto prigionieri, era venuto per fare razzia: le scorte a bordo erano quasi finite, soprattutto i liquidi, avrebbe rubato tutte le lattine di Coca-Cola dai distributori automatici e tutti i litri di disinfettante, nessuno avrebbe potuto opporsi, lui veniva dalla terra delle iene.

Ho dei polipi che vanno tolti, questo m'hanno detto, concluse il nonno.

Loris allora pensò a delle creature con tentacoli che spuntavano dal seminterrato dell'ospedale, a circa settanta metri di profondità, e che cercavano di colpirlo alle gambe e alle braccia, acchiaparlo col loro becco da predatori, come fosse mollusco o pesce, ma il nonno sapeva usare bene la sua spada e si destreggiava tra capriole e salti eroici, faceva lo slalom tra di loro e puntava alla testa globulosa, agli occhi senza punto cieco.

Sono sicuro che li sconfiggerai, come fai sempre... disse Loris, e mentre lo diceva sentì un rumore provenire dal sedile dietro al suo, ma ancora non si girò, era concentrato sul volto del nonno. Notò un sorrisetto che si fece largo sulle labbra e poi sparì, venne inghiottito dalla sua espressione seria.

Sai, stavolta ho un po' paura, disse.

Loris rimase in silenzio e poi provò a sorridere, non avrebbe mai potuto essere qualcosa di grave, anche il nonno stava esagerando, lo avevano spaventato i medici, parlando d'animali dal sangue blu.

Ancora, da dietro, arrivò il suono di qualcuno che si muoveva e stava masticando del cibo, Loris fu costretto a voltarsi per capire se fosse rimasto aperto uno dei finestrini.

Così la vide: c'era una bambina della sua età, aveva addosso un abitino in pizzo bianco, come quello che si usa per la cresima, le scarpe di vernice, i capelli raccolti in trecce, le lentiggini sul naso, aveva con sé un pacco di carne, lo aveva aperto e ora la stava mangiando cruda, la rubava dalle ossa coi denti.

Loris passò lo sguardo da lei a Tempesta e viceversa.

Il nonno non pareva essersi accorto di nulla, né della presenza né dell'odore che era uscito dal pacco, di dimenticanza nel forno spento, di scongelamento troppo lungo.

Loris tenne gli occhi sul parabrezza e la vescica si strinse, il suo bisogno di andare al bagno si fece impellente, lo riempì fino alla gola.

Lei si pulì le mani sulla gonna e ne allungò una tra i sedili davanti, voleva che lui gliela stringesse.

Loris fissò Tempesta che non aveva nessuna voglia di ridere, ma solo fretta di arrivare, lasciarlo al sicuro, allora si girò di un quarto e guardò la bambina, e poi la mano, e la strinse. Sentì le dita incastrarsi, i pollici combaciare, le unghie affondare.

Sotto casa, come ogni volta, c'era la madre pronta ad accoglierlo, aveva una felpa sformata addosso e le ciabatte ai piedi, aveva sentito la macchina arrivare, doveva essere già alla finestra.

Tempesta guardò Loris e accennò un sorriso, gli baciò la fronte sporgendosi e lo invitò ad andare, si sarebbero visti presto, prima dell'ospedale, e avrebbero parlato ancora.

Ma non era vero, non sarebbe andata così, si sarebbe liberato un posto e l'ospedale avrebbe chiamato in anticipo, Tempesta avrebbe dovuto riempire una borsa con le mutande, i calzini, un pigiama, qualche fumetto, una foto con Loris – loro due abbracciati sugli spalti di un circo itinerante, in mezzo una scimmia con addosso un pigiamino giallo – e Gelo lo avrebbe accompagnato fino all'accettazione, Sandro avrebbe chiesto di poter rimanere con suo padre e di occuparsene da solo.

Loris accolse il bacio come se potessero essercene altri e scese dalla macchina.

La bambina lo seguì e gli afferrò ancora la mano, la strinse prepotente e insieme tenera, e non la lasciò più: non la lasciò davanti alla madre, non la lasciò per le scale, non la lasciò all'ingresso della cameretta, non la lasciò sul materasso, non la lasciò tra i cuscini.

Io cosa sono? chiese lei e la sua voce era pastosa, roca, come se provenisse da una grotta, ma pure, per contrario, trillava e aveva le note alte di un pettirosso.

Loris aveva l'impressione di un peso ingombrante al gozzo, una rotondità invisibile e intoccabile che lo terrorizzava, aveva freddo, gli veniva da tremare, battere le ginocchia tra loro, aveva sonno, voleva dormire sui propri ricordi – la faccia del nonno, il bacio sulla fronte, l'ospedale –, ora sentiva che qualcosa non andava.

Ci pensò e alla fine disse: Una colomba.

E così Catastrofe si fece crescere sulle braccia il piumaggio grigio-azzurro, le iridescenze sul collo, una macchia bianca sul dorso, aprì le sue ali, segnate da due fasce nere, le sue penne dall'anima robusta, e le stese sul letto, lo coprì, lo difese.

Loris avrebbe potuto nutrirla, trovare il mais adatto a lei, i semi di girasole che l'avrebbero resa adulta, i frutti di vulneraria che le avrebbero permesso di sanare tutte le ferite.

NEANCHE IL VELENO M'HA MAI AMMAZZATO

Era quasi l'una del pomeriggio allo zoo di Cincinnati quando Martha morì, aveva ventinove anni, si accasciò nella sua gabbia dove aveva trascorso tutta la vita.

Un infarto l'aveva lasciata già molto indebolita e fragile sette anni prima, per lei volare era così difficile che il suo trespolo era stato abbassato per permetterle di salirci senza il bisogno di usare le ali.

Subito dopo la sua scomparsa, venne congelata con cura e portata in treno fino al laboratorio per essere fotografata e impagliata, si scoprì al momento della tassidermia che stava facendo la muta e le mancavano delle piume sulla coda. Passò quindici anni nella sua teca e lasciò il museo dove era collocata solamente due volte.

Qualche anno prima di lei, erano morti anche gli ultimi due maschi della sua specie, facendo di Martha ufficialmente l'ultimo piccione migratore al mondo.

Nonostante la ricompensa di mille dollari, non erano infatti riusciti a catturare un maschio adatto a lei per la procreazione, già assai difficile in cattività.

Non erano passati molti anni da che in Ohio i cieli venivano oscurati dagli stormi di colombe migratrici a quando non ce n'era più alcuna sulla Terra.

In meno di un secolo da qualche miliardo a zero, da più della popolazione umana a nessuno.

Loris ancora non conosceva la storia di Martha, ma se l'avesse conosciuta è probabile che avrebbe pensato a lei, perché si sentiva esattamente così: prossimo all'estinzione.

Il quadro che aveva davanti, appeso a metà muro, gli pareva un insieme di macchie senza distinzione, i suoi occhi lacrimosi non riuscivano a mettere a fuoco un'immagine, un volto, dei contorni. Avrebbe potuto rappresentare un airone come un esercito da battaglia.

Le persone si muovevano per il corridoio al modo degli spiriti nelle notti di luna piena, evocati ma invisibili. Alcune indossavano il camice e tenevano delle penne a sfera nel taschino delle casacche, altre in giacche e magliette danzavano su e giù dai sedili in plastica.

A un uomo non facevano vedere il figlio dal giorno prima e sostava col cappello in mano davanti alla sezione di terapia intensiva, bestemmiando la Madonna, mentre la moglie stropicciava la borsa in grembo e chiedeva scusa.

Loris aveva la pelle giallognola dell'incertezza, non sapeva perché era lì, cioè lo sapeva, ma si rifiutava di capirlo, di rendersi conto che nel giro di pochi giorni gli eventi avevano cominciato a muoversi in direzione contraria e ostinata rispetto alle sue volontà.

Tempesta lo aveva chiamato dall'ospedale, il suo tono era sedato, morbido, quasi frusciante, e lo aveva da subito messo in allarme quella voce che non pareva la sua ma di una controfigura, un doppiatore stanco. Gli aveva spiegato che stava bene e di andarlo a trovare, poche parole dette con scarsa energia, che gli avevano trasmesso solo spavento.

Quando Sandro uscì dalla porta bianca e lo invitò a seguirlo per andare a vedere il nonno e salutarlo, aggiunse: Lo hanno operato da poco, non ti impressionare.

Invece l'impressione arrivò subito, Loris la sentì sbattere

in faccia, la bocca si torse e il panico salì denso all'inguine fino alle ascelle, lo colmò e lo lasciò come gli animali colti dai fari dei camion sulle autostrade notturne davanti a un pericolo enorme, che non aveva niente a che vedere con alberi, ruscelli, erba alta e predatori, un pericolo che per loro non aveva senso.

Guardò il padre e fece di no con la testa, non se la sentì di entrare, lo avrebbe visto quando sarebbe stato meglio, quando sarebbe guarito.

La madre gli passò un braccio sulle spalle e lo resse, gli disse che andava bene così, che poteva restare fuori, sarebbe rimasta lei con lui, e Loris sentì da una parte il peso del gesto – avrebbe voluto scrollarsela di dosso –, ma dall'altra ne era confortato e temeva potesse finire quell'abbraccio della madre, quell'attimo di tregua.

A casa i giorni dell'attesa passarono confusi, estremamente veloci e poi lentissimi, dolenti e arruffati, Loris vegetava sul letto, fissava i quaderni della scuola, i libri che gli erano stati concessi ma che non riusciva a toccare, era – come Martha – a testa in giù, in un blocco di ghiaccio.

Pensava ossessivamente alle luci di Natale chiuse nelle scatole della cantina, al fatto che non erano state tirate fuori in tempo e nessuno le aveva stese, le aveva controllate, aveva visto se si erano rovinate, se avevano fatto la muffa; e poi i festoni da mettere sull'attaccapanni, non avevano mai tardato così tanto nella preparazione e forse le blatte erano tornate, nessuno aveva portato loro il giusto veleno, e ballavano tra le viti e i bulloni, erano scatenate.

Catastrofe sedeva spesso per terra con la schiena contro il suo letto e gli bisbigliava solo tormenti, preoccupazioni – malattia, malattia, malattia, diceva –, ma erano sospiri che si sentivano a malapena, a cui Loris non voleva pensare con convinzione, perché ancora era determinato ad attendere che tutto si risolvesse e venisse superato, che Tempesta indossasse la maglietta rossa e piena di buchi e il cappello di paglia e varcasse la soglia dell'orto, si mettesse a guardare in alto con le mani sui fianchi per cercare uno dei suoi colombi.

I suoi sonni erano brevi, i risvegli continui, doveva andare al bagno ogni due o tre ore e sentiva lo stimolo a ondate, anche dopo intervalli ancora più brevi.

Quando si addormentava sognava spesso la strada per Testa di Lepre, ma era più stretta, quasi un sentiero, e saliva, saliva verso una cima innevata, lui sapeva cosa c'era ai bordi, conosceva le cascine, le vendite al dettaglio, i campi non coltivati, le donne sedute sulle sedie di paglia tra i sacchi di sfalci, percorreva quella via ogni notte, ma non andava mai da nessuna parte, non arrivava mai su quella cima, non poteva scendere dalla macchina, non c'era nessuno a guidarla e i sedili erano collosi o troppo morbidi, parevano poterlo masticare come un chewing gum.

Tempesta sembrò riprendersi e per qualche giorno Sandro tornò al lavoro, lo avevano tolto dalla terapia intensiva, Loris si fece coraggio, pensò di andarlo a trovare quel sabato, ragionò su cosa portare con sé, di cosa parlare, come rincuorarlo.

Ma poi invece ci fu il crollo, la seconda operazione a cui non sopravvisse, per colpa di un polmone rovinato.

Era stata sua abitudine fumare sigarette senza filtro nella giovinezza, le fotografie, racchiuse nelle scatole, lo raffiguravano con il fumo in bocca, la cicca tra le labbra o stretta tra due dita, mentre brindava al Circolo italiano di Addis Abeba, mentre era in piscina a fare lo sciocco dentro a una ciambella di salvataggio, mentre teneva nonna Gemma tra le braccia, minuta e piena di ricci.

I genitori non sapevano come dirlo a Loris.

Sandro decise di non dirglielo. Dopo essere rimasto per ore in ospedale e aver visto il chirurgo uscire dalla sala operatoria con aria dispiaciuta ed essere andato a salutare la faccia assente del padre, ripulito e coperto fino al collo, pensò che fosse tutta un'allucinazione, una bugia, e a lui non piaceva mentire al figlio.

Quando entrò nella stanza di Loris, Sandro lo vide alla finestra a cui era affacciato per guardare il niente intorno al palazzo in cui abitavano, si era vestito con una camicia a righe e dei pantaloni buoni, come se fosse pronto per la chiesa e non per l'ospedale, lo aspettava per essere portato da Tempesta.

Sandro si avvicinò alle spalle del figlio e lo abbracciò, posando il mento sui suoi capelli, si vide riflesso nel vetro della finestra – erano una creatura a due teste, dal corpo piccolo e i pensieri grandi – e pianse in uno scroscio rumoroso, era la prima volta che Loris lo vedeva disperato e anche l'ultima, l'ultimo momento in cui sarebbero stati così vicini, protesi sul panorama di sterpaglie e container della periferia romana sopra cui passavano gli aerei, pronti ad atterrare dopo un lungo viaggio.

A guardarli con occhi un po' appannati, quegli aerei sarebbero potuti persino sembrare piccioni migratori, animali che nel giro di pochi anni sarebbero stati decimati a forza di cavi elettrici, campi magnetici e pallottole da fucile.

Da qualche miliardo a zero, da più della popolazione umana a nessuno.

*

Loris ha preso il treno e poi l'autobus ed eccolo davanti al palazzo con le inferriate blu, sale con l'ascensore ed entra in casa editrice, i colleghi lo salutano di fretta, sono arrivati i pacchi con le ultime pubblicazioni dalla tipografia e l'ufficio stampa sta facendo preparare gli invii per i giornalisti alla stagista.

Un mucchio di carta, incartato e pronto ad aggiungersi ad altri mucchi di carta sulla scrivania di chi è pieno di carte e ha carte alle pareti dell'ufficio, carta nella borsa, carta a nido, a torrione, a piramide, carta da rivendere alle librerie dell'usato, carta da regalare a tutti i parenti e gli amici, carta per ingombrare altre case e altri scaffali, carta che pesa e che verrà immersa nell'acqua, macinata con lame rotanti e impregnata di soluzioni alcaline per pulirla da grassi e colle, sciacquata a più di settanta gradi per eliminare l'inchiostro e trasformata in una poltiglia, una pasta pronta per essere strizzata.

Loris va in amministrazione, e sia la segretaria che l'addetta al commerciale sono al telefono per risolvere alcuni problemi con le consegne e gli fanno segno di andare nell'ufficio del tipo che si occupa del personale: si viene spediti da lui per poche ragioni, e la più ricorrente è la fine del rapporto di lavoro.

Passa davanti alla fotocopiatrice presso cui ha trascorso molte delle sue ore e sente il bip tipico del nastro che scansiona un foglio – saranno circa duemila battute a pagina, trecentocinquanta parole, trentacinque righe –, c'è una ragazza al suo posto, ha le guance arrossate dall'aria viziata, dei jeans a vita alta e una coda bassa che scende su una maglia scollata e colorata, è arrivata da poco, ha ventiquattro anni e da grande vorrebbe fare la scrittrice.

La supera facendole un gesto di saluto ed entra nella stanza, l'uomo seduto dietro alla scrivania si chiama Ferdinando e ha i capelli a caschetto pieni di gel, nelle pause pranzo va in palestra e si gode un paio di lampade solari, indossa spesso magliette attillate che fanno risaltare i pettorali e scarpe a punta dal tacchetto tipico delle sale da ballo, fa sorrisi dritti, sfoggiando denti luminosi, di cui si vanta da quando ha smesso di fumare e ha fatto pulizie e sbiancamenti regolari.

Il suo è l'unico studio carente di libri, ma pieno di cartelle e cartelline, in cui tutti loro sono schedati.

Ferdinando da giovane pensava di diventare un giocatore di calcio ben stipendiato ma poi si è rotto il menisco e non ha finito la stagione, lui e il direttore della casa editrice hanno fatto amicizia all'università: uno amante della letteratura e l'altro della comunicazione, uno fissato con Hölderlin e l'altro con Totti e De Rossi.

Ferdinando lo accoglie con amabile simpatia, lo fa sedere davanti a lui e gli domanda se sta meglio, gli dice che non lo vede male, gli pare colorito, quasi vivace.

Loris risponde solo di sì e di no e non contraccambia quell'interesse con altre domande cordiali, ha le caviglie intrecciate, le mani giunte all'altezza del cavallo dei pantaloni, e si sta aggredendo le pellicine delle dita con l'unghia del pollice, le tira e le trascina fino a che non esce la prima goccia di sangue.

Alla sua sinistra, oltre l'ampia vetrata, si affacciano i cortili degli altri palazzi-uffici, ai cui vetri stanno le scrivanie e i computer di altri lavoratori di banca, di impresa, di cultura, di edilizia, che all'una raggiungono a piedi Villa Sciarra e si buttano sull'erba per dormire cinque minuti e dimenticare le caselle di posta elettronica.

Loris, mi dispiace, ma non possiamo più tenerti, il tuo stage finisce qui, hai fatto troppe assenze e non sei riuscito a inserirti bene nell'organico, dice Ferdinando e si scrocchia le ossa delle mani, una dopo l'altra e poi tutte insieme.

Ho sempre svolto il lavoro secondo le consegne, nonostante i miei problemi di salute, e la discussione su quella bozza con l'ufficio stampa era ingiusta. Il termine era per il giorno dopo, spiega Loris e porta il dito alla bocca, succhia il sangue dalla ferita, sente il gusto di ferro sulla lingua, lo ingoia.

Sì, ma sai, esistono anche gli imprevisti e i giornali non aspettano, era una situazione che andava gestita con maggiore buonsenso, ci hai lasciati in difficoltà quel giorno. Ferdinando non si scompone e neanche il suo ciuffo, la sua fronte brilla di creme idratanti.

Fuori il rumore della scansione alla fotocopiatrice si sente distinto, il viavai dagli uffici è costante, nulla si è interrotto, nulla accenna a fermarsi per quel commiato.

Mi avete pagato un mese sì e uno no, e meno di quanto pattuito, neanche l'affitto potevo sostenere, mi arrivavano richieste di emergenze ogni giorno, su ogni libro, perché il lavoro qui è gestito malissimo, ci sono poche persone e... Loris comincia a gesticolare e sgancia le caviglie, è stanco, il viaggio fin lì gli è parso oceanico, un solco da tracciare in mare aperto.

Va bene, non penso sia il caso di discutere, questa è la tua lettera di raccomandazione, potrai cercare altro. Ferdinando mette un foglio imbustato sulla scrivania e con un gesto lento lo spinge verso di lui.

Voi dovete darmi i soldi arretrati, in realtà.

Noi abbiamo deciso di non sottoscrivere il contratto per inadempienza, hai fatto più del trenta per cento di assenze durante lo stage, i nostri rapporti si chiudono qui.

È strano come il suo tono riesca a mantenersi amichevole, sereno, la capacità che ha di contenere la conversazione nei confini della placida normalità, neanche uno sbafo, neanche una impennata di voce.

La sua pacatezza è sintomo di indifferenza, pensa Loris, di totale, assoluto menefreghismo per quello che gli sta facendo, per l'umiliazione di quella lettera, per la fine delle sue aspettative. Agli occhi di quell'uomo si tratta solo di una comunicazione di servizio, come nei supermercati quando serve un cassiere in più al reparto ortofrutticolo, o quando all'Ikea, mentre guardi tavoli ribaltabili e specchi tetragonali, ti invitano a provare le polpettine e la salsa ai mirtilli presso il ristorante, in offerta a 7,99.

Vorrei parlare col direttore, ha ancora molti miei libri che gli ho portato da valutare. Non so se vi rendete conto che sono stato qui per uno stage, uno stage in cui avrei dovuto imparare a lavorare con voi e avrei dovuto svolgere mansioni di base, e non consegnare bozze all'ultimo minuto...

Ti sono state date delle grandi opportunità nonostante la tua inesperienza. E poi, posso essere sincero? Loris, hai trent'anni, sarebbe ora di smetterla con questo vittimismo, non credi?

La domanda si assesta a metà della scrivania e cade come un fermacarte d'ottone, si posiziona a corpo morto e fa un rumore pieno, da cadavere in discesa libera, Loris trasalisce sulla sedia, come se fosse stato colpito, preso da uno schiaffo al centro della fronte, apre gli occhi arrotondandoli e poi li stringe in due lamine, due strisce.

Ma tu chi cazzo sei per dirmi una cosa così? Tienila per te la tua sincerità. Piuttosto che ridurmi a cinquant'anni con la pelle arancione come la tua, preferisco morire di fame.

Ti prego di prendere la lettera, se pensi possa servirti, e di uscire.

Dov'è il direttore?

Non c'è.

Ah, quindi ormai neanche saluta più la gente che sfrutta e manda via? Complimenti.

Loris si alza, raccoglie la giacca che aveva posato sullo schienale della sedia e sente un certo tremolio alle dita, quello che gli capita quando toccare gli oggetti gli pare insopportabile, allora decide e non prende la lettera, la abbandona insieme a tutto il tempo che ha sprecato in quel posto, con quelle persone, tra quei loro prodotti di mercato che chiamano libri.

Quasi inciampa in una ex collega che sta entrando nell'ufficio senza essersi accorta del colloquio in corso, la supera sbattendo l'anca contro la porta e sente una fitta che gli sposta il peso e lo fa sbandare.

Però non cade, tiene l'asse, lo riporta dritto e marcia a testa china verso l'ascensore e poi la strada, la copisteria, il bar dove un tris di primi o secondi costa dieci euro e il ristorante dove il direttore porta autori e autrici a pranzare col pesce e il vino per farli sentire importanti.

Alla fermata ci sono poche persone e l'autobus che ha preso a caso va verso una direzione che Loris non aveva minimamente contemplato.

Fuori ha cominciato a piovere contro i finestrini e presto il traffico aumenterà, la città verrà paralizzata.

*

Da quella volta aveva smesso di dormire fuori casa. Era successo in primavera, un compagno di classe l'aveva invitato ad andare da lui per sfidarsi ai videogiochi e passare la notte là.

La casa era una villa dalle mura compatte e marroni, alta tre piani, e si trovava nella zona di Olgiata, a una ventina di minuti dall'appartamento dei genitori.

Lì, superando una cancellata con una guardia e molti citofoni, si entrava in un'area residenziale fatta di ampie ville, giardini curati e piscine profonde, famiglie benestanti e signorili, campi da tennis, siepi di due metri e prati ben tagliati, figli pronti a ricevere una nuova bicicletta a ogni festa.

Il suo compagno si chiamava Tommaso, la madre faceva la porno attrice e a volte lui veniva a scuola con una maglietta sopra cui era stampata una foto di lei a seno scoperto,

Loris si incantava a guardarla per tutto il tempo e sentiva la colpa dell'eccitazione.

Le insegnanti trovavano di cattivo gusto quell'abitudine e gli avevano chiesto di smettere, Tommaso aveva risposto: Io mica mi vergogno.

La madre aveva capelli lunghi e biondi, ma indossava anche parrucche per venirlo a prendere a scuola, una volta la videro con dei tacchi trasparenti, gli occhiali da sole in faccia e un caschetto blu.

Il padre era un avvocato di vent'anni più anziano di lei che girava in suv e odiava gli ospiti in casa, era spesso fuori per lavoro e faceva viaggi in aereo almeno una volta alla settimana per raggiungere la succursale dello studio a Milano.

Tommaso andava male a scuola, si alzava spesso durante la lezione, veniva messo in punizione in corridoio quando rideva in maniera teatrale e acuta, gli piaceva fare il buffone ma solo davanti alle insegnanti, coi compagni era schietto e di poche parole, alla fine dell'anno lo avrebbero bocciato e avrebbe cambiato scuola, avrebbe frequentato un istituto privato bilingue e loro due avrebbero smesso di vedersi.

Nell'atrio c'era una grande pozza d'acqua e Loris era rimasto a guardarla perplesso, aveva alzato gli occhi in alto e aveva visto una perdita che nessuno aveva ancora riparato, la madre di Tommaso era apparsa nel corridoio e lo aveva invitato a entrare, gli aveva spiegato che al ritorno del marito ci avrebbe pensato lui, lei era impegnata, stava dipingendo.

Aveva una maglietta bianca attillata su tette dure e gonfie, senza reggiseno, e dei pantaloncini stretti, un paio di pantofole di pelo.

Tommaso lo aveva aspettato in taverna, aveva sistemato tutti i giochi della PlayStation sul tavolino basso, portato giù delle patatine in busta e dei popcorn.

La madre, mentre loro due giocavano a calcio usando il controller come arma d'attacco e difesa, era scesa offrendo loro quello che lei aveva definito un crème caramel e che si era scoperto essere più che altro una frittata dolce con sopra del caramello confezionato.

Era di origini inglesi e parlava con un accento buffo, fingeva spesso di non capire e di mostrarsi svampita per scappare dalle conversazioni noiose o per evitare battibecchi col marito o con i figli.

L'avevano sentita affacciarsi alle scale di sopra e urlare il nome della figlia adolescente, avuta da un altro uomo, con cui Tommaso aveva pessimi rapporti, lei era sul tetto a fumare e i vicini l'avevano vista, si erano lamentati.

Che stupida, aveva detto Tommaso scartando sulla sinistra per allungarsi sulla fascia e far entrare il proprio giocatore in area e calciare un cross, era riuscito facilmente a segnare e a portare la squadra in vantaggio.

Loris non era molto capace con i videogiochi, gli si impicciavano sempre le dita e si distraeva leggendo i commenti che apparivano sullo schermo, ma all'altro non pareva interessare, non lo scherniva mai e non esultava quando vinceva, mentre Loris si faceva buio e nervoso per la sconfitta.

La sera avevano mangiato pizza riscaldata al microonde perché la madre non aveva voglia di cucinare, e Loris si era impegnato per non guardarle le tette e mentire sul sapore gommoso della cena, aveva perso appetito durante il pomeriggio e si sentiva debole, esausto.

Quando lui e Tommaso erano saliti in camera, l'amico l'aveva portato sul terrazzo a cui si poteva accedere dalla sua stanza e avevano guardato il cielo senza parlare, Loris era infreddolito e gli stava iniziando a colare il naso quando l'altro aveva detto: La nostra babysitter è morta in piscina un mese fa.

Gli aveva raccontato della ragazza originaria della Calabria che veniva tutti i giorni da loro, ormai da quattro anni, si stava laureando in Infermieristica ma non sapeva nuotare.

Nessuno aveva capito come fosse finita in piscina, probabilmente era caduta mentre scendeva al garage.

Tommaso non era sembrato dispiaciuto per l'accaduto, ma solo rassegnato che nella sua vita le cose fossero così, strampalate, non adatte a durare, secondo lui anche i suoi genitori presto avrebbero divorziato.

Possiamo rientrare? aveva chiesto Loris a cui quella storia aveva fatto intirizzire le gambe, poi aveva cominciato a tremare forte e quando si era alzato dalla sdraio per tornare in casa gli era venuto da svenire.

Tommaso lo aveva accompagnato sul letto e lo aveva fatto sdraiare, era andato a chiamare la madre.

Loris vedeva offuscati i poster di modelle che l'amico teneva alle pareti e così il calendario della Ferrari, le medaglie vinte al tennis, sentiva la bocca secca e a ogni rumore pensava alla babysitter, si aspettava di vederla entrare dalla finestra, la faccia viola e le gambe molli, una spugna lasciata a prendere acqua.

La madre di Tommaso gli aveva toccato la fronte e si era resa subito conto che aveva la febbre, gliela aveva misurata e aveva scoperto che aveva trentanove: doveva essergli venuta l'influenza. La donna si era spaventata ed era diventata paranoica, si era messa a camminare su e giù davanti alla porta della camera, aveva borbottato qualcosa in inglese senza farsi capire, poi si era accesa una sigaretta tirando fuori il pacchetto dalla vestaglia e aveva detto: Non è possibile.

Aveva deciso di portare Tommaso in camera con sé e chiudere Loris là dentro a chiave per non permettergli di spargere il virus per la casa e contaminarla.

Il bambino si era ritrovato solo e al buio, bollente e pronto a esplodere, caldo come la luce, infreddolito come una spedizione per raggiungere il Polo Nord, aveva sentito vorticare la stanza e il soffitto abbassarsi, era sicuro ci fosse una voce che lo chiamava dal terrazzo per farlo uscire, scendere e gettarsi in piscina.

Come poteva sopravvivere a quel buio, alla prigionia e alla febbre alta? A chi poteva chiedere aiuto se l'unico adulto nella casa era anche l'adulto che lo aveva isolato e chiuso a chiave?

Aveva sentito addosso la possibilità di morire soffocato o annegato nel sudore, era stato percorso dalla paura e poi dal delirio, gli navigavano in testa le immagini di un omicidio, di chi, senza remore, aveva spinto nell'acqua la ragazza dalla Calabria, l'infermiera mancata, gli era parso di sentirla bisbigliargli all'orecchio la verità.

La sorella di Tommaso, almeno fino alle quattro di notte, aveva ascoltato la musica ad alto volume nella stanza accanto e quelle batterie fatte rullare, quelle chitarre elettriche e tese lo avevano fatto trasalire di continuo, svegliandolo appena riusciva ad assopirsi, lei urlava sopra la voce del musicista, cantava di un uomo di zucchero, di carbone inerte e scuro, di navi d'argento pronte a salpare.

Appena la mattina erano venuti ad aprirgli, Loris si era alzato di scatto, sudato e con gli occhi rossi, era corso al bagno per vomitare e fare una pipì che aveva dovuto trattenere con tutte le proprie energie.

Tommaso era mortificato ed era rimasto fuori dalla porta del bagno a chiedergli se stesse bene, Loris voleva solo tornare a casa sua e si era fatto dare il telefono portatile.

Ma non aveva chiamato suo padre o sua madre, aveva digitato il numero di Tempesta, che sapeva a memoria, e quando aveva sentito la sua voce dall'altra parte si era messo a piangere e aveva detto: Nonno sto male, vieni.

Quando Tempesta era arrivato lo aveva trovato chiuso in una coperta di lana, bagnato sulla fronte, lo aveva caricato in spalla come un ciocco di legno e senza dire una parola se l'era portato via.

Loris gli aveva detto subito cosa era successo nella notte.

A quella manca qualche rotella, aveva sentenziato il nonno adagiandolo sui sedili dietro della Mercedes.

Non lo diciamo a tua madre, va bene? Sennò non ti manda più da nessuna parte.

Loris aveva annuito, rinfrancato dall'odore di pelle della macchina, dal profumo di colonia, lontano dal cloro, lontano dalle perdite e dal caramello, dalle navi d'argento. Ma anche se la madre di Loris non lo aveva mai saputo, lui aveva deciso che non avrebbe più dormito distante dal proprio letto o da quello che divideva col nonno quando rimaneva da lui, accanto all'armadio pieno dei suoi abiti da cerimonia che non usava, alle pareti le fotografie scattate al Circolo italiano di Addis Abeba: Tempesta vestito da scolaretto per Carnevale, col ciuccio in bocca e il grembiule.

Adesso era là, guardava quelle immagini nella stanza che la ditta dei traslochi avrebbe smantellato, e suo padre gli disse: Scegli cosa vuoi tenere del nonno, prendi qualche oggetto e andiamocene.

E Loris osservò, estraneo a quel viavai, a quell'addio.

La casa sarebbe stata svuotata e messa in vendita, la stanzetta di Gelo sarebbe stata usata come ripostiglio, la cantina sarebbe stata derattizzata, nell'orto sarebbero cresciute piante infestanti e nessuno avrebbe raccolto le ciliegie – quelle vere e quelle finte – per un bel po', sarebbero sparite le impronte della piscinetta estiva e della voliera, sarebbe stata staccata l'altalena dall'albero.

Loris non se l'era sentita di andare al funerale di Tempesta, quel tempo lo aveva passato a letto e ora era la prima volta che usciva di casa e tornava in campagna.

Nei cassetti c'erano ancora tutti i ritagli di giornale che il nonno aveva messo da parte per i suoi pasticci, alle pareti i volumi dell'enciclopedia, la collezione di Tex, le videocassette, gli album di ricette, il dizionario di inglese.

Non voglio niente, riuscì a rispondere e il padre annuì.

Avrebbe voluto dire: voglio tutto, dalle piastrelle verdi

del bagno alle sedie in legno della cucina, dalla cappa sopra alla macchina del gas al barbecue rosso in giardino, dalle canne di bambù usate per i pomodori ai barattoli di conserve in cantina, dalla plastilina al profumo di colonia, dai festoni decorativi alle lamette per radersi, dalla lente d'ingrandimento alle bretelle per i pantaloni troppo larghi.

Ma tutto non si poteva più avere.

TUTTO SUL CASO MADDIE JOHNSON

Da quando non si sono più visti né sentiti, Loris si figura Jo ogni notte.

A volte non ricorda, ma sa con precisione di averla sognata, ne sente la presenza appena sveglio.

In altre notti invece fa sogni ricorrenti, dove di solito lui ha con sé un'ampia valigia di cuoio e sa che dentro, oltre ai vestiti, c'è una creatura viva – un micio, un topolino, un bambino di pochi mesi – che deve portare al sicuro, è sua la responsabilità per la cura, la crescita, la sopravvivenza.

Ma sempre si ritrova ad aprire la valigia in ritardo, e dentro, impaniata tra abiti appallottolati e troppo usati, c'è questa esistenza piccola a cui non ha badato, di cui s'è dimenticato, per cui non si è procurato acqua o cibo e che ora rischia di morire a causa sua.

Con angoscia crescente cerca a mani aperte il corpicino nella valigia per trarlo da quell'impaccio e lavarlo, nutrirlo, metterlo al caldo, e in alcuni sogni scopre che là dentro non c'è nulla e in altri invece recupera il gattino dal fondo e lo rianima tenendo i pollici sul suo petto e soffiando aria sul suo muso, giura che presterà maggiore attenzione, non accadrà mai più che disattenda al proprio compito.

Capita che il micetto si rianimi e lo guardi con occhi puliti e gialli, come a ravvisarlo.

Al risveglio continua a pensare al cuoio chiaro della valigia – una foggia che non ha mai posseduto – e si domanda da dove provenga quella borsa da viaggiatore esperto e perché contenga certe paure.

Sarà forse qualcosa che attiene alla paternità, si chiede, qualcosa che faceva parte delle discussioni con Jo e che ora senza di lei va scomparendo, non è neanche più un opporsi, un negare, ma è effettivamente un'occasione perduta, un argomento d'archivio.

Jo ha avuto nei confronti dei figli posizioni ambivalenti ed estreme, c'è stato un periodo in cui continuava a parlare della casa che avrebbero comprato in futuro come se servisse spazio per qualcuno in più, senza specificare mai per chi, e si infuriava se lui diceva di non essere pronto e di sentire di voler vivere prima la sua vita, come essere umano e non come padre; altre in cui era sempre preoccupata dalla possibilità di rimanere incinta e lo pregava di fare attenzione e non sbagliare e controllare il preservativo in maniera accurata e maniacale.

Aveva provato molti contraccettivi, dalla pillola che l'aveva fatta gonfiare e vomitare, alla spirale meccanica che aveva portato perdite di sangue e anemia, alla spirale ormonale che le dava dolori costanti e la rendeva irascibile.

Aveva sempre smesso, e al suo smettere era corrisposta una certa rabbia verso Loris, ché sua era la colpa di quei timori e isterie, anche solo per il semplice fatto che era lui a eiaculare, ad avere un orgasmo cimentoso.

Loris dal canto suo era rimasto fermo sul no, né un poco avanti né un poco indietro, semplicemente come se la cosa non lo riguardasse, non potesse far parte della sua vita.

Si sentiva ancora in tutto un figlio, dipendente dalla sua famiglia, e con cosa avrebbe mai potuto creare la propria, quella nuova con Jo, con cosa avrebbe sostenuto i costi e gli imprevisti dell'essere in tre o in quattro a fronte di una serie di lavori sgangherati e fondamenta tutte da gettare?

Nell'ultimo anno poi non era stato neanche in grado di badare con criterio a sé stesso, di risolvere la sua quotidianità, tenere il lavandino della cucina sgombro o il letto rassettato, i cuscini sprimacciati. Si era sempre immaginato accanto a lei, ma da soli. Loro due come una diade tenace, un microcosmo autosufficiente.

Una notte però arriva un sogno più cattivo, più vero.

Loris che sogna è in una casa sconosciuta, di cui non ha memoria, ed è dentro a una stanza con un enorme armadio a muro in noce – non sa perché ma è a conoscenza del materiale di cui è fatto –, sta discutendo con Jo sognata perché sa che c'è qualcun altro nella sua vita, un tipo atletico, sveglio, costruttivo, e questo uomo si aggira fuori dalla stanza. Loris che sogna lo sente salire e scendere le scale, gli pare indaffarato, pieno d'impegni.

Loris che sogna dice a Jo sognata che lui intende rimanere lì dentro nonostante quest'uomo, che lui occuperà quella stanza nella loro casa, è sua e non possono sfrattarlo, si è guadagnato almeno un anfratto, un armadio in noce.

C'è un materasso a terra e lui si siede a braccia conserte, fa resistenza, vivrà in quelle mura, mangerà su quel pavimento e si laverà con un catino d'acqua, potrà nutrirsi anche solo di bucce di pera e fiocchi d'avena, non gli importa, ciò che conta è presidiare la camera e non lasciare che l'uomo vi entri, tenerlo fuori.

Poi Loris che sogna sente un pianto arrivare dal corridoio e non riesce a non affacciarsi dalla porta della stanza, vede l'uomo di sfuggita, è alto e moro come lui – ma in qualche modo più alto e più moro – e ha un bambino in braccio, un bambino che potrebbe essere una bambina e avere un'età piccola, un'età senza parola.

Così Loris che sogna capisce cosa sta accadendo, capisce

che la bambina è di Jo sognata e di quell'uomo e che l'uomo è vigile e occupato perché se ne sta prendendo cura, perché ha a cuore farla smettere di piangere.

Anche la Jo sognata esce dalla stanza e scende le scale, va dal padre della sua bambina e con lui sparisce al piano di sotto, dove non esiste altro, se non una luce bianchissima e l'aria polverosa delle nuove costruzioni appena terminate.

Loris che sogna rimane nella camera con l'armadio in noce consapevole di essere un di più, un accessorio inerte, un impiccio allo svolgimento delle loro vite.

L'ultima cosa che fa è prendere il cellulare dalla tasca dei pantaloni e scrivere un messaggio alla Jo sognata.

Il soprannome è un nostro segreto, digita e non attende risposta.

Quando Loris apre gli occhi gli sale un unico singhiozzo che lo paralizza, ha la bocca spalancata e la gola secchissima.

*

Dal rientro in casa dei genitori è sprofondato nei ritmi della madre e del padre, le loro ore dei pasti, le loro serate davanti alla TV, i passaggi dell'aspirapolvere che suo padre fa ossessivamente appena sveglio, l'odio profondo che sua madre nutre per la lavatrice e i panni da stirare.

Nell'appartamento di Ottavia gli oggetti sono i soliti ma gli sembrano anche completamente diversi, coperti da una patina di stranezza, alcuni sono stati spostati in maniera definitiva dalla madre e altri nuovi sono apparsi. In cima a una delle librerie è stato posizionato un vaso arancione in plastica con dentro dei girasoli finti e lui non capisce perché.

Cos'è quello? chiede alla madre.

Un vaso, risponde lei con gli occhiali appoggiati al naso mentre legge dal suo e-reader.

Sì, ma spunta dalla libreria, perché?

Perché mi piace così, conclude lei senza spostare lo sguardo.

E Loris non sa cos'altro aggiungere, lui non vive più lì, eppure ci vive, eppure è incastrato tra la camera da letto e il bagno, tra il balconcino e il secchio dell'umido che emana sempre un odore invadente, non è di sua competenza decidere dove collocare le suppellettili o quante volte liberarsi dell'immondizia, ma è richiesta la sua presenza a colazione, pranzo e cena, come sono attesi gli ospiti a pensione completa nei piccoli alberghi sulle Alpi Svizzere.

Suo padre controlla con la coda dell'occhio cosa mangia e cosa beve, commenta che dovrebbe riprendere peso e mettersi in balcone appena c'è un raggio di sole, è troppo pallido, come un foglio di carta, quella su cui buttano gli additivi.

Le loro conversazioni si svolgono sempre davanti al cibo, ormai è un'abitudine collaudata, mentre la televisione persiste nel suo brusio, negli alterchi sulla politica, nelle ricostruzioni dei casi di cronaca nera, nei talent show, soprattutto quelli di pasticceria che piacciono tanto a suo padre.

Come incorporare aria nelle meringhe, a che temperature cuocere il pan di Spagna, come fare in modo di non abusare della foglia d'oro.

Si è reso conto che in questi momenti osserva i suoi genitori come non faceva in passato, gli sembrano terribilmente più vecchi e incredibilmente più giovani, entrambe le impressioni, spesso allo stesso tempo, coesistono: pieni di macchie sulla pelle, vene in vista sulle mani, e poi occhiali tondi e variopinti, scarpe da ginnastica per teenager.

La madre continua a cambiare colore di capelli, negli ultimi mesi è passata dal caschetto argentato a un taglio scalato e rosso scuro, fino a un frangettone pieno di mèches bionde che lui non saprebbe come commentare.

Il padre ha comprato un apparecchio a getto d'acqua che lo aiuta a tenere più sani i denti e ne decanta di continuo le proprietà, insistendo che Loris lo provi, intanto gli è cresciuta la barba e la porta con i baffi più pronunciati, lui che in passato era ossessionato dalla rasatura mattutina. Li trova insieme trascurati per certi aspetti – le unghie non tagliate, le magliette sudate, la forfora che cade sulle spalle – e per altri confusamente impomatati: la madre si è procurata in farmacia una crema viso che le fa la pelle lucidissima e profuma di melone e il padre ha scoperto le gioie del borotalco da mettere nelle scarpe quando va a correre.

Entrambi svolgono una tranquilla ma regolare attività fisica, questo avveniva anche prima, ma ora Loris sente uno scarto, lui a malapena sale le scale del condominio senza fatica e loro due si scambiano consigli su come usare gli orologi iper-tecnologici che si sono comprati uguali. Con quelli controllano i battiti e i passi, le calorie perse e il meteo.

Cercano di coinvolgerlo in qualcuna delle loro attività ma lui non cede, rimane chiuso in camera con il computer sulle cosce, senza neanche alzarsi dal letto per arrivare alla scrivania – dove si vanno ammucchiando i panni stirati che non riordina nei cassetti –, e da là scorre i social della casa editrice e poi i colleghi, le amiche di Jo, i suoi ex compagni di università, ogni giorno li passa in rassegna per essere certo che abbiano ancora una vita migliore della sua.

Evita con accuratezza di guardare cosa fa Jo, perché stanno entrambi, per una volta, resistendo nel silenzio e nella distanza, forse non trovano altro da dirsi e lui adesso convive più facilmente con l'idea di lei, con la sua proiezione, la Jo che sogna, la Jo che ricorda, la Jo che non esiste.

La madre timidamente ha provato ad avere notizie sullo stato della sua relazione, ma è stata ignorata, Loris ha con persistenza cambiato argomento o commentato che non ne voleva parlare. Più lei chiede più lui si discosta e non vuole affrontare i fatti, spiegarli. Forse, se non lo dirà ad alta voce, alla fine non sarà mai vero che non sono più una cosa unica e compatta.

Hai pensato a che fare? chiede Sandro che ogni tanto prova un aggancio sul futuro.

No, risponde Loris e intanto osserva la saliera, è sempre la stessa da una vita, ha il vetro ormai opaco, i buchi del tappo arrugginiti, ma nessuno ha intenzione di buttarla. Si è reso conto da chi ha preso questa resilienza solo di recente, quando in bagno ha trovato almeno quattro pacchi di pannolini da uomo, residui di un'operazione alla prostata fatta dal padre anni prima, vitamine scadute da un decennio, una borsa dell'acqua calda che probabilmente ha visto la Grande Guerra, pacchetti di fazzoletti semivuoti ammucchiati gli uni sugli altri nei cassetti e il pupazzo di un elefantino con due ventose sul sedere, perennemente attaccato allo specchio e anche perennemente per terra perché ormai incapace di rimanere appeso.

C'è una ottusità di ferro nella conservazione di quelle cose che il tempo ha reso guaste, una dichiarazione di malinconia che Loris condivide e sente addosso appena sveglio.

Forse sarebbe il caso di parlarne, continua Sandro.

Loris allunga la mano e prende la saliera, ha sentito bussare da sotto il tavolo, deve essere Catastrofe che ha fame.

Guarda scostando la tovaglia, sempre la stessa natalizia che era stata di Tempesta e che ora gli duole come una ferita aperta – come se la vedesse di nuovo dopo anni –, e nota Catastrofe accucciata che lo fissa, stringe tra le braccia un agnellino, quello è silenziosissimo e come lei ha degli occhi bambineschi, furbi e disperati insieme.

Allora Loris butta del sale sotto al tavolo, l'agnellino lo lecca dal pavimento e Catastrofe si inumidisce le labbra quasi grigie, come se stesse soffrendo un freddo terribile.

Sono contenta di essere di nuovo a casa, bisbiglia Catastrofe e fa un sorriso da cui si nota che un dente davanti è dorato e risplende.

Loris torna con gli occhi sul padre, in attesa di una risposta, e non sa cosa dirgli nella maniera più assoluta.

È ormai un mese che è rientrato dai genitori e potrebbero essere dieci anni come due giorni, il tempo galleggia tra un documentario su qualche serial killer e la lettura rapida e informe di un passo della Bibbia, di uno stralcio di Moravia e un po' di Toni Morrison, tra la stessa composizione di Richter ripetuta in loop anche per tre ore di fila e la ricerca di podcast culturali scritti da gente con il lavoro che lui vorrebbe, ma che nessuno è disposto a offrirgli.

Potremmo fare un viaggio insieme, propone Clara per orientare in una direzione migliore lo scambio tra padre e figlio. Noi avevamo pensato di tornare in Slovenia, continua e butta nella conversazione un sorriso morigerato.

Sì, Capodistria per cominciare, mi erano piaciuti i palazzi veneziani, commenta Sandro che per una volta ha deciso di virare insieme alla moglie e ha raccolto il suo segnale.

E quella spiaggetta, davanti al ristorantino di pesce, te la ricordi? chiede Clara e comincia a parlare di tetti rossi, saline, uccelli di tutte le specie, aironi avvistati vicino alla città e castelli con le torri poste a difesa.

Loris ricorda poco dei viaggi coi genitori, anche se quando era bambino ne facevano almeno uno l'estate e uno l'inverno, lui veniva imbottito di medicine contro il mal di mare o il mal d'auto e portato in giro sulle strade scelte dalla famiglia.

Spesso si perdeva nei musei rimanendo troppo tempo a fantasticare davanti ai quadri o a leggere e rileggere le didascalie, nelle passeggiate arrancava ma si illuminava nei pressi dei ruscelli o dei canali dei fiumi, l'acqua in corsa lo tratteneva sui ponti con lo sguardo al basso, gli facevano gola le storie antiche, le leggende, i fatti forse mai accaduti.

Della Slovenia gli vengono alla mente le grotte non lontano da Lubiana e il trenino su cui erano saliti per attraversarle, e poi il Monte Peca, dove si pensa riposi da secoli il buon re Matjaž, che un giorno si sveglierà per risolvere tutti i problemi del suo popolo.

La capacità degli uomini e delle donne di attendere la salvezza a volte lo fa commuovere, altre lo disturba, infine arriva a provocargli invidia: a qualcuno basta questo per un vivere sereno, fatto di segni espliciti e di volontà arcaiche o divine che presto o tardi porteranno il destino a compiersi.

Si assenta dagli scambi tra i suoi genitori e prende di nuovo il sale, ne butta ancora sotto al tavolo e l'agnellino adesso ha gli occhi gialli e fosforescenti e lecca direttamente dalle sue mani.

Ci verresti, eh, Loris? domanda la madre.

Dove? risponde lui distratto.

In Slovenia, dicevamo, spiega il padre e lo guarda meglio: Cosa stai facendo sotto al tavolo?

Niente, lo rassicura Loris e aggiunge che non intende sbilanciarsi, l'estate è lontana, tutto gli sembra lontano, nulla procede.

Sandro guarda sotto al tavolo e non vede niente se non del sale buttato per terra. Torna a osservare il figlio, stavolta preoccupato.

Cosa fai con quel sale?

Dicono porti fortuna, spiega Loris e pianta gli occhi in quelli del padre.

Il figlio da quando è di nuovo in casa loro pensa alla morte dei genitori, e non ci pensa come a un fatto fisiologico e alquanto prematuro per soffermarcisi, ma come a un fatto imminente, una certezza che incombe, pensa alla sua orfanità, a quando saranno scomparsi anche loro. E allora chi lo avrà a cuore? Cosa gli è rimasto al mondo se non quei due esseri umani che lo hanno creato, amato, odiato, distrutto e conservato?

Devi andare dal cardiologo, pa', dice Loris. Me l'hai promesso, aggiunge davanti agli sguardi fermi e perplessi dei suoi genitori che lo seguono mentre esce dalla sala da pranzo. Non notano però al suo seguito né una ragazza vestita di rosso con i capelli divisi in due lunghe code bionde né un agnellino con le labbra sporche di sale.

*

In camera Loris si passa le mani sugli occhi, li saggia – sono ancora due e sono ancora doloranti – sta troppe ore davanti agli schermi, il telefonino in particolare li secca e gli dà bruciore, gli provoca un mal di testa intenso, tutto concentrato sulla fronte.

Ma pur di non staccarsi dai suoi unici passatempi, Loris ha iniziato a immaginare che ci sia dell'altro, questo fatto della testa che pulsa, degli occhi che lacrimano, delle tempie sempre dure, del collo rigido forse è un segnale a cui sta dando troppa poca importanza, a cui non sta badando il giusto.

Vorrebbe digitare su Google *occhi infiammati* quando Catastrofe libera l'agnellino nella stanza.

Tuo padre ha una brutta cera, gli fa notare e si morde le unghie, poi si alliscia le code, le scioglie lentamente e smuove i capelli, gli fa prendere aria.

Loris non risponde nulla, ma cambia il tipo di ricerca.

Ha notato, infatti, una macchia sul viso del padre, gli pare fiorita da poco, piena di petali carnosi, commestibile, e poi è interessato al suo cuore, ha letto che dopo i sessant'anni diventa alto il caso di infarto negli uomini, si è chiesto come stiano le sue aorte e le sue coronarie, se il sangue venga pompato a dovere e se la pressione sia sotto controllo, se il loro medico di famiglia sia abbastanza scrupoloso quando lo ausculta appoggiando lo stetoscopio al petto e alla schiena.

Si chiede che rumore faccia il cuore di suo padre, vorrebbe tornare di là, levargli la camicia e appoggiare l'orecchio al suo petto, dirgli di fare silenzio e lasciarlo ascoltare.

Mentre gironzola tra i soliti forum e intanto tornano i segni dell'agitazione, dell'imminente attacco di panico, gli occhi gli cadono su alcuni video che vengono raccomandati da YouTube.

Tutto sul caso Maddie Johnson, dice uno dei titoli.

Loris allora clicca sull'anteprima con incredibile rapidità e Catastrofe si fa vicina, persino l'agnellino sale sul letto e si sporge, vuole vedere.

Parte il video di uno youtuber americano che riassume le tappe della malattia di Maddie, i suoi sintomi iniziali, il suo aspetto florido, le sue fotografie delle pillole da prendere, le riprese fatte in ospedale, la madre che piange in casa, il fidanzato che ha ricominciato ad andare in chiesa.

E Loris pensa: è morta, ecco, è morta.

Stringe le dita ai lati dello schermo come se volesse avvicinarlo al volto e inghiottirlo.

Ha visto un suo video pochi giorni prima e gli sembrava stare bene, parlava dei soldi raccolti e dell'operazione che avrebbe finalmente potuto organizzare, ringraziava accorata, teneva le mani in preghiera e nominava Cristo molte volte, sottolineando quanto sia potente e misericordioso, pieno d'amore.

Non s'è salvata neanche lei, mormora Loris.

Tre giorni prima aveva ancora un volto, una cadenza strascicata, le forze per sistemare il cavalletto e la luce, accendere la fotocamera, e adesso, senza preavviso, senza peggioramenti accertati, senza qualche vlog registrato in clinica, senza più mostrarsi, senza saluti, senza lacrime, devono dirle addio, nel silenzio, nella distanza dei chilometri e degli schermi retroilluminati.

E lui non ce la fa più a tollerare questa incertezza, questo vivere che sta per finire, ma non si sa quando, questo ammalarsi senza sintomi che come si manifestano è già tardi.

Cosa stiamo facendo con tutti i soldi del mondo, vorrebbe urlare, invece che darli a Maddie, invece che salvarla, invece che cercare una cura, invece che farci curare?

Siamo giovani e vogliamo vivere, siamo giovani e non vogliamo un cancro, o doverci preoccupare della consistenza delle feci, dei noduli all'inguine, delle masse sospette ai testicoli, dei nei dalle forme irregolari, dei mal di testa ostinati, delle ferite che non si rimarginano, delle sudorazioni notturne, delle febbricole, dei lividi lungo le gambe, delle unghie ingiallite, della pelle squamata, della protezione solare e della carne rossa e dei gastroprotettori e degli integratori miracolosi e dei nuovi studi che dichiarano il cavolo verza pieno di utilissimi amminoacidi adatti a prevenire il tumore al cervello. Siamo giovani e pretendiamo che lasciate tutto per occuparvi di noi, di tutti noi che abbiamo paura, di tutti noi che prendete in giro, di tutti noi a cui dite menzogne, di tutti noi che siamo vostre cavie per le scorie e i rifiuti, per le onde e i fumi tossici.

Come accade che ci ammaliamo? Vogliamo sapere perché e come si formano dentro di noi i nostri peggiori avversari.

Loris ha già gli occhi umidi e attraversati dai capillari, si prepara a una maratona dei video della Fu Maddie, che ha lasciato traccia di sé solo in un canale virtuale, dove i famigliari e gli amici e gli sconosciuti come Loris potranno rivederla a loro piacimento, bidimensionale, identica e per sempre giovanissima, andranno avanti e indietro col cursore, metteranno i sottotitoli automatici, aumenteranno la qualità del video e lo linkeranno nelle e-mail, sulle pagine Facebook, dentro ai forum del dolore collettivo. Così Maddie diventerà un http, una striscia di codici html, una fila unica e incancellabile di lettere e numeri e simboli, e chi la vedrà penserà poverina e poi: menomale che non è ancora successo a me, menomale che sono vivo.

Dopo però si ferma, ascolta meglio cosa sta raccontando il ragazzo, si era distratto e rimanda indietro il video, pensa di aver capito male.

Lo riascolta, riparte dall'inizio.

Maddie Johnson è stata arrestata, la denuncia è partita dall'Hartson Hospital di Chicago, dove la ragazza ha detto di essere stata ricoverata, ma era entrata per una comunissima appendicite.

L'accusa è di frode, a quanto pare l'idea è nata da lei e nessun altro sapeva la verità, nessun altro era al corrente che Maddie non era davvero malata di cancro, che Maddie aveva avuto problemi con l'appendice e poi nient'altro, adesso era sana e i capelli che di recente si era tagliata e aveva mostrato nel lavandino erano comuni capelli recisi, le flebo che parevano appese al suo corpo erano scollegate e tenute su con lo scotch. I soldi del crowdfunding servivano per un viaggio che avrebbe fatto in solitudine, un viaggio, si suppone, che non prevedeva ritorno negli Stati Uniti.

Anche studiare Lettere era una finzione, certo era iscritta all'università, ma per volere del padre, e aveva dato solo tre esami, mentre millantava di essere vicina alla laurea, leggeva poco e niente, se non le recensioni altrui su Goodreads che poi riciclava, infarcite, nei suoi video.

Il popolo di Internet ha inondato i suoi account di insulti, minacce di morte, veri pazienti oncologici sono insorti, le hanno augurato i loro stessi mali, anzi peggiori, fulminanti, immediati, altri youtuber hanno condiviso video in lacrime mentre raccontavano di averle creduto, di sentirsi traditi, di aver inviato anche mille dollari per la sua causa, per la sua guarigione.

Il processo mediatico è esploso così rapidamente che Maddie non ha fatto in tempo a cancellare nulla o a rispondere, e adesso sotto ai suoi video e sopra ai messaggi di preghiera e di speranza appaiono le frasi d'odio, la volontà di darle l'inferno, come quello che merita chi finge la sofferenza, chi chiede un aiuto di cui non ha bisogno, chi si arricchisce sulla generosità altrui, sul suo buon animo, sulla sua solidarietà. Noi ti volevamo bene, Maddie, noi ti volevamo bene.

Una signora ha commentato: *A questo siamo arrivati, e dopo? Dopo cosa ci attende?*

Il messaggio ha ricevuto duemilacinquecentoquarantaquattro like e sono in aumento.

Loris chiude di getto il PC e fissa Catastrofe negli occhi.

Era tutto finto, le dice, era tutto finto e io ci ho creduto.

GIULIA

Sono seduti sul bordo del letto come farebbero su una panchina verde in ferro – di quelle adatte alle stazioni metropolitane –, quasi si fossero incontrati da poco e non sapessero niente l'uno dell'altra.

Catastrofe si è sistemata con le gambe accavallate, si è accesa una sigaretta sottile che puzza di metano, e Loris agita la mano per spostare il fumo, gli brucia la gola, la sente stretta.

La stanza si sta riempiendo di nebbia, è difficile vedere le sagome degli oggetti o la loro dimensione.

Che facciamo? chiede Catastrofe muovendo il piede sospeso, indossa delle scarpe col tacco altissimo, sono trasparenti e a sandalo, sotto porta dei calzini bianchi col merletto sulla caviglia.

La cenere che lei lascia cadere si sta accumulando sul pavimento, il suo è un fumare lento, metodico e infinito, una lunga attesa.

Non lo so, sono molto stanco.

Se fossero usciti e Loris avesse avuto la forza di arrivare in stazione, ora avrebbe visto la gente scendere dal treno sulla banchina, le persone indossare zaini e borse da lavoro, scarpe da ginnastica, stivali in pelle scamosciata, e spostarsi a piccoli gruppi, oppure in solitudine. Invece può solo pensare il mondo fuori, guardarlo rifratto, costruirlo a mente, inventarlo nel dormiveglia, già solo tirarsi su dal letto impegna uno sforzo singolare, come quello di chi solleva molti chili con le sole braccia e stringe gli occhi per sostenerne il peso.

Catastrofe recita: *L'astenia è una situazione che si presenta con uno stato di debolezza generalizzato causato dalla diminuzione o dalla perdita della forza muscolare, con facile affaticamento e insufficiente reazione agli stimoli. Lo stato di stanchezza non è causato da lavori o sforzi fatti e non sparisce a riposo.*

Poi lo osserva e passa in rassegna il suo pigiama grigio e bucato su un gomito, quei calzini di spugna scura troppo larghi sulla punta, la barba cresciuta oltre il mento, le pupille abituate alla semi oscurità.

A volte lo ha accompagnato in bagno e lo ha visto cercare di darsi una sistemata senza riuscirci, perdere con facilità interesse per sé stesso. Altre ha notato che si alzava la notte e si trascinava alla porta, come se desiderasse uscire, non solo dalla stanza ma dall'appartamento, e scendere in strada, per poi cedere e mettersi sdraiato a terra con le gambe lunghe e i piedi nudi.

Vuoi sapere le patologie che hanno come sintomo l'astenia? Sono parecchie. Per esempio: acidosi metabolica, acromegalia, allergie respiratorie, amiloidosi, anemia, angina pectoris, ansia, apnee notturne, artrite reumatoide, aterosclerosi, cancro al colon, celiachia, cirrosi biliare primitiva, cirrosi epatica, colite, colite ulcerosa, coronaropatia, depressione, disturbi psichici, enfisema, epatite, eritema solare, gastroenterite, gastroenterite virale, infarto miocardico, influenza, insufficienza renale, insufficienza surrenalica, intolleranza al lattosio, intolleranze alimentari, intossicazione da monossido di carbonio, iperparatiroidismo, ipertiroidismo, ipogonadismo maschile, leucemia, lupus eritematoso sistemico, patologia di Chagas, meningite, mononucleosi, morbo di Alzheimer, morbo di Crohn, sclerosi multipla, tumore al fegato, tumore al rene, tumore allo stomaco...

A ogni possibile malattia la testa di Loris ricade lentamente verso il petto e il collo si piega, le sente tutte addosso come insetti: libellule, bacarozzi, vermi, coleotteri, grilli, mosche, vespe, mantidi che cercano di nutrirsi, fare buchi nella sua corteccia ormai molle, sfibrata.

La voce di Catastrofe è una ninnananna che entra ed esce dalla sua testa, lo riempie, le sue labbra sono lucidissime, come una mela caramellata, e lei si sistema la parrucca blu sulla testa, alcuni capelli si sono appiccicati al lucidalabbra e li sputa per liberarsene.

Poi fuma succhiando il filtro, appoggia la schiena al muro e si guarda le unghie smaltate di nero, una è rotta, andrà riparata prima di sera.

Loris cerca anche lui di osservarsi la mano, ma il fumo li sta avvolgendo e stordendo, si passa le dita sul gozzo, le stringe e poi rilascia la tensione, tossisce e dopo inspira a polmoni aperti, entra un'atmosfera viziata ed elettrica, cancerogena.

Cosa diavolo è l'acidosi metabolica? domanda a sé stesso, tirando su il capo e sbattendo le palpebre, gli occhi sono affumicati e rossi, lacrimosi.

Potresti fare delle ricerche, lo sprona lei e gli passa il cellulare, c'è sempre qualcosa di nuovo da imparare.

Già... concorda Loris e poi fa una pausa, la spia da sopra a sotto – ha indosso una maglietta bianca aderente sul seno rifatto e gonfio, le si vedono i capezzoli e la curvatura sostenuta delle mammelle, sono grandi e impeccabili – a metà tra un incubo e una fantasia erotica, tra un appiglio e una voragine, tra una compagna e una assassina.

Come mi sono ridotto così? le chiede quasi lei potesse dargli davvero risposta.

È una domanda costante, che si fa regolarmente da quando

è tornato dai genitori ed è sparito dalla vita di chi lo conosce fuori da quella casa. Se la ripete ogni due o tre ore e si spreme, si interroga, si danna, cerca di spronarsi alla reazione.

Catastrofe scuote il capo come a dire che non è affar suo e nota le tracce di rossetto lasciate sul filtro della sigaretta, le guarda rigirandosela tra due dita.

Vuoi sapere che fine ho fatto fare all'agnellino? chiede dopo un po' vedendolo assorto.

Sentiamo, risponde lui.

In realtà è una sorpresa, dice Catastrofe giocherellona e si lecca un mignolo come se sopra fossero rimaste le tracce di un gelato, di una caramella gommosa.

Lui scuote la testa e resta zitto a lungo.

Siamo rimasti da soli, io e te, riesce a dire alla fine, mentre le lenzuola vengono coperte dal fumo della sigaretta, dal suo odore spigoloso, dalla sua capacità ottundente.

Ancora no, ma vedrai che succederà prima o poi, dice Catastrofe tra il conforto e la minaccia.

Allora si alza, con quei tacchi lo supera di dieci centimetri e lo guarda da sopra, il caschetto blu ondeggia e lei sta sui trampoli e svetta oltre le nubi, come un grattacielo, come una torre di controllo.

L'acidosi metabolica è quando si accumula troppo acido nell'organismo e si ha un PH arterioso superiore a 7,35. Divertente, no?

Loris la guarda svettare e annuisce, ringrazia con dolcezza la sua creatura preferita, il suo preferito malore.

*

Ti devi alzare da lì, dice il padre e lo prende per una spalla, lo mette a sedere come farebbe con una marionetta, come Geppetto con Pinocchio.

Lasciami stare, Loris tenta di tornare giù e tirare la coperta fino al mento. La testa ronza, i brividi paiono quelli della febbre.

Sandro lo agita, quei suoi modi secchi, quei giudizi che trattiene e che vorrebbe gettargli addosso, il suo sguardo accusatorio, le sue reprimende accese, il viso insoddisfatto che fa quando si parla del figlio. Suo padre è una negazione da cui non sa difendersi.

No, oggi ti vesti e vieni con me, a prendere aria, insiste Sandro. Sposta la coperta e vede le sue gambe magre là sotto e le mutande sporche, le ossa del bacino che puntano verso l'alto.

Sono stanco, ho bisogno di dormire, di stare da solo.

Sandro scuote la testa e cammina nella piccola stanza del figlio, va alla finestra e guarda giù, raggiunge la porta del bagno e non supera la soglia, tiene le braccia incrociate sul petto e poi le spalanca di colpo, sposta le mani nelle tasche e dopo le tira fuori e le muove stringendole, le fa pulsare.

Loris, devi fare qualcosa, lo incita con rabbiosa insoddisfazione.

Alza e sposta la sedia dalla scrivania, fa spazio tra i panni sporchi e si siede al bordo, poi non è in grado di resistere e torna accanto al letto. È di nuovo sul figlio, col corpo si allunga, quasi vorrebbe salirgli sopra e tirarlo per i capelli, per le orecchie, trascinarlo per le scale.

Non ci riesco, esci dalla stanza.

Non posso vederti così.

Non guardare allora, voglio solo essere lasciato in pace.

Sandro decide di sedersi sul letto, si mette in un angolo e lo fissa pronto a schiaffeggiarlo se servirà, a strizzarlo, a pizzicarlo.

Parliamo, lo so che non lo facciamo mai con calma. Ma parliamo, adesso, propone Sandro e si infila le mani tra le cosce, cerca di tenerle ferme, bloccarle.

Non sono il tuo figlio adolescente a cui devi insegnare come si mettono i preservativi e si evita di ingravidare le ragazzine. Ho trent'anni e sono stanco, si può? O è vietato anche questo? sbotta Loris e con un colpo riprende la coperta e se la sistema addosso, la usa come scudo.

Sia Sandro che Clara entrano di continuo nella sua stanza, i primi tempi volevano solo chiedergli cosa preferisse per cena, ma nelle ultime settimane sono diventati asfissianti, vanno e vengono più volte al giorno, si piazzano al centro della camera e predicano, alzano la voce, non riescono a controllarsi. Sembra una processione, l'avanti e indietro da fare al tempio.

Sandro si alza di nuovo e le dita tornano libere e agitate, elettriche. Si dà degli schiaffetti alle cosce e continua il suo viavai, il suo pellegrinaggio.

Eri andato così bene al liceo e all'università... tutti voti altissimi.

Esci.

Cosa è successo dopo? È per il lavoro? Ne troverai un altro, ti do una mano io.

Non voglio il tuo aiuto, essere raccomandato da papà in un'agenzia interinale.

Stai buttando la tua vita, dice il padre con una scossa di angoscia arrabbiata.

Una frase che gli ha già detto, che tutti gli hanno detto o gli avrebbero voluto dire e che fa sembrare la vita un oggetto tangibile, un solido agglomerato di materia, una palpabile realtà fatta per essere accartocciata, stretta in pugno e poi gettata lontano o al fondo di un cassetto.

Se potesse, Loris questa sua vita la terrebbe tra pollice e indice per guardarla da vicino e poi ficcarla in tasca, tenerla al sicuro.

E lasciamela buttare allora, grida Loris e lo sforzo parte dalle clavicole e passa per i nervi del collo.

Cerca di cacciare fuori il padre, come se fosse un boccone andato di traverso, una pietanza indigeribile.

Io e tua madre ti abbiamo dato tutto, troppo. È colpa nostra, non dovevo pagarti quella casa, dovevo farti fare da solo. Sempre troppe preoccupazioni, troppa attenzione.

Sì, benissimo. Ho capito, ho capito e ho capito, commenta Loris sgonfiando lo sterno.

Ogni conversazione è un ripetersi dell'identico, un accanirsi su di lui, che è già corpo debole, evanescente.

Si chiede che bisogno ci sia di perseguitarlo e insieme si sente colpevole, perché se lui fosse indipendente da loro niente di tutto questo potrebbe accadere, se lui fosse adulto, se lui fosse uomo.

Sandro pare voler demordere ed esce sbattendo la porta, fuori discute con Clara, il suo nervosismo è linfatico, scorre nelle vene della casa.

Dopo cinque minuti il padre è di nuovo dentro, fa ancora l'avvoltoio affamato.

Cerchiamo un'altra casa, qui vicino, dove puoi stare da solo e ricominciare, dice con convinzione come se fosse una soluzione facile e praticabile.

No.

Perché no?

Perché sono stanco, ti ho detto. C'è qualcosa che non sei riuscito a fare in vita tua? Lo sai almeno che vuol dire?

Sì, ci sono molte cose che non sono andate come avrei voluto.

Ecco, allora sparisci.

Sono tuo padre, non posso sparire.

Sandro va all'armadio e tira fuori una camicia di flanella, dei pantaloni della tuta, un paio di calzini e si avvicina al letto, cerca di maneggiare il figlio, di infilargli gli abiti, di provare a renderlo presentabile, ma più lui lo veste più Loris si denuda e protesta e si agita, si irrita, si scansa, finché pur di farlo allontanare e fermare quel contatto, quella prossimità terribile, si veste e si alza dal letto. Ora sono in piedi, e Loris lo supera in altezza anche se la curva delle spalle non rende giustizia ai suoi centimetri.

Ricomincia lo scontro: Sandro vuole portarlo fuori casa e Loris non ci pensa proprio, Sandro prende le scarpe da ginnastica e vorrebbe mettergliele, e Loris urla che non ha cinque anni e può farlo da solo, poi però le rifiuta e ricominciano a battibeccare, fino alla resa.

Loris indossa il giubbino di jeans e senza dire nulla segue il padre fuori casa e raggiunge il parcheggio, sale in macchina con lui e non dice una parola, si tiene alla cintura di sicurezza, come era solito fare da bambino, immaginando che stiano andando a prendere qualcosa per pranzo alla rosticceria o che cercheranno uno di quei parchetti sporchi e smunti, dove la gente fa gironzolare i cani di piccola taglia, per sedersi e rammaricarsi ancora del loro essere padre e figlio.

Sandro però prende il raccordo anulare per uscire fuori dalla città e Loris lo osserva senza capire dove sono diretti, quando svolta per la Boccea inizia a stupirsi e a muoversi sul sedile, a guardare fuori dal finestrino con insistenza.

Dove stiamo andando? chiede al padre.

Alla casa in campagna, risponde l'altro e si immette nel traffico della zona.

Io non voglio andarci, non la voglio vedere.

Invece penso che ti farebbe bene.

Ma perché? L'avranno trasformata in una villa anonima.

Non l'ho venduta.

Che vuol dire?

Che non l'ho venduta, alla fine.

E me lo dici adesso?

Sì. Te lo dico adesso. Non ci sono più voluto tornare e pensavo non fosse il caso ci tornassi neanche tu.

Hai lasciato la casa del nonno vuota tutti questi anni a cadere a pezzi?

No.

E quindi? Cosa ci hai fatto?

Quando arriviamo lo vedi.

No, voglio saperlo ora.

Ripeto: quando arriviamo lo vedi.

Loris accusa il padre di essere un bugiardo, un dittatore, di aver scelto per lui senza criterio e senza motivo, e Sandro risponde che era la cosa giusta da fare, lui era un bambino e aveva preso malissimo la morte del nonno, poi era sembrato riprendersi, andava bene a scuola, leggeva come una persona normale, si era fatto degli amici e una fidanzata, Loris ribatte che questo non c'entra nulla, vuole sapere a chi ha dato la sua casa, quella casa che sicuramente Tempesta voleva lasciargli.

Sandro è costretto a fargli presente che il nonno era pieno di debiti, pagamenti arretrati e problemi con la banca, era dai tempi dell'Africa che continuava a far finta che le tasse non esistessero e neanche i bollettini postali, lui aveva dovuto trovare una soluzione in fretta, ci aveva rimesso dei soldi e nonostante tutto non aveva venduto quella stupida casa, non c'era riuscito.

Loris reagisce male a questi discorsi su Tempesta, gli dice che era molto attento alle spese, che non sprecava niente e viveva con poco, e il padre allora insiste che Tempesta era completamente incapace di organizzare le proprie finanze, che era testardo, duro da convincere e faceva sempre come voleva lui, non si lasciava mai aiutare, inoltre il fatto che fosse un ottimo nonno per Loris non lo rendeva un ottimo padre o marito, cosa che infatti non era stato.

Loris a questo punto vuole gridare dentro quell'abitacolo e ribaltare la macchina, ribellarsi a ciò che gli sta dicendo il padre e a quel viaggio a ritroso, quel cammino da gamberi che stanno compiendo insieme all'improvviso.

Ma poi superano un incrocio e vede i campi aprirsi, il cartello per Testa di Lepre, l'immondizia ai bordi della strada che continuano a gettare senza cura, e la casa giallastra di Pino da cui è stato staccato il canestro per il basket: una donna sui cinquant'anni esce dalla porta d'ingresso e ha in braccio un coniglio bianco e nero, sul viso il sole del mezzogiorno.

*

Anche la testa del marmittone era stata appesa, e senza busto o gambe, braccia o mani un po' faceva ridere e un po' metteva spavento.

Loris si sedette per terra e guardò l'albero ormai completo: le luci, i festoni, le decorazioni.

I colori si stendevano senza regola, non c'era infatti la volontà compositiva di creare un'impressione cromatica omogenea, come capitava alle piante decorative che venivano fotografate sulle riviste che leggeva la signora Elide. Tutto veniva preparato con metodo e appeso con gusto, ma a sentimento.

Anche quest'anno Tempesta aveva preso prima un albero di un metro e mezzo al vivaio, e poi aveva cambiato idea, lo aveva piantato in giardino e ne aveva comprato un altro di quasi tre metri che toccava il soffitto.

Si era ripromesso di risparmiare, ma dopo, quando aveva visto quell'alberello nella stanza arrivare a malapena sopra al camino, gli era presa la nostalgia, la voglia di esagerare.

Le luci – srotolate e controllate – erano state sistemate intorno al pino e alla base c'erano i fili aggrovigliati con le prese inserite, tutte in fila. Mancava solo di posizionare della carta da pacchi intorno all'enorme vaso di terracotta.

I festoni, messi a stendere da Loris qualche mese prima,

avevano colori fluorescenti, rosa acceso e giallo oro, verde acido, mentre le decorazioni raccontavano la storia della loro famiglia.

La prima collezione era nata in Africa, dove gli italiani continuavano a portare avanti le tradizioni del Natale e dove dagli anni '50 Tempesta aveva iniziato a comprare palline, pupazzi, renne, stalattiti e fiocchi fatti a mano da poter appendere sul suo albero.

Quando erano ad Addis, Gemma era solita preparare a mano i tortellini per poi cuocerli in un brodo denso di pollo e manzo. In realtà nessuno le aveva mai insegnato a cucinare e aveva dovuto imparare da sola, usando le ricette che trovava su riviste e libri, che poi il marito avrebbe conservato nel suo quaderno ad anelli.

Le prime pietanze erano venute assai male e avevano costretto la famiglia a mangiare cibi scotti, troppo salati o completamente sciapi, poi, con l'esercizio, le sue capacità si erano affinate, aveva scelto i propri utensili con cura, imparato a comprare gli ingredienti adatti e soprattutto si era messa di continuo alla prova.

Una delle sfide più grandi era stata proprio quella dei tortellini, ché la chiusura le veniva sempre storta ed erano troppo grandi o troppo piccoli, se la pasta era eccessivamente fina alcuni si aprivano nella cottura rovinando il brodo, se era troppo erta ci voleva una vita a cuocerli e risultavano un fastidio sotto ai denti, soprattutto nei punti delle chiusure, dove i lembi di pasta venivano sovrapposti.

Ma una volta che ci aveva preso la mano, non c'era stato anno senza tortellini per le feste, finché lei era stata in vita. Dopo, Tempesta aveva lasciato a Clara la gestione del menù, ma aveva comunque preteso che tutto si svolgesse in campagna e con gli strumenti che erano stati della moglie.

Che vuol dire marmittone? chiese Loris mentre il nonno stava ravvivando il fuoco del camino con la legna che aveva comprato pochi giorni prima, quella fischiò e scricchiolò al contatto con le fiamme.

Viene da un fumetto, lo leggevo da bambino, è un soldato che ama la marmitta, la grande pentola dove si cuocevano i pasti al fronte. È un tipo maldestro che combina sempre qualche guaio, pensa solo a mangiare e non ne fa una giusta, rispose Tempesta.

Loris annuì e guardò quella testa col cappello nero che era stata incollata sulla cima di una comune pallina per il Natale – era successo dopo l'incidente.

Nel portare in Italia per mare molti degli oggetti che la famiglia aveva in Etiopia, alcuni erano andati perduti, altri si erano rovinati e avevano dovuto buttarli, tra questi varie decorazioni natalizie.

Il marmittone una volta era stato un pupazzo a figura intera, con tanto di stivali e fucile al fianco, ma alla fine del trasloco si era rotto: la testa da una parte e il corpo dall'altra.

Tempesta aveva cercato di rincollarlo ma non c'era stato verso, ogni volta tornava la frattura, la divisione.

Alla fine aveva scelto di tenere soltanto il volto del suo soldato, quella faccia furba, quel cappello storto che lo faceva sembrare un burattino da teatro, un monello alla Giamburrasca, una caricatura del buon milite da regime, e l'aveva sistemato con cura su una pallina per poterlo rimettere sull'albero ogni anno.

Gli ricordava che nonostante gli urti e le perdite c'era sempre una parte che resisteva, che non si faceva distruggere e che poteva trovare nuova vita, un posto imprevedibile dove continuare a esistere.

Accompagnami al supermercato in paese, lo invitò Tempesta e Loris si alzò, andò con lui.

Sapeva che avrebbero comprato almeno cinque panettoni, in versione economica, ma non per mangiarli subito. Tempesta amava metterli da parte e se ne nutriva per mesi dopo il Natale, alla sera, inzuppati nel latte, per non smettere la festa, non cedere al tempo regolare, ai giorni comuni.

*

Quella campagna non gli è mai sembrata curata, ben tenuta, ma terra di sterpi e serpi, di rifiuti e abbandoni. Però adesso che torna a vederla, gli appare ancora più trascurata, inselvatichita, priva di senso. L'erba ai bordi è cresciuta più alta e gli alberi si protendono sulla strada come a volerla conquistare, mordere e far sparire. Le cascine sono scolorate e piene di muffe che salgono dalle fondamenta e si arrampicano sui muri fino alle finestre. Le rivendite di olio o vino hanno chiuso e restano a segnalarle i cartelli, pendenti e dalle scritte sbiadite, che non sono mai stati rimossi. Gli animali, immagina, sono nei loro recinti, dentro ai box dei maneggi o legati alla catena. Non riesce a pensarli liberi e disseminati tra i rigagnoli del fiume e le baracche fuori dalle cascine. Li crede chiusi e costretti nelle loro voliere di fortuna, costruite a mano e tenute insieme dal fil di ferro.

Un mondo di costruzioni arrangiate, scarti riverniciati e carcasse di trattori e furgoncini trasformati in cucce e tane per l'inverno.

Non incontrano quasi nessuna auto nel tragitto, sono soli e il rumore che fa il motore pare riecheggiare e tornare indietro come sbattesse in una grotta, una superficie cava.

Ora quella via stretta e umida gli sembra angusta e impercorribile, scomoda e pericolosa, basterebbe un fuoristrada per metterli in difficoltà a una curva e si chiede perché Tempesta caparbiamente non volesse lasciarla, non se la sentisse di tradirla, quando per raggiungere la città ce n'erano altre meno faticose, meno sghembe e contorte.

Le piante intricate e slanciate oramai nascondono la stradina per andare alla città fantasma, e Loris si domanda se

sia ancora possibile raggiungere le rovine e se il cavallo albino di Senzaffanno riesca a ritrovare i resti del suo villaggio,
dove una volta viveva la sua amata.

È questo poi il tragitto che fa la memoria, passa e ripassa
a cavallo su e giù sullo stesso sentiero che anno dopo anno, secolo dopo secolo, va scomparendo, viene invaso dalla
gramigna.

Quando si trovano all'altezza del borgo di Celsano nota
le macchine parcheggiate, segno che il ristorante dove man-
giavano carne alla brace è sempre lì, come il dipinto della
Madonna che sa guarire tutti i bambini e che lui non è mai
riuscito a vedere. Vorrebbe quasi dire al padre di fermarsi
per permettergli di superare quella paura sciocca, che aveva della chiesa e delle sue ombre, ma i palmi delle mani si
appiccicano al solo pensiero della casa del nonno e di quello
che sarà diventata, dell'effetto che gli farà rivederla e ricor-
darla allo stesso momento, mentre sarà quella casa e anche
un'altra – temibile, sconosciuta – nuova casa.

Tempesta, se si incontrassero oggi, cosa penserebbe di
lui? Forse che è un pavido, un fallito, un nullafacente. Lo
perdonerebbe per non aver cercato le cose che andavano viste, le cose radicate nel mondo, le cose che non ci apparten-
gono e per questo vale la pena conoscere?

La distanza tra loro non è solo quella delle generazioni
ma è anche lunare, siderale, da colmare a mezzo di un razzo
in lotta con l'assenza di gravità.

Quando arrivano, Loris si accorge subito che il cancello è
stato riverniciato di rosso e dalla rete escono le foglie delle
rose, senza boccioli ma piene di spine.

Sandro lo ha esortato a suonare e a dire il proprio nome,
lui lo aspetterà in macchina, allora Loris scende e va a controllare il citofono, ma non c'è scritto nulla, preme il campanello e aspetta.

È in imbarazzo, si sente un intruso, un guardone, vorrebbe rientrare in macchina, lasciar perdere perché l'agitazione si fa sentire e con questa il sudore freddo. Che ci fa lì e cosa sta cercando?

Da quel cancello è passato molte volte in passato, da quel cancello usciva Tempesta ogni mattina per venirlo a prendere, portarlo in campagna, da quel cancello sono arrivati i colombi.

Eppure non sembrano neanche più le stesse sbarre di ferro, lo stesso ingresso all'estate e alle avventure dell'orto, all'odore di vecchiume della cantina o al borbottio della grande caldaia, alla fila precisa delle conserve di pomodoro, dei sughi con la carne, delle marmellate di fragole.

Chi è? domanda una voce maschile che non riconosce.

Loris... risponde lui sentendosi sciocco e trepidante, manda un'occhiata al padre che gli fa segno di non esitare e resta in macchina.

Loris? Ma pensa tu...

La voce apre il cancello e Loris procede.

Il prato è tosato a dovere, le siepi di alloro sono al loro posto, i pini non hanno cambiato profilo, i cespugli delle ginestre sono stati spostati verso il lato più interno, il muro della casa ha lo stesso colore, un bianco sporco, mangiato in basso dal muschio.

Un uomo con una tuta da lavoro e un cappello di lana in testa si fa avanti verso il cancello, ha uno sguardo frizzante e una cicatrice in faccia.

Cosa fai qui?

Gelo non gli lascia il tempo di rispondere e lo abbraccia, lo stringe e gli dà delle pacche alla schiena, degli schiaffi d'affetto. Poi si stacca da lui e si guardano, meravigliati.

Sei tu? Fammi vedere.

Gli gira intorno e sorride, il suo italiano è migliorato

ma la cadenza è rimasta, si posa le mani sui fianchi e lo osserva.

Sei magro, non mangi, eh? Non va bene.

Loris non sa cosa dire a quell'uomo di quasi cinquant'anni che ha davanti, così simile al ragazzotto sveglio, chiacchierone e sempre allegro che stava intorno a Tempesta e amava il berberè per condire i pomodori.

Ma vieni, vieni, Gelo lo tira per un braccio e Loris vorrebbe dirgli che c'è il padre fuori ad aspettarlo e che non sa perché sono venuti, che lui non pensava di trovarlo, non sapeva nulla, forse sarebbe meglio tornare indietro, dimenticare d'essersi visti.

Però l'altro non gli dà modo di lamentarsi, impuntarsi, spiegarsi, e lo porta in casa passando dalla veranda in legno che s'è costruito da solo.

All'interno alcuni mobili sono stati sostituiti, la cucina è stata allargata buttando giù il muro che la divideva dalla stanzetta dove Gelo dormiva una volta, la cantina è stata ristretta e trasformata in una sala hobby, c'è un tavolo da ping-pong al centro, ma la dispensa non è mutata, i barattoli sono in fila e ben etichettati, nel salotto due divani nuovi hanno preso il posto di quelli di pelle scura che Gemma e Tempesta avevano portato da Addis Abeba, in nave.

Gelo lo conduce tra le stanze e gli fa notare le tracce di Tempesta che non sono state rimosse, con grande soddisfazione gli mostra il letto che è rimasto lo stesso – lo ha salvato sistemando le doghe – e poi l'armadio, che è di legno buono, legno di noce. I bagni sono invecchiati peggio del resto, non si scarica più bene l'acqua del water e la doccia è spesso fredda, colpa del calcare, la vasca ha il bocchettone arrugginito, però ogni cosa funziona, assicura Gelo, lui tiene meglio che può.

Sei stato qui tutto questo tempo, nota Loris incredulo e spaesato.

Quando torna Vania le prende un colpo, risponde Gelo.

Sei qua con tua moglie?

Certo, lei è venuta in Italia vent'anni fa, quando tuo padre mi ha dato la casa.

Mio padre?

Sì, lui mi ha proposto di starci, pago un affitto, poca roba.

Sono passati vent'anni dal Loris bambino, da quello che correva per le scale e cercava le parole nell'enciclopedia, da quello che voleva sapere tutto sulle spedizioni al Polo Nord, sulle temperature troppo basse per sopravvivere.

Gelo lo riporta in cucina e fa un caffè, ci tiene a offrirgli una fetta di dolce preparato dalla moglie, lo vede sbiancato, tocca che si metta all'ingrasso.

Poi lo aggiorna sulla cascina, hanno dovuto sistemare varie perdite, una parte del tetto che si era alzata con un brutto temporale, c'è tanta manutenzione da fare, è una casa vecchia e fatta più come un magazzino che come un appartamento, però ci stanno bene, hanno tutto quello che serve e coltivano le piante da frutto, le verdure.

E i vicini? chiede Loris

La signora Elide è venuta a mancare dieci anni fa, gli spiega, e ora sono rimasti i due figli, la moglie di Gelo va da loro tre volte alla settimana, pulisce la casa, prepara da mangiare, sono autonomi ma è sempre bene tenerli d'occhio e non lasciarli troppo soli, poi si punta un dito al cappellino di lana che ha in testa, lo hanno fatto loro, stanno sempre a trafficare con la lana.

Mi dispiace per la signora Elide, dice Loris e sorseggia il caffè, si spinge a mangiare anche la torta, non potrebbe mai offendere Gelo, fargli pensare che le sue offerte non siano gradite.

Brava donna, sì, voleva bene a tuo nonno, ha pianto tanto dopo.

Stanno in silenzio e lasciano depositare quelle notizie mentre finiscono il caffè.

Loris vorrebbe scusarsi per essersi dimenticato di loro, per non aver chiesto nulla della casa, per aver lasciato che suo padre si occupasse del suo passato e dei suoi dolori, ma Gelo è già in piedi e sembra impaziente di uscire in giardino.

Ti porto nell'orto, ti piacerà.

Loris posa male la tazzina sul piattino e la rovescia, per fortuna è quasi vuota e versa sulla tovaglia solo qualche goccia di caffè, lui si scusa e gli sale un brivido di angoscia. Non è per nulla sicuro di volerci andare, ha visto tutto quello che c'era da vedere, pensa di poter tornare un altro giorno, di voler riprendere confidenza con quegli spazi un poco alla volta, però Gelo gli sorride incoraggiante, dice di lasciare tutto com'è, vuole proprio mostrargli l'orto.

Loris lo segue fuori e si trascina nell'erba, guarda la schiena di Gelo muoversi e passare tra le piante, davanti a dove una volta era appesa l'altalena, nei pressi del forno a legna, accanto a una vecchia automobile rotta e coperta dalle foglie che se ne sta là come ossame e il cui colore abbrustolito dal sole e scolorito dalla pioggia non è più così riconoscibile, le ruote sono state tolte, anche volendo non potrebbe più ripartire.

Gelo continua a parlare, gli racconta che ha costruito un impianto idrico più moderno, c'è pure il timer, e poi ha piantato tante nuove verdure invernali e anche dei fiori, gli indica le peonie.

Bujori, gli ricorda e sorride.

Bujori, risponde Loris intontito.

Poi riconosce i rami delle piante da frutto, le albicocche, i ciliegi, il fico, il melo cotogno, e vorrebbe corrergli incontro, benedire la loro resistenza, il loro essere rimasti, essere sopravvissuti al vento e alle stagioni, alla sua assenza.

È così che Loris mi vede: una ragazza con addosso un cappello alla pescatora scuro, un maglione arrotolato sulle braccia, dei jeans sdruciti e infilati in un paio di stivali di gomma, sto strappando delle erbacce accanto alle ultime semine. Anche i vecchi semi ritrovati nelle cantine hanno la possibilità di bucare il terreno, ma lui ancora non lo sa, toccherà insegnarglielo.

Loris si ferma, mi guarda immobile, stupito.

Io mi volto e c'è questo uomo magro magro con i vestiti troppo larghi, la faccia di uno che ha appena visto qualcosa a metà tra un fantasma e una verità. Un uomo che era stato un bambino tra quell'erba, quei frutti e quegli innesti, che continuiamo a fare e a sbagliare.

Sposto il cappello e faccio un cenno nella loro direzione.

Giulia, grida Gelo e si fa avanti. Ho portato un amico.

Loris è sempre bloccato tra il sonno e la veglia, si chiede cosa ci faccio in questa casa, tra queste piante, perché strappo dalla terra la gramigna a mani nude e non mi proteggo dalle ortiche.

È mia figlia, spiega Gelo orgoglioso e mi indica nei miei vent'anni, nel mio tempo bisbetico mentre aspetto che loro si avvicinino.

Tua figlia, ripete Loris come se ancora non gli risultasse credibile.

Per guardarli meglio mi levo il cappello e mostro le sopracciglia folte e scure, i capelli lisci e lunghi fino alla cintura tenuti chiusi in una coda bassa, il volto squadrato con le mascelle secche e dure, la fronte alta tre dita, mi poso le mani sui fianchi, quasi spazientita, voglio dirgli di darsi una mossa, abbiamo molto da fare, e non mi piace perdere tempo, attendere che le piante si arrendano.

Allora Loris lascia nel prato le sue ombre e supera i corbezzoli entrando nell'orto, cammina verso di me.

EPILOGO

La notte ha mangiato il giardino, è importante sia quel giardino, l'unico che hai davvero amato.

Tre sono i rumori che preferisci: le cicale, il tagliaerba e il suono che fanno le pigne quando si buttano a terra. I corvi ammucchiano i pinoli sull'asfalto e col becco, pazienti, li rompono a uno a uno, mangiano.

Tempesta ha montato l'altalena e l'ha legata salendo sulla scala, ti ha guardato e ha preso a manate il sedile dicendo: Corri, vieni a provarla; poi, vedendo la tua faccia scettica, si è seduto lui e ha dondolato.

Una volta c'erano le fragole acerbe che non avevano preso luce, le processionarie in fila sotto al sole e le bolle fino alle ginocchia.

Ci sei, ti vedo, fermo al limite del prato, sei nel punto giusto.

Hai davanti le foglie dell'alloro, hanno smesso di battere le ali i colombi nella voliera – quello sporco di sangue e quello colpevole.

Stai pensando che solo le belle di notte sanno resistere, essere il contrario di ciò che è prescritto, e tu è tutta la vita che vorresti essere così: il ragazzo dei contrari e delle rivoluzioni.

Mentre pensi alle mancanze e a quello che potevi essere e non sei stato, arriva una voce perfetta, ti dice: Nel giardino qualcuno ha seppellito una bomba.

Riconosci il tono, riconosci i brividi e rivedi quegli occhi di cristallo, quella faccia tonda e luminosa. Catastrofe è alle tue spalle ed è sicura, è precisa, avvicinando la bocca al tuo orecchio inizia a fare: Tic tac, il tempo sta passando.

E allora ti svegli dai ricordi, dal te bambino, e percepisci uno scossone, un attacco feroce che va a colpire subito la pancia e poi la testa, un tuono.

Cominci ad avere paura: Quanto tempo mancherà all'esplosione? Dove sarà l'ordigno? Chi lo avrà portato qui? Ti fai molte domande e ti volti, ma Catastrofe non c'è più.

Alle tue spalle c'è la porta verde di casa e sei solo, tua madre sta ascoltando Tempesta e tuo padre litigare, parlano di politica, parlano contro la televisione, si tireranno i piatti, si morderanno le mani.

Se la bomba dovesse scoppiare distruggerebbe la siepe e i cespugli, le cannucce per i pomodori, il melo cotogno.

Ti agiti e cerchi di pensare a come reagire, forse potresti usare una pala e scavare, ma non hai indicazioni, se non la presenza, dove potresti scavare? Ovunque. Te lo ripeti ad alta voce: Ovunque.

Scavare *ovunque* diventa la tua prima idea, a cui ti affezioni presto. La notte non rende facile la ricerca della pala né la decisione su come procedere, ma la testa pulsa e le mani sudano.

La bomba di sicuro creerà un grande spostamento d'aria e investirà la casa, Tempesta, i tuoi genitori, i loro visi e le posate, i piatti pieni di *zighinì* che tua madre non ha mai imparato a cucinare: è sempre troppo poco piccante.

La pala ce l'hai, è in cantina tra gli attrezzi di Tempesta, e la tiri fuori con ardore e sconcerto perché è arrivato il momento dell'estrazione.

Catastrofe torna e ripete, ancora, che c'è una bomba nel giardino e sta chiusa in una scatola, sussurra: Trova la scatola e disinnescala, devi fare in tempo, devi fare in fretta.

È il giardino che ami di più, è la casa che ami di più, non abbandonarli proprio adesso, sbrigati, ti dici e inizi a scavare a caso vicino al pino dalle pigne lunghe e poi procedi in linea alla siepe d'alloro e non sai la profondità, non sai la direzione, stai solo dissotterrando e sudando, ed è notte e più asporti terra più sei certo che stai sbagliando tutto e sicuramente quel pezzo di prato che non hai toccato è quello della bomba.

C'è una scatola e dentro c'è un ordigno, sono le uniche certezze, e allora deve arrivarti la forza giusta alle braccia, nei tendini, fino alle ossa. Adesso sei tutto ossa e stridono le tue articolazioni, perché come furia ti stai accanendo sui ciottoli, sulla terra, la alzi, la sposti, la accumuli, la butti via.

Ti fermi a tratti stremato e guardi intorno: il giardino quasi non esiste più, adesso ci sono solo le tue buche, la tua ricerca. Ma poco male, meglio un giardino ridotto a groviera che un giardino esploso, quindi riprendi e vai dentro e vai fuori e spingi col piede sulla pala e senti delle fitte acide fino alla nuca.

Vorresti gridare che è assurdo, che è ingiusto, perché dirti che c'è una bomba ma non dirti dove, potrebbe essere vicino all'albero delle ciliegie, all'altezza della rete di confine da cui sono entrati gli husky, oppure sotto l'impronta della voliera.

Cos'è questo campo di battaglia che hai creato, questo luogo per gli spiriti?

La pala non basta più, perché se toccherai la scatola e non te ne renderai conto avrai sprecato la tua occasione, allora ti accovacci di volta in volta sul terreno e usi le mani, prendi a manciate quello che c'è e gratti e ti spacchi le unghie.

Tutto quello che è in quel perimetro ti appartiene, o forse dovresti usare il passato, ma non è importante, sei ancora tu il bambino di quel luogo e questo non può cambiare.

Uscite tutti da questo spazio d'erba, uscite tutti dalla casa, c'è una bomba e se non la trovo esploderà, urli verso la tua famiglia, verso Tempesta. Corri, gli vuoi dire, corri.

Hai i piedi sporchi, le mani sporche e assomigli a un cinghiale o a una lontra, sei tutto fuorché l'uomo che dovresti essere, ma il terrore ti spinge a cercare e cercare, tastare e sputare, senti la terra in gola.

Catastrofe adesso non ti lascia, chiede attenzione e continua a ripetere della scatola e della bomba e del tempo che resta, un tempo brevissimo, il passo di una formica, l'alzata d'occhi di una lince.

I colombi avevano sguardi neri e ti riconoscevano, in quel giorno funesto Tempesta ti aveva detto: Non guardare. E ora vorresti obbedirgli, dire che no, assolutamente, non stai guardando, non hai visto nulla.

Apri e chiudi le mani e continui, spalanchi le gambe e butti via la terra a testa in giù, come farebbe un buon animale scavatore, con metodo ferino.

Provi a gridare: Abbandonate la casa.

Sei sfiancato, sei sull'orlo di una crisi di nervi, poi vai a fondo con la mano, afferri qualcosa che sembra pulsare: è il tuo tesoro, è la tua scatola di latta.

L'hai trovata e il giardino è salvo e la casa pure. La tiri su come un trofeo, una vittoria.

Papà, hai visto? Avevo ragione, la bomba c'era, la bomba è qui e ora sarò il migliore degli artificieri, sarò un perfetto soldato al fronte, sarò l'uomo giusto al momento giusto.

Posi la scatola sul prato, la vedi e non la vedi, le mani tremano e ti dai dello stupido, perché ci vuole calma e ci vuole precisione, basta aprirla e poi staccare i fili, non sarà difficile.

La facciata della casa ti osserva, c'è un tenero silenzio quando apri il coperchio e guardi dentro.

Con tua sorpresa non ci sono né cavi né circuiti né ordigni, ma il corpo tenero di un agnellino, pare svenuto o morto del tutto, tu cacci un urlo di orrore, come c'è finito lì?

Temi sia rimasto sepolto tutto questo tempo, hai paura

sia un cadavere, qualcosa che sarebbe stato meglio lasciare a riposo.

Però non vuoi arrenderti e lo tiri fuori dalla scatola, lo avvicini allo sterno, il suo corpo è caldo, sembra ancora poter sopravvivere, allora gli accarezzi il petto e provi a dargli dei colpetti, a massaggiarlo nei punti giusti, lo inciti ad aprire gli occhi, a riprendersi e a guardarsi intorno.

Catastrofe ti dice: Non credo che ce la farai.

Ma tu non la vuoi ascoltare e metti l'agnellino dentro al cardigan, lo scaldi, lo proteggi e lo sproni a non abbandonarti, gli darai del sale, il miglior sale del mondo, quello delle montagne, quello dei mari più blu.

Il giardino è distrutto, terreno per le vipere, per l'erba cattiva, ma l'agnellino apre gli occhi e te li mostra: sono neri e profondi, arrivano fino al centro della Terra.

INDICE

L'APOSTROFO   9

NON PREOCCUPARTI, CI SONO IO   29

TRENT'ANNI   49

FERMENTI LATTICI   71

L'UOMO CON LA MASCHERA DA CAVALLO   98

IO HO TUTTO IL TERRORE CHE SERVE   129

IL KILLER   153

COLONSCOPIA   174

CATASTROFE   196

NEANCHE IL VELENO M'HA MAI AMMAZZATO   215

TUTTO SUL CASO MADDIE JOHNSON   231

GIULIA   245

EPILOGO   265

MISTO
Carta da fonti gestite
in maniera responsabile
FSC® C005461

FSC
www.fsc.org

®

Stampato presso
Rotolito S.p.A. - Seggiano di Pioltello (MI)

Printed in Italy

ROMANZO
BOMPIANI